Jack London

Nordlandgeschichten

Erzählungen

Bibliografische Information der Deutschen Nationalbibliothek:
Die Deutsche Nationalbibliothek verzeichnet diese Publikation in der Deutschen Nationalbibliografie; detaillierte bibliografische Daten sind im Internet
über http://dnb.dnb.de abrufbar.

© 2018 Jack London

Herstellung und Verlag: BoD – Books on Demand, Norderstedt

ISBN: 978-3-7460-7701-7

Inhaltsverzeichnis

Negore, der Feigling

Elf Tage lang war er der Fährte seines fliehenden Volkes gefolgt, und diese Verfolgung war selbst nichts anderes als eine Flucht gewesen. Denn hinter ihm kamen – das wußte er mit Sicherheit – die gefürchteten Russen. Sie schleppten sich mühselig durch das sumpfige Tiefland und über die schroffen Wasserscheiden und wurden nur von einem Gedanken geleitet: sein ganzes Volk zu vernichten. Er führte nur eine ganz leichte Ausrüstung mit sich. Ein Schlafsack aus Kaninchenfell, ein Vorderlader und einige Pfund an der Sonne gedörrter Lachs machten sein ganzes Gepäck aus. Er hätte sich über die Schnelligkeit gewundert, mit der ein ganzer Stamm – mit Frauen und Kindern und Greisen – wanderte, hätte er nicht gewußt, daß es der Schrecken war, der sie vorwärts trieb.

Es war in den alten Tagen, als Alaska noch russisch war. Das 19. Jahrhundert hatte seine erste Hälfte zurückgelegt, als Negore dem fliehenden Stamme folgte. In einer Sommernacht holte er ihn bei den Quellen des Peelat ein. Obgleich es beinahe Mitternacht war, schien es doch noch heller Tag, als er durch das Lager ging. Viele bemerkten ihn. Alle kannten ihn. Dennoch wurde er nur von wenigen begrüßt. Und ihr Gruß war kalt.

»Negore – der Feigling«, hörte er Illila, eine junge Frau, lächelnd rufen. Und Sunnee, die Tochter seiner Schwester, lachte mit.

Bitterer Zorn fraß an seinem Herzen. Aber er ließ es sich nicht anmerken, sondern bahnte sich einen Weg durch das Lager und zwischen den Feuern hindurch, bis er eine Stelle erreichte, wo ein alter Mann saß. Eine junge Frau knetete dem Greis mit gewandten Fingern die müden Beinmuskeln. Der hob seine blinden Augen und lauschte scharf, als Negores Fuß einen trockenen Zweig zerbrach. »Wer kommt?« fragte er mit dünner, zitternder Stimme.

»Negore«, sagte die junge Frau und sah kaum von ihrer Arbeit auf.

Negores Gesicht zeigte keinen Ausdruck. Mehrere Minuten blieb er stehen und wartete. Das Kinn des alten Mannes war wieder auf die Brust gesunken. Die junge Frau drückte und rieb die erschöpften Muskeln. Sie lag auf den Knien. Das gesenkte Haupt war von der schwarzen Fülle ihres Haares wie durch eine Wolke verhüllt. Negore betrachtete ihren schlanken Körper, der sich schmiegsam in den Hüften bog, wie der Körper eines Luchses sich biegen mag. Sie war geschmeidig wie ein junger Weidenzweig. Und dabei doch kräftig, wie nur die Jugend es ist. Negore starrte sie an und war sich einer heißen Sehnsucht bewußt, die mit dem Gefühl körperlichen Hungers verwandt war.

Schließlich sagte er: »Hast du keinen Gruß für Negore, der weit gewandert und erst jetzt zurückgekommen ist?«

Sie blickte mit kalten Augen zu ihm auf. Der alte Mann kicherte vor sich hin.

»Du bist meine Frau, Oona«, sagte Negore. Sein Ton war gebieterisch und enthielt die leise Andeutung einer Drohung.

Geschmeidig wie eine Katze schnellte sie auf und stand in ihrer ganzen Größe vor ihm. Ihre Augen funkelten. Ihre Nasenflügel bebten wie die Nüstern eines Hirsches.

»Ich sollte deine Frau werden, Negore«, sagte sie. »Aber du warst ein Feigling. Die Tochter des alten Kinoos' heiratet keinen Feigling.«

Als er sprechen wollte, brachte sie ihn mit einer herrischen Bewegung zum Schweigen.

»Kinoos und ich kamen aus einem fremden Land zu euerm Volk. Dein Volk nahm uns an seinem Feuer auf und gab uns Wärme. Es fragte weder woher, noch warum wir auf der Wanderung waren. Es glaubte, Kinoos hätte sein Augenlicht schon lange verloren. Und weder er noch ich, seine Tochter, haben etwas anderes gesagt.

Kinoos ist ein tapferer Mann, aber er war nie ein Prahlhans. Und wenn ich dir jetzt erzähle, wie er blind wurde, so wirst du ohne Zweifel verstehen können, warum die Tochter Kinoos nicht die Kinder eines Feiglings gebären will, wie du es bist, Negore.«

Wieder verhinderte sie, daß er zu sprechen begann.

»Du mußt wissen, Negore, daß du, selbst wenn du Tagereise zu Tagereise legen könntest, die du in diesem Lande gemacht hast, nicht das unbekannte Sitka am großen Salzmeer erreichen würdest. Dort gibt es sehr viele russische Männer, und ihre Herrschaft ist sehr hart. Und von Sitka ist der alte Kinoos, der in jenen Tagen noch ein junger Kinoos war, mit mir geflüchtet. Ich war damals erst ein kleines Kind, das er in seinen Armen trug. Er flüchtete über die Inseln, die mitten im Meer liegen. Die Leiche meiner Mutter erzählt von dem Unrecht, das er erduldete. Und die Leiche eines Russen, dem ein Speer durch Brust und Rücken ging, berichtet von Kinoos Rache.

Aber wohin wir auch flohen, überall fanden wir das verhaßte russische Volk. Kinoos kannte keine Furcht, aber ihr Anblick peinigte ihn. Deshalb flohen wir immer weiter, durch die Meere, durch die Jahre, bis wir das große Nebelmeer erreichten, Negore. Du hast von ihm gehört, wenn du es auch nie gesehen hast. Wir haben unter vielen Völkern gelebt, und ich wuchs zur Frau heran. Aber Kinoos wollte keine andere Frau, als er älter wurde. Und ich nahm keinen Mann.

Zuletzt kamen wir nach Pastolik, das dort liegt, wo der Yukon sich in das große Nebelmeer ergießt. Hier lebten wir lange am Rande des Meeres unter einem Volk, das die Russen haßte. Aber zuweilen kamen sie doch, diese Russen. Sie kamen in großen Schiffen, und das Volk von Pastolik mußte ihnen den Weg über die unzähligen Inseln des vielmündigen Yukon zeigen. Und zuweilen geschah es, daß die Männer, die sie mitnahmen, damit sie ihnen den Weg zeigten, nie mehr zurückkehrten. Schließlich wurde das Volk zornig und schmiedete einen großen Plan. Als bald darauf ein mächtiges Schiff kam, trat der alte Kinoos deshalb einige Schritte vor und sagte den Russen, daß er ihnen den Weg zeigen wolle. Er war damals schon ein alter Mann, und sein Haar war weiß. Sein Herz aber kannte keine Furcht. Er war indes ein Mann, der vieles verstand. Deshalb führte er das Schiff dorthin, wo das Meer nach dem Lande strebt und die weißen Wogen gegen ein Gebirge toben, das den Namen Romanoff trägt. Und das Meer sog das Schiff hinein, wo die weißen Wogen branden, und es geriet auf die Klippen und zerschellte. Dann kam das ganze Volk von Pastolik – denn so war es geplant. Sie kamen mit ihren Speeren und Bogen und einigen Gewehren. Aber vorher hatten die Russen den alten Kinoos geblendet, damit er niemandem mehr den Weg zeige. Dann kämpften sie – dort, wo die weißen Wogen branden – mit dem Volk von Pastolik.

Der Häuptling der Russen aber war Iwan. Er war es gewesen, der mit seinen beiden Daumen dem Kinoos die Augen ausdrückte. Er war es, der sich den Weg durch das weiße Wasser erkämpfte – gemeinsam mit den beiden Männern, die allein von allen Russen übrigblieben. Und er zog an der Küste des Großen Nebelmeeres nach Norden. Kinoos war weise. Er konnte nicht mehr sehen und war hilflos wie ein Kind. Deshalb floh er vom Meere den großen, fremden Yukon entlang nach Nulato. Und ich floh mit ihm.

Dies war die Tat meines Vater Kinoos, eines alten Mannes. Aber was tat der junge Mann Negore?«

Wieder brachte sie ihn durch eine Bewegung zum Schweigen. Dann sprach sie weiter: »Mit meinen eigenen Augen sah ich – in Nulato, vor den Toren des großen Forts, und es ist nur wenige Tage her –, wie der Russe Iwan, der meinem Vater die Augen stahl, den Riemen seiner Hundepeitsche auf dich legte und dich wie einen Hund prügelte. Das sah ich, und ich erkannte, daß du ein Feigling bist. Aber in der Nacht, da dein ganzes Volk – ja, selbst die Knaben, die noch keine Jäger sind – die Russen überfiel und sie schlug, da sah ich dich nicht.«

»Aber Iwan schlugen sie nicht«, sagte Negore. »Eben jetzt ist er euch auf den Fersen, und mit ihm kommen viele Russen vom Meere.«

Oona gab sich keine Mühe, ihre Überraschung und ihren Schmerz, daß Iwan nicht getötet worden war, zu verbergen. Sie fuhr fort: »Am Tage sah ich einen Feigling. In der Nacht aber, als alle Männer, selbst die Knaben, die noch keine Jäger sind, kämpften, sah ich dich nicht. Und ich weiß jetzt, daß du ein zweifacher Feigling bist.«

»Hast du zu Ende gesprochen?« fragte Negore.

Sie nickte und sah ihn von der Seite an, als wunderte sie sich, daß er überhaupt zu reden wagte.

»Dann wisse, daß Negore kein Feigling ist«, sagte er. Und seine Stimme war ganz ruhig und sehr leise. »Wisse, daß ich, als ich noch ein Knabe war, ganz allein dorthin wanderte, wo der Yukon sich in das große Nebelmeer ergießt.

Selbst nach Pastolik bin ich gewandert und noch weiter nach dem Norden, am Rande des Meeres entlang. Das tat ich, als ich noch ein Knabe war, und wahrlich, ich war kein Feigling. Ich war auch nicht feige, als ich – ein junger Mann und ganz allein – den Yukon weiter hinaufzog, als je ein anderer getan. So weit, bis ich ein fremdes Volk erreichte, das in einem großen Fort lebt und eine ganz andere Sprache spricht als die der Russen. Ich habe auch den großen Bären im Tananaland getötet, wo keiner von meinem eigenen Volk je gewesen ist. Und ich habe mit den Nukluyets und den Kaltags und den Sticks in fernen Gegenden gekämpft ... Ich ganz allein. Von diesen Dingen weiß mein Volk nichts, und deshalb erzähle ich sie dir selbst. Aber laß mein Volk von den Taten erzählen, die es kennt. Es wird nicht sagen, daß Negore ein Feigling ist.«

Er schwieg stolz, und stolz wartete er.

»Dies mag alles geschehen sein, bevor ich in das Land kam«, sagte sie, »und ich weiß nichts davon. Ich weiß nur, was ich selbst erlebt habe, und ich sah, daß du wie ein Hund gepeitscht wurdest. Und als es Nacht geworden war und das große Fort in roten Flammen stand und die Männer töteten und getötet wurden, da sah ich dich nirgends. Deshalb nennt auch dein Volk dich den Feigling Negore.«

»Es ist kein guter Name«, kicherte der alte Kinoos.

»Das verstehst du nicht, Kinoos«, sagte Negore höflich. »Aber ich werde es dir erklären. Du mußt wissen, daß ich mit Kamo-tah, dem Sohn meiner Mutter, auf die Bärenjagd gegangen war. Und Kamo-tah kämpfte mit einem großen Bären. Drei Tage hatten wir nichts zu essen gehabt, und Kamo-tahs Arm war nicht mehr kräftig, sein Fuß nicht mehr schnell genug. Und der große Bär nahm ihn in seine Arme und zerquetschte ihn, bis seine Knochen wie trockene Äste krachten. So fand ich ihn, wie er krank und klagend auf dem Boden lag. Und es war nichts zu essen da, und ich konnte auch nichts töten, um es dem Kranken zu essen zu geben.

Deshalb sagte ich zu ihm: ›Ich will nach Nulato gehen und dir Lebensmittel bringen. Und ich werde auch starke Männer holen, die dich nach dem Lager tragen können.‹ Und Kamo-tah sagte: ›Geh nach Nulato und hole Lebensmittel, aber sage keinem, was mir geschehen ist. Und wenn ich wieder gesund und stark geworden bin, will ich diesen Bären töten. Dann will ich mit Ehren nach Nulato zurückkehren, und keiner wird lachen und sagen, daß Kamo-tah von einem Bären besiegt wurde.‹

Und ich richtete mich nach dem Wunsch meines Bruders. Als ich nach Nulato gekommen war und der Russe Iwan mich mit der Hundepeitsche schlug, wußte ich, daß ich nicht kämpfen durfte. Denn keiner wußte von Kamo-tah, der hungrig und verwundet und klagend dalag. Wenn ich mit Iwan kämpfte und von ihm getötet wurde, mußte mein Bruder sterben. Deshalb sahst du, Oona, daß ich mich wie einen Hund prügeln ließ.

Dann hörte ich die Schamanen und die Häuptlinge davon sprechen, daß die Russen eine seltsame Krankheit über unser Volk gebracht hatten, daß sie unsere Männer töteten, unsere Weiber stahlen, und daß das Land von ihnen gesäubert werden müsse. Wie gesagt: Ich hörte ihre Rede und hielt sie für eine kluge und gerechte Rede. Und ich wußte auch, daß die Russen in dieser Nacht getötet werden sollten. Aber mein Bruder Kamo-tah lag draußen, verwundet und klagend und ohne Fleisch zum Essen. Deshalb konnte ich nicht bleiben und mit den Männern und den Knaben, die noch keine Jäger sind, kämpfen.

Und ich nahm Fleisch und Fisch mit mir und auch die Merkmale von der Hundepeitsche Iwans. Als ich aber hinkam, hörte ich Kamo-tah nicht mehr klagen. Denn er war tot. Da ging ich sofort wieder nach Nulato und – wahrlich, es gab kein Nulato mehr, nur Asche, wo das große Fort gestanden hatte, und die Leichen vieler Männer. Ich sah, wie die Russen in vielen Booten vom Meer her den Yukon heraufkamen.

Viele Russen waren es. Und ich sah, wie Iwan aus dem Versteck, in dem er gelegen, hervorkroch und mit ihnen sprach. Am nächsten Tag sah ich, wie Iwan sie auf die Fährte des Stammes führte. Auch jetzt sind sie auf der Fährte. Und ich bin hier, ich, Negore, aber ich bin kein Feigling.«

»Dies sind Worte, die ich höre«, sagte Oona. »Kamo-tah ist tot und kann nicht für dich Zeugnis ablegen. Ich weiß nur, was ich erfahren habe, und ich muß mit meinen eigenen Augen sehen, daß du kein Feigling bist.«

Negore machte eine ungeduldige Bewegung.

»Aber es läßt sich Rat schaffen«, fügte sie hinzu. »Bist du bereit, nicht weniger zu tun, als der alte Kinoos getan hat?«

Er nickte und wartete, was sie weiter sagen würde.

»Wie du gesagt hast, suchen sie uns auch jetzt, diese Russen. Zeige ihnen den Weg, Negore, so wie ihnen Kinoos den Weg gezeigt hat, so daß sie unvorbereitet dorthin kommen, wo wir sie erwarten werden: in eine Schlucht in den Bergen. Du kennst die Stelle, wo die Bergwände schroff und gezackt sind – dort werden wir sie alle vernichten, und auch Iwan. Wenn sie wie Fliegen an den Wänden kleben und dem Boden nicht näher sind als dem Gipfel, dann werden unsere Männer von oben und von allen Seiten mit Speeren und Bogen und Gewehren über sie herfallen. Und von den Gipfeln werden die Frauen und die Kinder große Felsblöcke losreißen und hinabschleudern. Es wird ein großer Tag sein, denn die Russen werden getötet, das Land wird gesäubert ... Und Iwan, auch Iwan, der meinem Vater die Augen raubte und der die Hundepeitsche auf dein Gesicht legte, wird sterben. Er wird getötet werden, wie man einen tollen Hund tötet, und sein Körper soll an den Felsen zerschellen. Aber wenn der Kampf beginnt, mußt du daran denken, Negore, daß du dich heimlich hinwegschleichst, damit du nicht getötet wirst.«

»So wird es geschehen«, sagte er. »Negore wird ihnen den Weg zeigen. Und was dann?«

»Dann werde ich deine Frau werden, Negores Frau, die Squaw eines tapferen Mannes. Du sollst für mich und Kinoos auf die Jagd gehen, und ich werde das Essen für dich kochen und dir warme und starke Parkas nähen und dir Mokassins verfertigen, nach der Sitte meines eigenen Volkes, die besser ist als die deines Volkes. Und ich werde, wie ich dir sage, deine Frau werden für immer. Und ich will dir das Leben glücklich machen, so daß alle deine Tage ein Gesang und ein Lachen werden. Und du wirst erkennen, daß Oona anders ist als alle Frauen, denn sie ist weit gereist und hat in seltsamen Gegenden gewohnt. Sie kennt die Wege der Männer und weiß, wie man sie glücklich macht. Selbst in deinem Alter wird sie dich noch glücklich machen. Und wenn du an die Tage deiner Kraft zurückdenkst, wird die Erinnerung selbst voller Süße sein, denn du wirst erkennen, daß sie gut zu dir war und Glück und Friede und Ruhe bedeutete, und daß sie mehr als alle andern Frauen für ihre Männer eine Frau für dich und deine Frau gewesen ist.«

»So wird es geschehen«, sagte Negore. Die Sehnsucht nach ihr fraß an seinem Herzen, und er streckte seine Arme so hungrig nach ihr aus, wie andere Männer ihre Hände nach dem Essen ausstrecken.

»Wenn du den Russen den Weg gezeigt hast, Negore«, rügte sie. Aber ihre Augen waren sanft und heiß, und er erkannte, daß sie ihn anblickte, wie noch keine Frau je getan.

»Es ist gut«, sagte er und wandte sich entschlossen von ihr ab. »Ich gehe jetzt, um alles mit den Häuptlingen zu verabreden, damit sie wissen, daß ich gegangen bin, den Russen den Weg zu zeigen.«

»O Negore, mein Mann! Mein Mann!« flüsterte sie bei sich, als sie ihn gehen sah. Aber sie sagte es so leise, daß nicht einmal der alte Kinoos es hörte. Und seine Ohren waren überscharf, weil er blind war.

*

Drei Tage darauf wurde Negore, der absichtlich sein Versteck schlecht gewählt hatte, wie eine Ratte hervorgezogen und vor Iwan gezerrt, vor »Iwan den Schrecklichen«, wie seine Männer ihn nannten, die hinter ihm hermarschierten. Negore war nur mit einem elenden Speer mit Knochenspitze bewaffnet, und er hüllte sich in seinen Kaninchenmantel. Obgleich es ein warmer Tag war, zitterte er wie Espenlaub. Zuerst schüttelte er den Kopf, als ob er die Sprache, in der

Iwan ihn anredete, nicht verstünde, und deutete an, daß er sehr müde und krank sei. Und daß er nur den einen Wunsch hege, sich setzen und ausruhen zu dürfen. Immer wieder wies er auf seinen Magen, um zu zeigen, wo er krank wäre, und er zitterte schrecklich.

Aber Iwan führte einen Mann aus Pastolik mit sich, der die Sprache Negores redete. Viele Fragen über den Stamm wurden Negore gestellt, bis der Mann aus Pastolik, der Karduk hieß, sagte: »Iwan hat gesagt, daß du zu Tode gepeitscht wirst, wenn du nicht sprichst. Und wisse, fremder Bruder, wenn ich dir sage, daß Iwans Wort hier Gesetz ist, dann sage ich es als dein Freund und nicht als Freund Iwans. Denn ich bin nicht freiwillig von meinem Lande an der See hergezogen, aber ich hege den brennenden Wunsch, am Leben zu bleiben. Deshalb werde ich dem Willen meines Herrn gehorchen – so wie du gehorchen wirst, fremder Bruder, wenn du weise bist und am Leben bleiben willst.«

»Aber, fremder Bruder«, gab Negore ihm zur Antwort, »ich kenne wirklich nicht den Weg, den mein Volk gegangen ist, denn ich war krank, und sie flohen so schnell, daß die Beine unter mir versagten und ich stürzte.«

Negore wartete, während Karduk mit Iwan sprach. Dann bemerkte Negore, wie das Gesicht des Russen finster wurde, und er sah Männer kommen und sich neben ihn stellen, während sie die Riemen ihrer Peitschen knallen ließen. Worauf er große Furcht zeigte und laut schrie, daß er ein kranker Mann sei und nichts wissen, aber sagen wolle, was er wußte. Und mit solchem Erfolg sprach er, daß Iwan seinen Männern befahl zu marschieren. Zu beiden Seiten Negores gingen Männer mit Peitschen, damit er nicht weglief. Wenn er zeigte, daß er infolge seiner Krankheit schwach wurde, stolperte und nicht so schnell ging, wie die Männer gingen, schlugen sie ihn mit ihren Peitschen, bis er vor Schmerz laut aufschrie und neue Kräfte entfaltete. Und als Karduk ihm erzählte, daß alles wieder gut für ihn werden würde, wenn sie seinen Stamm überrumpelt hätten, fragte er: »Darf ich dann ruhen, ohne mich zu rühren?«

Immer wieder fragte er: »Darf ich dann ruhen, ohne mich zu rühren?« Doch während er sehr krank zu sein schien und sich mit matten Augen umschaute, prüfte er die Kampftüchtigkeit von Iwans Männern und stellte mit Befriedigung fest, daß Iwan in ihm nicht den Mann erkannte, den er vor den Toren des Forts geschlagen hatte. Es war eine seltsame Schar, die seine matten Augen sahen. Da waren slawische Jäger mit heller Haut und mächtigen Muskeln. Da waren auch sibirische Mischlinge, deren Nasen Adlerschnäbeln glichen. Und magere, schiefäugige Männer waren da, in deren Adern ebenso viel mongolisches und tatarisches wie slawisches Blut floß. Sie alle waren wilde Abenteurer, Plünderer und Zerstörer aus den fernen Ländern jenseits der Beringsee, die jetzt die neue Welt mit Feuer und Schwert versengten und gierig nach ihren Reichtümern an Pelzen und Häuten haschten. Negore betrachtete sie mit Befriedigung, und in seiner Phantasie sah er sie zermalmt und getötet in der Schlucht zwischen den Bergen. Und immerfort sah er vor sich das Gesicht und die Gestalt Oonas, die im Bergpaß auf ihn wartete; immer hörte er ihre Stimme in seinen Ohren und fühlte den sanften, warmen Glanz ihrer Augen auf sich ruhen. Aber er vergaß nie, zu zittern oder zu stolpern, wenn der Boden uneben war, oder laut zu schreien bei dem schneidenden Schmerz der Peitschenschläge. Außerdem fürchtete er Karduk, denn er wußte, daß er kein richtiger Mann war. Sein Auge war falsch und seine Zunge gewandt ... Ja, es war eine Zunge, die seinem Urteil nach für ehrliche Rede zu gewandt schien.

Den ganzen Tag marschierten sie. Am nächsten Tag – als Karduk im Auftrag Iwans Fragen an ihn richtete – sagte er, daß sie tags darauf seinen Stamm erreichen würden. Aber Iwan hatte sich einst den Weg vom alten Kinoos zeigen lassen und dabei die Erfahrung gemacht, daß dieser Weg durch die weiße Brandung und durch einen tödlichen Kampf führte; also traute er keinem mehr. Als sie daher an einen Paß in den Bergen gelangten, ließ er seine Männer halt machen und fragte Negore durch Karduk, ob der Paß frei sei.

Negore warf einen kurzen, gleichgültigen Blick hinüber. Es war ein weiter, schräger Abhang, der sich in die steilen

Wände der Bergseite hineinschnitt und so von Sträuchern und Kriechpflanzen überwuchert war, daß ein ganzes Dutzend Stämme sich gut dort hätte verbergen können.

Er schüttelte den Kopf. »Nein – dort ist nichts«, sagte er. »Der Weg ist frei.«

Wieder sprach Iwan mit Karduk, und Karduk sagte: »Wisse, fremder Bruder, wenn deine Rede nicht aufrichtig ist und wenn dein Volk den Weg versperrt und Iwan und seine Männer überfällt, so sollst du sterben, und zwar gleich.«

»Meine Rede ist aufrichtig«, sagte Negore. »Der Weg ist frei.«

Immer noch hegte Iwan Zweifel und befahl zwei seiner slawischen Jäger, allein hinaufzugehen. Zwei andern gab er Befehl, sich neben Negore zu stellen. Sie setzten ihm ihre Gewehrmündungen auf die Brust und warteten. Alle warteten. Und Negore wußte, wenn ein Pfeil geflogen kam oder wenn ein Speer geschleudert wurde, so traf der Tod ihn sofort. Die beiden slawischen Jäger kletterten mühsam hinauf und wurden immer kleiner. Als sie den Gipfel erreicht hatten und zum Zeichen, daß alles in Ordnung sei, ihre Hüte schwenkten, glichen sie nur kleinen schwarzen Flecken am Himmel.

Die Gewehre wurden von der Brust Negores zurückgezogen, und Iwan befahl seinen Männern, vorzugehen. Er selbst ging stumm weiter, in tiefen Gedanken verloren. Als er eine Stunde marschiert war, sprach er, als ob er sehr unruhig wäre, durch den Mund Karduks zu Negore: »Wie konntest du wissen, daß der Weg frei war, wenn du nur so oberflächlich hinblickst?«

Negore dachte an die kleinen Vögel, die er zwischen den Steinen hatte sitzen sehen, und lächelte nur – es war ja so einfach. Aber er zuckte die Achseln und gab keine Antwort. Denn er dachte auch an einen andern Paß in den Bergen, den sie sehr bald erreichen mußten, und wo die kleinen Vögel sicher alle verschwunden waren. Er war froh, daß Karduk vom großen Nebelmeer kam, wo es keine Bäume und keinen Streit gab und wo die Männer die Künste des Wassers und nicht die der Wälder lernten.

Drei Stunden später, als die Sonne gerade über ihren Häuptern stand, kamen sie wieder zu einem Paß, der sich durch die Felswände schlich.

Karduk sagte: »Sieh genau mit deinen Augen, fremder Bruder, und prüfe, ob der Weg frei ist, denn Iwan gedenkt diesmal nicht zu warten und einige Männer vorausgehen zu lassen.«

Negore blickte prüfend hin, und während er hinschaute, standen zwei Männer neben ihm. Ihre Gewehrmündungen ruhten auf seiner Brust. Er sah, daß die kleinen Vögel alle verschwunden waren, und einmal sah er sogar das Funkeln des Sonnenlichts auf einem Gewehrlauf. Und er dachte an Oona und an ihre Worte: »Wenn der Kampf beginnt, Negore, mußt du dich in aller Stille fortschleichen, so daß du nicht getötet wirst.«

Er fühlte den Druck der beiden Gewehre gegen seine Brust. Es war nicht so, wie sie es sich gedacht hatte. Hier gab es kein stilles Fortschleichen. Er würde als erster sterben, wenn der Kampf begann. Aber er sagte – und er tat noch immer, als blickten seine Augen matt und als würde er vom Fieber seiner Krankheit geschüttelt: »Der Weg ist frei.«

Sie gingen weiter, Iwan und seine vierzig Männer aus den fernen Ländern jenseits der Beringsee. Da waren auch Karduk, der Mann aus Pastolik, und Negore, gegen den immer noch zwei Gewehrmündungen gerichtet waren. Es war ein langes Klettern, und sie kamen nur langsam vorwärts. Aber Negore schien es, als ob sie sich sehr schnell der Mitte des Weges näherten, wo der Gipfel ebenso weit entfernt wie der Boden war.

Ein Gewehrschuß knallte zwischen den Klippen rechts, und Negore hörte den Kriegsruf seines Stammes; einen Augenblick sah er, wie Sträucher und Felsen sich mit seinen Stammesgenossen belebten. Dann fühlte er, daß eine heiße Flamme durch seinen Körper barst und ihn zerriß. Und als er fiel, spürte er die bittere Qual des Lebensgeistes, der mit dem Fleisch kämpfte, um frei zu werden.

Aber er hielt sein Leben mit dem harten Griff des Geizhalses zurück und wollte es nicht schwinden lassen. Immer noch atmete er die Luft ein, die seine Lunge mit schmerzlicher Süße zerwühlte. Wie durch einen Nebel bemerkte er – von kurzen Pausen unterbrochen, in denen er blind und taub war – das plötzliche Aufblitzen von Lauten und Bildern und sah, wie die Leute Iwans über ihre Toten strauchelten und wie seine eigenen Brüder die Opfer zerfetzten, und hörte, wie sie die Luft mit ihren Rufen und dem Getöse ihrer Waffen erfüllten, während hoch oben Frauen und Kinder große Felsblöcke losrissen, die wie lebende Wesen heruntersprangen und donnernd in die Tiefe fielen.

Die Sonne tanzte über seinem Kopf am Himmel, die mächtigen Felswände schaukelten und schwankten, und noch immer hörte und sah er wie durch einen Nebel. Als der große Iwan, von einem herabstürzenden Felsblock zermalmt, über seine Beine fiel, dachte er an die blinden Augen Kinoos' und freute sich. Allmählich verstummte das Getöse, und die Bergwände gaben keinen Widerhall mehr, und er sah seine Stammesgenossen näher- und näherkriechen und dabei die Verwundeten mit den Speeren durchbohren. Ganz in seiner Nähe hörte er, wie ein mächtiger Sklave sich gegen den Tod wehrte und halb aufrecht kämpfte, bis er von den durstigen Speeren rückwärts und zu Boden gedrückt wurde.

Dann sah er das Gesicht Oonas über sich und fühlte, wie Oonas Arme ihn umschlangen. Einen Augenblick machte die Sonne halt am Himmel und blieb stehen, und die hohen Wände standen da, ohne zu wanken.

»Du bist ein tapferer Mann, Negore«, hörte er sie in sein Ohr flüstern. »Und du bist mein Mann, Negore.«

Und in diesem Augenblick lebte er das ganze Leben voll Glück, von dem sie ihm erzählt hatte, und hörte Lachen und Gesang. Als die Sonne am Himmel erlosch, wie es in seinem hohen Alter gewesen wäre, wußte er, daß die Erinnerung an Oona süß war. Als die Erinnerung verblich, und er von der großen Dunkelheit, die über ihn kam, verschlungen wurde, fühlte er in ihren Armen die Erfüllung der Seligkeit und der ganzen tiefen Ruhe, die sie ihm versprochen hatte. Als die schwarze Nacht ihn einhüllte, lag sein Kopf an ihrer Brust,

und er merkte, wie ein großer Friede über ihn kam. Er empfand die Stille vieler Abende und die Seligkeit des Schweigens.

Der König und sein Schamane

Die Zuverlässigkeit von Thomas Stevens mag als unbekannte Größe gelten und seine Einbildungskraft die eines normalen Mannes hundertfach übersteigen – aber das eine muß man ihm wenigstens lassen: Nie hat er ein Wort gesagt oder eine Tat berichtet, die ihn ohne weiteres als tatsächlichen Lügner gebrandmarkt hätte. Möglich, daß er bisweilen bis an die Grenze der Wahrscheinlichkeit ging, aber man muß zugeben, daß das Gefüge seiner Erzählungen nie einen Sprung aufwies. Kein Mensch kann leugnen, daß er das Nordland wie seine Tasche kannte. Daß er ein großer Wanderer war und seinen Fuß auf unzählige unbekannte Pfade setzte, wird durch viele Beweise bekräftigt. Ganz abgesehen von meinen persönlichen Erfahrungen weiß ich, daß viele Männer ihn rings in der Welt getroffen haben, im großen ganzen aber stets an den Grenzen des Niemandslandes. Da war Johnson, der frühere Faktoreileiter der Hudson Bay Company, der ihn in seiner Faktorei in Labrador beherbergte, bis seine Hunde ein bißchen ausgeruht waren und er wieder imstande war, weiterzureisen. Oder McMahon, der Vertreter der Alaskaer Handelsgesellschaft, der ihn mehrfach in Dutch Harbour getroffen hatte und ihn später auf irgendeiner Insel der Aleuten sah. Es war nicht zu bestreiten, daß er eine der ersten Vermessungsexpeditionen der USA geleitet hatte, und die Geschichte bestätigt tatsächlich, da er auch in der Western Union arbeitete, als sie den Versuch machte, eine Telegraphenlinie durch Alaska und Sibirien zu legen. Ferner war da der Walfängerkapitän Joe Lamson, der, vom Eis eingeschlossen, in der Mündung des Mackenzie lag und ihn als Gast an Bord hatte, als er gekommen war, um Tabak zu kaufen.

Gerade diese Begegnung beweist unumstößlich, daß es sich wirklich um Thomas Stevens handelte. Er forschte ewig und unermüdlich nach Tabak. Ehe wir uns noch richtig kannten, hatte ich schon gelernt, ihn mit der einen Hand zu begrüßen und ihm gleichzeitig mit der anderen den Tabaksbeutel zu reichen. Als ich ihn aber nachts in der Wirtschaft von John O'Brien in Dawson traf, war sein Kopf in die Rauchwolken einer Fünfzig-Cents-Zigarre gehüllt, und statt meines Tabakbeutels bat er um meinen Goldbeutel. Wir standen am Pharaotisch, und er setzte immerfort auf die »höchste Karte.«

»Fünfzig«, sagte er, und der Croupier nickte bloß. Die Karte wurde aufgelegt, und er gab mir meinen Beutel wieder, verlangte eine Abrechnung und zog mich mit zur Waage, wo der Angestellte ihm gleichmütig fünfzig Dollar in Goldstaub auszahlte.

»Und jetzt wollen wir einen trinken«, sagte er, als wir dann an der Bar standen, und hob sein Glas. »Das erinnert mich an ein Gesöff, das ich mal oben in Tattarat zusammengebraut habe. Nein, Sie kennen den Ort nicht, und er ist auch auf keiner Karte verzeichnet. Er liegt am Rande des Nördlichen Eismeers, viele hundert Meilen von der amerikanischen Küste entfernt, und es leben dort ungefähr ein halbes Tausend gottverfluchte Seelen, die heiraten, Kinder kriegen, zwischendurch darben und schließlich verrecken. Die Forschungsreisenden haben sie übersehen, und auch bei der Volkszählung von 1890 sind sie nicht berücksichtigt worden. Ein Walfänger wurde dort mal vom Eis eingeschlossen, aber die Mannschaft, die über das Eis an Land ging, wanderte südwärts, und man hat nie wieder etwas von ihr gehört.«

»Aber es war eine große Sache, die wir da brauten, Moosu und ich«, fügte er einen Augenblick später mit der allerleisesten Andeutung eines Seufzers hinzu.

Ich wußte, daß sich hinter diesem Seufzer große Taten und wilde Geschehnisse verbargen. Ich zog ihn deshalb in eine Ecke zwischen einem Roulett- und einem Pokertisch und wartete ab, bis seine Zunge auftauen würde.

»Ich hatte nur einen Einwand gegen Moosu«, begann er und hob unwillkürlich nachdenklich den Kopf. »Einen Einwand und nur den einen. Er war Indianer und stammte von der Grenze des Tchippewählandes, aber das Schlimme war, daß er verschiedene Bruchstücke aus der Bibel aufgelesen hatte. Er hatte einen Sommer in einem Lager mit einem französischen Renegaten, der Theologie studierte, gelebt. Moosu hatte nie das Christentum in Wirklichkeit erlebt, und sein Kopf war ganz vollgestopft mit Wundern und Schlachten,

Gottes Fügung und allen möglichen anderen Geschichten, die er nicht verstand. Im Übrigen war er ein ausgezeichneter Bursche und ein tüchtiger Mann, sowohl unterwegs wie am Feuer.

Wir hatten eine schwere Zeit hinter uns, und es ging uns verdammt dreckig, als wir unerwartet in Tattarat hineinstolperten. Unsere Ausrüstung und unsere Hunde hatten wir verloren, als wir bei einem Herbststurm eine Wasserscheide überschritten, und unsere Mägen waren leer und die Kleider die reinen Lumpen, als wir im Fort angekrochen kamen. Sie waren gar nicht so sehr verwundert, als sie uns sahen – wegen der Waljäger –, aber sie gaben uns die schlechteste Hütte zum Wohnen und den schlimmsten Dreck, den sie hatten, zum Essen. Was mir damals als sehr merkwürdig auffiel, war, daß sie uns in strengster Absonderung hielten. Aber Moosu erklärte mir den Zusammenhang.

›Schamane krank tumtum‹, sagte er und meinte damit, daß der Schamane oder Medizinmann eifersüchtig war und dem Volk gesagt hatte, daß es nicht mit uns verkehren durfte. Aus dem Wenigen, was er von den Walfängern gesehen hatte, wußte er, daß meine Rasse stärker und weiser war, und folglich hatte er als Schamane so gehandelt, wie die Schamanen auf der ganzen Welt handeln. Bevor ich fertig bin, werden auch Sie erkannt haben, wie nahe er der Wahrheit kam.

›Diese Leute haben ein Gesetz‹, sagte Moosu, ›daß jeder, der Fleisch ißt, auch auf die Jagd gehen muß. Wir beide, o Herr und Meister, wissen nicht sehr geschickt mit den Waffen dieses Landes umzugehen, wir können nicht mit Bogen schießen und mit Speeren nach der bewährten Weise werfen. Deshalb haben der Schamane und Tummasook, der Häuptling, die Köpfe zusammengesteckt und bestimmt, daß wir mit den Frauen und Kindern zusammen das Fleisch ins Dorf bringen und für die Bedürfnisse der Jäger sorgen sollen.‹

›Das ist sehr unrecht‹, sagte ich zu ihm. ›Denn wir sind Männer, die besser sind als diese Menschen, die in der Finsternis wandeln, Moosu. Außerdem wollen wir ausruhen und Kräfte sammeln, denn der Weg nach dem Süden ist weit und hoffnungslos für den Schwachen.‹

›Aber wir haben ja nichts‹, wandte er ein und sah sich in dem zerfallenen Iglu um; der Gestank von dem alten Walfleisch, das unser Abendessen ausgemacht hatte, füllte unsere Nasen mit Ekel. ›Bei diesem Essen können wir uns nie erholen. Wir haben nichts als die Flasche mit dem ›Schmerzenstöter‹, die unsere Leere nicht füllen kann. Wir müssen uns deshalb unter das Joch der Ungläubigen beugen und Wasser holen und Brennholz schlagen. Und doch gibt es herrliche Dinge hier am Ort, die wir nicht haben und nicht bekommen können. O Herr, nie hat meine Nase mich belogen, und ich bin ihr nach geheimen Verstecken und zu den Pelzhaufen in den Iglus gefolgt. Guten Proviant hat dieses Volk den armen Walmännern entlockt, und diese Lebensmittel sind nur in wenige Hände verteilt. Das Weib Ipsukuk, das am anderen Ende des Dorfes neben der Hütte des Häuptlings wohnt, besitzt sehr viel Mehl und Zucker, und soeben haben meine Augen mir von dem Sirup erzählt, mit dem sie sich das Gesicht beschmiert hat. Und in dem Iglu des Häuptlings Tummasook gibt es sogar Tee – habe ich nicht gesehen, wie das alte Schwein sich damit vollsoff? Und der Schamane besitzt eine ganze Kiste ›Star‹ und zwei Pakete prima Rauchtabak. Und was haben wir? Nichts. Gar nichts!‹

Ich war aber ganz gelähmt bei dem Gedanken an den Tabak, den er erwähnt hatte, und vermochte nichts zu sagen.

Moosu brach das Schweigen und sprach von dem, was seine Sehnsucht war: ›Und dann ist da Tukelitha, die Tochter eines großen Jägers und reichen Mannes. Ein herrliches Mädchen. Wirklich, ein sehr schönes Mädchen.‹

Die ganze Nacht zerbrach ich mir den Kopf, während Moosu schnarchte, denn ich konnte den Gedanken an den Tabak, der so nahe war, und den ich doch nicht rauchen konnte, nicht ertragen. Es stimmte ja: wir hatten nichts. Aber dennoch wurde mir unser Weg klar, und als der Morgen gekommen war, sagte ich zu ihm: ›Geh auf die Straße hinaus, wie du zu tun pflegst, und verschaffe mir irgendeinen Knochen, der wie ein Gänsehals gebogen sein muß und dazu hohl ist. Geh demütig und bescheiden umher, aber halte die Augen offen und sieh, wo die Töpfe und Pfannen und Kochgeräte liegen. Und vergiß nicht, daß ich die Weisheit des weißen Mannes besitze. Tu alles, was ich dir befehle, und tu es sicher und schnell.‹

Als er gegangen war, stellte ich die Lampe mit Walöl mitten in den Iglu und schob die zerlumpten Pelzdecken beiseite, um Platz zu bekommen. Dann nahm ich sein Gewehr auseinander, legte den Lauf so, daß er leicht zu ergreifen war, und flocht viele Dochte aus der Pappelwolle, die die Frauen im Sommer sammeln. Als er wiederkam, brachte er mir den Knochen, um den ich gebeten hatte, und teilte mir auch mit, daß im Iglu des Häuptlings Tummasook eine Fünfliterkanne Petroleum und ein großer Kupferkessel standen. Deshalb sagte ich, daß er gut gearbeitet hätte und daß wir uns für den Rest des Tages ruhig verhalten könnten. Aber als es Mitternacht geworden war, hielt ich ihm eine längere Rede.

›Dieser Häuptling Tummasook hat also einen Kupferkessel und eine Petroleumkanne.‹ Ich legte gleichzeitig einen von den Wellen glatt und rund gewaschenen Stein in seine Hand. ›Das Lager ist still, und die Sterne flimmern am Himmel. Geh jetzt, krieche ganz leise in die Hütte des Häuptlings und wirf ihm diesen Stein auf den Bauch, aber hart! Laß das Fleisch und die guten Lebensmittel der kommenden Tage Kraft in deinen Arm legen. Es wird Aufruhr und Geschrei geben, und das ganze Dorf wird auf die Beine kommen. Aber fürchte dich nicht. Verhülle deine Bewegungen und verschwinde in der Dunkelheit der Nacht und der Verwirrung der Männer. Und wenn das Weib Ipsukuk – sie, die ihr Gesicht mit Sirup beschmiert – in deiner Nähe ist, dann schlage sie auch und so jeden, der Mehl besitzt und in deine Nähe kommt. Dann erhebe deine Stimme in Schmerz und Qual, krümme dich mit geballten Fäusten und gib Zeichen, daß auch du von der Prüfung in dieser Nacht heimgesucht worden bist. Auf diese Weise werden wir Ehre und großen Reichtum erwerben und auch die Kiste mit ›Star‹ und den feinen Tabak und deine Tukelitha, die ein liebes Mädel ist.‹

Als er gegangen war, um den Auftrag auszuführen, wartete ich geduldig in der Hütte, und der Tabak schien mir in großer Nähe zu sein. Dann hörte man einen Angstschrei durch die Nacht, worauf wilde Unruhe entstand und sich gegen den Himmel erhob. Ich ergriff den ›Schmerztöter‹ und stürzte hinaus. Es gab viel Lärm und Wimmern unter den Frauen, und die Furcht drückte alle schwer. Tummasook und das Weib Ipsukuk wälzten sich in Schmerzen am Boden und viele andere mit ihnen, darunter auch Moosu. Ich schleuderte alle beiseite, die sich vor meinen Füßen wälzten, und setzte Moosu die geöffnete Flasche an den Mund. Sofort befand er sich wieder wohl und hörte auf zu heulen. Hierauf riefen alle anderen Leidenden nach der Flasche. Aber ich hielt ihnen eine Rede, und ehe sie kosten durften und geheilt wurden, hatte ich Tummasook seinen kupfernen Kessel und seine Kerosinkanne, dem Weibe Ipsukuk ihren Zucker und Sirup, den anderen Kranken viel Mehl abgeknöpft. Der Schamane warf denen, die um mich herum lagen, böse Blicke zu, wenn er auch sein Staunen kaum verhehlte. Ich aber hielt den Kopf hoch, und Moosu ächzte unter der Beute, als er mich nach unserer Hütte begleitete.

Hier machte ich mich gleich an die Arbeit. In Tummasooks kupfernem Kessel mischte ich drei Quart Weizenmehl mit fünf Viertelgallonen Sirup und tat zwanzig Quart Wasser hinzu. Dann stellte ich den Kessel in die Nähe der Lampe, damit der Inhalt in der Wärme gor und stark wurde. Moosu verstand mich und erklärte, meine Weisheit überträfe allen Verstand und wäre größer als die Salomons, von dem er gehört hätte, daß er ein sehr weiser Mann in alten Zeiten gewesen sei. Die Petroleumkanne setzte ich über die Lampe, befestigte an ihrer Tülle ein Mundstück und steckte den Knochen hinein, der wie ein Schwanenhals gebogen war. Ich ließ Moosu Eis zerschlagen, verband unterdessen den Lauf seiner Büchse mit dem Schwanenhals und häufte dann um die Mitte des Laufs das Eis auf, das er zerschlagen hatte. Und ans andere Ende des Gewehrlaufs – also außerhalb der Eispackung – stellte ich einen kleinen eisernen Topf. Als das Gebräu stark genug war (es dauerte zwei Tage, bevor es auf eigenen Füßen stehen konnte), goß ich es in die Petroleumkanne und zündete die Dochte an, die ich gedreht hatte.

Als alles fertig war, sagte ich zu Moosu: ›Geh und besuche die vornehmsten Männer des Dorfes, überbringe ihnen meinen Gruß und lade sie ein, in meine Hütte zu kommen und die Nacht mit mir und den Göttern zu verbringen.‹

Das Gebräu summte schon heiter, als sie den ledernen Vorhang beiseite schoben und in meinen Iglu gekrochen kamen. Ich war gerade dabei, viel zerkleinertes Eis um den Gewehrlauf zu legen. Aus dem Loch am Ende kochte es über, und tripp, tripp, tripp tropfte die Flüssigkeit in den eisernen Topf. Schnaps, verstehen Sie. Aber die Leute hatten nie etwas Ähnliches gesehen, und sie kicherten aufgeregt, als ich ihnen eine Rede über die hervorragenden Eigenschaften dieses Getränkes hielt. Während ich sprach, bemerkte ich die Eifersucht in den Augen des Schamanen. Als ich fertig war, setzte ich ihn deshalb neben Tummasook und das Weib Ipsukuk. Dann gab ich ihnen zu trinken, und ihre Augen wurden feucht und ihre Mägen warm, bis sie keine Furcht mehr hatten, sondern gierig um mehr baten. Als ich sie auf diese Weise angekurbelt hatte, wandte ich mich zu den anderen. Tummasook begann damit zu prahlen, daß er einmal einen Eisbär getötet hatte, und er machte dabei so eifrige Bewegungen, daß er beinahe den Bruder seiner Mutter geschlagen hätte. Aber keiner achtete darauf. Das Weib Ipsukuk weinte über einen Sohn, den sie vor Jahren auf dem Eis verloren hatte, und der Schamane begann zu beschwören und zu prophezeien. So ging es weiter, und noch ehe es Morgen geworden war, lagen sie alle berauscht auf der Erde und schliefen laut schnarchend bei den Göttern.

Die Geschichte ist klar, nicht wahr? Die Neuheit von dem magischen Getränk verbreitete sich schnell. Es war zu seltsam, um es mit Worten zu erklären. Die Zunge konnte nur einen kleinen Teil der Wunder berichten, die es vollbracht hatte. Es befreite von Schmerzen, milderte die Trauer, brachte die Erinnerung an vergangene Zeiten wieder, machte alte, längst verstorbene Menschen und vergessene Träume wieder lebendig. Es war ein Feuer, das sich ins Blut fraß, und brannte, ohne zu verbrennen. Es stärkte das Herz und steifte den Rücken und machte Männer zu mehr als Menschen. Es enthüllte die Zukunft und schenkte Geschichten und Prophezeiungen. Es war übervoll von Weisheit und enthüllten Geheimnissen. Der Dinge, die es vollbringen konnte, war kein Ende, und es dauerte nicht lange, so schrien alle, daß sie bei den Göttern schlafen wollten. Sie brachten ihre wärmsten Pelze, ihre stärksten Hunde, ihr bestes Fleisch. Aber ich verkaufte den Schnaps mit Verstand, und nur der Wunsch derer wurde erfüllt, die mir Mehl, Sirup und Zucker brachten. Und solche Mengen strömten herbei, daß ich Moosu befahl, eine eigene Hütte zu bauen, die alles aufnehmen konnte, denn in meinem Iglu war bald kein Platz mehr. Ehe drei Tage vergangen waren, war Tummasook ruiniert. Der Schamane, der sich nach der ersten Nacht nie mehr als halb betrank, beobachtete mich scharf und versuchte, hinter mein Geheimnis zu kommen.

Aber ehe zehn Tage vergangen waren, hatte selbst das Weib Ipsukuk alles fortgegeben und mußte elend und taumelnd nach Hause gehen. Moosu aber beklagte sich: ›O Meister und Herr‹, sagte er. ›Wir haben große Reichtümer an Sirup und Zucker und Mehl gesammelt, aber unsere Hütte ist immer noch schmutzig, unsere Kleider sind dünn und unsere Schlafsäcke räudig. Der Magen schreit nach einem Fleisch, dessen Gestank nicht die Sterne des Himmels beleidigt, und nach Tee von der Art, wie Tummasook ihn säuft, und ich habe große Sehnsucht nach dem Tabak Newaks, welcher Schamane ist und Pläne schmiedet, um uns zu vernichten. Ich habe Mehl, daß einem übel werden kann, und Zucker und Sirup ohne Grenzen – und dennoch ist das Herz Moosus traurig, sein Bett ist leer ...‹

›Still‹, antwortete ich. ›Du hast nur einen schwachen Verstand und bist ein Trottel. Geh leise und warte ab, wir werden alles haben. Nehmen wir jetzt, so bekommen wir nur wenig, und zum Schluß wird es gar nichts sein. Du bist nur ein Kind gegen die Weisheit weißer Männer. Halte deinen Mund und warte ab, ich werde dir die Wege zeigen, die meine Brüder in fernen Ländern gehen, und wenn sie diese Wege gehen, raffen sie alle Reichtümer der Welt zusammen. Das ist es, was man *Geschäft* nennt – und was verstehst du vom Geschäft?‹

Aber am nächsten Tag kam er atemlos in die Hütte gelaufen. ›O Meister, etwas Seltsames habe ich in der Hütte Newaks, des Schamanen, erblickt. Jetzt sind wir verloren und haben weder die warmen Pelze getragen, noch den guten Tabak gekostet, und alles ist die Folge davon, daß du so auf Zucker und Mehl versessen bist. Geh selber hin und überzeuge dich, während ich das Gebräu überwache.‹

Also ging ich zur Hütte Newaks. Und bei Gott, er hatte seine eigene Destille, die mit kundiger Hand der meinen nachgebildet war. Als er mich erblickte, konnte er seinen Triumph kaum verbergen. Denn er war ein kluger Mann, und wenn er sich in meinem Iglu aufgehalten hatte, war sein Schlaf nicht fest gewesen.

Ich aber war gar nicht beunruhigt, denn ich wußte, was ich wußte, und als ich wieder in meinem Iglu war, sang ich Moosu ein neues Lied vor und sagte: ›Glücklicherweise hat unter diesem Volk das Eigentumsrecht Gültigkeit, wenn es auch sonst nur mit wenigen menschlichen Einrichtungen gesegnet ist. Dank dieser Verehrung des Eigentumsrechts werden du und ich fett werden und dazu noch andere Einrichtungen bei ihnen einführen, die andere Völker erst nach langen Leiden und schwerer Arbeit geschaffen haben.‹

Aber Moosu verstand mich nur halb, bis der Schamane eines Tages kam und mit funkelnden Augen und drohendem Klang in der Stimme verlangte, daß ich mit ihm ein Tauschgeschäft machen sollte. ›Denn siehst du‹, schrie er, ›es gibt keinen Sirup und keinen Zucker mehr im Dorf. Du hast alles meinem Volk, wenn es bei deinen Göttern schlief, mit schlauer Hand abgenommen, und jetzt haben sie nichts als dicke Köpfe und weiche Knie und einen Durst nach kaltem Wasser, den sie nicht stillen können. Das ist nicht gut, und meine Stimme hat Macht unter ihnen, so daß es für dich gesund wäre, wenn du mit mir Handel triebest und Mehl und Zucker mit mir tauschtest, wie du es mit ihnen getan hast.‹

Ich gab ihm Antwort: ›Deine Rede ist eine gute Rede, und Weisheit wohnt in deinem Mund. Wir werden Tauschhandel miteinander treiben. Für dieses Mehl und diesen Sirup gibst du mir deine Kiste ›Star‹ und zwei Pakete Tabak.‹

Moosu seufzte, und als das Geschäft erledigt und der Schamane verschwunden war, machte er mir Vorwürfe: ›Jetzt sind wir dank deiner Verrücktheit ganz verloren. Newak macht auf eigene Rechnung Schnaps, und wenn die Zeit reif ist, wird er dem Volk befehlen, keinen anderen Schnaps als seinen zu trinken. Auf diese Weise sind wir erledigt und unsere Waren wertlos, unsere Hütte widerlich und das Bett Moosus kalt und leer!‹

Ich gab ihm zur Antwort: ›Beim Leibe des Wolfs sage ich dir, daß du ein Tor bist und daß dein Vater es vor dir war und daß deine Kinder es nach dir bleiben werden, und zwar bis zur letzten Generation. Deine Weisheit ist schlimmer als gar keine Weisheit, und deine Augen sind blind, wenn es sich um das Geschäft handelt, von dem ich gesprochen habe und von dem du nichts verstehst. Geh, du Sohn von tausend Narren, trinke von dem Schnaps, den Newak in seiner Hütte braut, und danke deinen Göttern, daß hinter dir die Weisheit eines weißen Mannes steht, die das Bett, in dem du liegst, weich macht. Geh – und wenn du getrunken hast, dann komm wieder, während du noch den Geschmack auf den Lippen hast, damit ich Bescheid weiß ...‹

Zwei Tage später schickte Newak mir Gruß und Einladung, in sein Iglu zu kommen. Moosu ging hin, aber ich blieb allein sitzen, das Summen der Destille in meinen Ohren und die Luft dick vom Tabak des Schamanen. Denn der Absatz war nur gering an diesem Abend, und kein anderer als Angeit, ein junger Jäger, der mir Vertrauen schenkte, kam zu mir. Später kehrte Moosu zurück. Seine Rede war ganz unverständlich vom Kichern, und seine Augen zwinkerten vor Vergnügen.

›Du bist ein großer Mann‹, sagte er. ›Du bist wahrhaftig ein großer Mann, o Meister, und dank deiner Größe wirst du deinen Diener Moosu nicht schelten, weil er oft zweifelt und nicht immer versteht!‹

›Und warum denn jetzt?‹ fragte ich. ›Hast du zuviel getrunken? Und schlafen sie alle tief im Iglu Newaks, des Schamanen?‹

›Nein, sie sind alle zornig und krank. Und Häuptling Tummasook hat seine Daumen in die Kehle Newaks gedrückt und bei den Knochen seiner Vorfahren geschworen, daß er sein Gesicht nie mehr anblicken werde. Denn sieh! Ich kam in den Iglu, und das Gebräu kochte und zischte, der Dampf wanderte durch den Schwanenhals, genau wie der Dampf bei dir wurde auch er, sobald er das Eis traf, zu Wasser und träufelte dann in den Topf am andern Ende. Und Newak gab uns zu trinken, aber sieh, es war nicht wie dein Getränk, denn es brannte nicht auf der Zunge und brachte nicht die Augen zum Rollen und, um die Wahrheit zu sagen, es war nur Wasser. So tranken wir also, und wir tranken überaus viel, aber wir saßen immer noch mit kalten Herzen und feierlich da. Newak war ganz verblüfft, und über seine Brauen legte sich eine Wolke. Er wählte Tummasook und Ipsukuk von allen aus, nahm sie beiseite und lud sie ein, zu trinken, zu trinken und immer wieder zu trinken. Sie tranken auch und saßen doch kalt und feierlich da, bis Tummasook im Zorn aufstand und die Pelze und den Tee zurückforderte, die er bezahlt hatte. Auch Ipsukuk erhob ihre Stimme, kreischend und zornig. Und die ganze Gesellschaft forderte alles, was sie gegeben hatte, zurück. Es herrschte große Erregung.‹

›Glaubt denn dieser Hundesohn, daß ich ein Walfisch bin?‹ fragte Tummasook, als er den Türvorhang beiseite schob und aufrecht dastand. Und sein Gesicht war dunkel, seine Brauen waren zornig. ›Ich bin voll wie eine Fischblase, zum Bersten voll; ich kann kaum gehen, weil ich ein so großes Gewicht in mir trage. Ach! Ich habe getrunken wie noch nie in meinem Leben, und doch sind meine Augen klar, meine Knie stark, und meine Hand ist sicher.‹

›Der Schamane ist nicht imstande, uns bei den Göttern schlafen zu lassen‹, klagte das Volk, das zu uns hereinströmte. ›Nur in deinem Iglu wird es uns ermöglicht.‹

Ich lachte vor mich hin, als ich den Schnaps anbot und die Gäste fröhlich wurden. Denn in mein Mehl, das ich dem Newak verkauft hatte, hatte ich Soda gemischt, das ich von dem Weib Ipsukuk bekommen hatte. Wie hätte das Gebräu also gären können, wenn das Soda es in Ruhe hielt? Und wie hätte sein Schnaps Schnaps werden können, wenn er nicht gor?

Von diesem Augenblick an strömte der Reichtum ohne Pause und ohne Hindernis in unsere Hütte. Wir bekamen Pelze ohne Zahl und Handarbeiten der Frauen, den ganzen Tee des Häuptlings und Fleisch ohne Ende. Eines Tages erzählte Moosu zu meiner Erbauung die traurig verstümmelte Geschichte von Joseph in Ägypten, aber ich bekam einen guten Einfall dadurch, und bald war der halbe Stamm damit beschäftigt, große Fleischschuppen für mich zu errichten. Von allem, was sie erbeuteten, bekam ich den Löwenanteil und speicherte es auf.

Auch Moosu war nicht faul. Er verfertigte Spielkarten aus Birkenrinde und lehrte Newak spielen. Er weihte auch den Vater Tukelithas in das Spiel ein. Und eines schönen Tages heiratete er das Mädchen, und am nächsten Tag zog er in die Hütte des Schamanen, die die beste Wohnung im Dorf war. Der Sturz Newaks war vollständig, denn er verlor alles, was er besaß, seine Trommeln aus Walroßhaut, sein Beschwörungswerkzeug – kurz alles. Und schließlich mußte er Holz hacken und Wasser holen, wenn Moosu winkte oder rief. Und Moosu? Ja, der wurde schließlich aus eigener Macht Schamane oder Hohepriester, und auf der Grundlage seiner mißverstandenen Bibel schuf er neue Götter und machte Beschwörungen vor höchst seltsamen Altären.

Mir gefiel alles gut, denn ich hielt es für sehr gesund, daß Kirche und Staat Hand in Hand arbeiteten, und ich hatte gewisse Pläne bezüglich des Staates. Es ging, wie ich vorausgesehen hatte. Das Volk war mürrisch und schwermütig geworden. Es gab Streit und Prügeleien, und Tag und Nacht herrschte Unruhe. Moosus Karten waren vervielfältigt worden, und die Jäger begannen miteinander zu spielen. Tummasook prügelte seine Frau furchtbar, und der Bruder seiner Mutter trat ihm entgegen und schlug ihn mit einem Walroßzahn, bis er laut durch die Nacht schrie und vor dem ganzen Volk beschämt wurde.

Da man sich in solcher Weise zerstreute, konnte von Jagd keine Rede sein, und so herrschte bald Hungersnot im Dorf.

Die Nächte waren lang und dunkel, und ohne Fleisch war kein Schnaps zu bekommen. Deshalb murrten alle gegen den Häuptling. Das hatte ich bezweckt, und als sie richtig hungrig waren, rief ich das ganze Dorf zusammen, hielt eine große Rede, spielte die Rolle des Patriarchen und gab den Hungrigen zu essen. Moosu hielt ebenfalls eine Rede, und die Folge war, daß man mich zum Häuptling wählte. Moosu, der das Ohr Gottes war, dessen Entschlüsse er mitteilte, salbte mich mit Walöl, aber er nahm etwas zuviel Öl, denn er hatte natürlich keine Ahnung von dem tieferen Sinn dieser Zeremonie. Gemeinsam erklärten wir dann dem Volk die neue Lehre vom göttlichen Recht der Könige. Hierauf gab es ein Fest mit Schnaps und Fleisch in Hülle und Fülle, und sie unterwarfen sich ohne Murren der neuen Ordnung.

Du siehst also, o Mensch, daß ich auf dem Hochsitz gesessen, den Purpur getragen und ein Volk regiert habe. Und ich wäre aller Wahrscheinlichkeit nach heute noch König, wenn der Tabak länger gehalten hätte oder wenn Moosu entweder ein größerer Tor oder ein geringerer Schuft gewesen wäre. Sein Blick fiel nämlich auf Esanetuk, die älteste Tochter Tummasooks, und ich widersetzte mich dem. ›O Bruder‹, erklärte er. ›Du hast es für richtig gehalten, von der Einführung neuer Einrichtungen bei diesem Volk zu reden, und ich habe deinen Worten gelauscht und Weisheit aus ihnen gesogen. Du bist Herrscher durch das von Gott gegebene Recht, und infolge des von Gott gegebenen Rechtes werde ich heiraten.‹

Ich hörte, daß er mich ›Bruder‹ nannte, was mich empörte, und ich wurde energisch. Aber er nahm seine Zuflucht zum Volk und machte drei Tage lang Beschwörungen, an denen alle teilnahmen. Und indem er darauf mit der Stimme Gottes sprach, erklärte er die Vielweiberei durch göttlichen Beschluß für eingeführt. Aber er war ein gerissener Hund, denn er begrenzte die Zahl der Frauen durch die Vermögensverhältnisse des Gatten, das schuf ihm, seinem Reichtum zufolge, vor allen anderen Männern den Vorrang. Ob ich wollte oder nicht, mußte ich ihn bewundern, obgleich mir einleuchtete, daß die Macht in seine Hände übergegangen war und daß er nicht zufrieden sein würde, ehe die gesamte Gewalt und aller Besitz in seiner Hand allein ruhten. Er bekam richtigen Größenwahn, vergaß ganz, daß ich es war, der ihm diese Position geschaffen hatte, und traf Anstalten, mich zu vernichten.

Aber es war trotzdem sehr interessant, denn der Bengel war tatsächlich auf dem besten Wege, die primitive Gesellschaft auf seine Weise zu entwickeln. Als Inhaber des Schnapsmonopols hatte ich Einnahmen, an denen ich ihn nicht mehr teilnehmen ließ. Er überlegte sich deshalb die Sache eine Zeitlang und schuf dann ein System geistlicher Besteuerung. Er legte dem Volk den Zehnten auf, hielt große Reden über die fetten Erstlinge und ähnliches und verdrehte zu diesem Zweck alle schon verdrehten Bibelstellen, die er je in seinem Leben gehört hatte.

Selbst das ließ ich über mich ergehen. Als er aber etwas einführte, das man als eine Art abgestufter Einkommensteuer betrachten konnte, empörte ich mich, und zwar blindlings. Das war es gerade, was er bezweckt hatte. Jetzt berief er sich nämlich auf das Volk, und da es auf meine großen Reichtümer eifersüchtig war, stützte es ihn. ›Warum sollen wir bezahlen und du nicht?‹ fragten sie. ›Ist es nicht die Stimme Gottes, die durch die Lippen Moosus, des Schamanen, spricht?‹

Ich gab also nach. Gleichzeitig aber erhöhte ich den Schnapspreis – und siehe da – er war ebenso schnell bei der Hand, seine Steuern zu erhöhen.

Dann kam es zum offenen Krieg. Ich setzte mich für Newak und Tummasook ein, weil sie ja alte traditionelle Rechte besaßen, aber Moosu trug den Sieg davon, indem er einen Klerus schuf und beiden hohe Ämter übertrug. Das Problem der Autorität trat nun selbst an ihn heran, und er löste es so, wie es oft gelöst worden ist. Darin lag eben mein Fehler. Ich hätte die Stelle des Schamanen, nicht die des Häuptlings übernehmen sollen. *Ich* hätte Schamane, *er* Häuptling sein sollen. Aber das sah ich leider zu spät ein, und bei dem Zusammenstoß zwischen geistlichen und weltlichen Mächten mußte ich notgedrungen den Kürzeren ziehen. Ein gewaltiger Streit wurde ausgefochten, aber sehr bald einseitig. Das Volk vergaß nicht, daß er mich gesalbt hatte, und somit war es auch ganz klar, daß die Quelle der Autorität nicht bei mir, sondern bei Moosu zu suchen war. Nur ganz wenige Getreue hielten noch zu mir, und der Führer dieser Leute war Angeit, während Moosu die Volkspartei leitete und das Gerücht verbreitete, daß ich die Absicht hätte, ihn zu überrumpeln und meine eigenen Götter, die höchst unrechtmäßige Götter waren, einzusetzen. Und in dieser Beziehung war das schlaue Luder mir tatsächlich zuvorgekommen, denn ich hatte eben diese Absicht: auf meine Königswürde zu verzichten, verstehen Sie, und mit geistigen Mitteln den geistigen Feind zu bekämpfen. Er flößte deshalb dem Volk Angst vor meinen ungerechten Göttern ein – namentlich erwähnte er einen, den er ›Geschäft‹ nannte – und rottete dadurch meine Pläne mit der Wurzel aus.

Nun geschah es, daß Kluktu, die jüngste Tochter von Tummasook, mein Interesse erregt hatte, wie ich das ihrige. Ich leitete deswegen Verhandlungen ein, aber der Exhäuptling lehnte meine Werbung (nachdem ich schon den Kaufpreis bezahlt hatte!) ohne weiteres ab und teilte mir mit, daß sie für Moosu bestimmt wäre. Das war mir denn doch ein bißchen zu stark, und ich war schon halbwegs entschlossen, nach seiner Hütte zu gehen und ihn mit meinen bloßen Händen zu verprügeln. Aber da fiel mir ein, daß der Tabak doch beinahe aufgebraucht war, und deshalb ging ich lachend nach Hause. Am nächsten Tag machte er eine Beschwörung und verstümmelte die Legende von dem Wunder mit den Broten und Fischen, bis sie zu einer Weissagung wurde. Zwischen den Worten hörte ich, daß sie sich gegen die Fülle von Fleisch richtete, die ich in meinen Depots aufbewahrte. Das Volk verstand auch zu hören, und da er es nicht dazu antrieb, auf die Jagd zu gehen, blieben sie zu Hause und brachten nur ein bißchen Rentier- oder Bärenfleisch ins Dorf.

Ich hatte indessen meine eigenen Pläne geschmiedet, weil ich festgestellt hatte, daß nicht nur der Tabak, sondern auch das Mehl und der Sirup zur Neige gingen. Außerdem hielt ich es für meine Pflicht, die Weisheit des weißen Mannes darzutun und Moosu, der sich infolge der Macht, die ich ihm geschaffen hatte, einen Schmerbauch zugelegt hatte, ernste

Sorge zu bereiten. Deshalb ging ich in derselben Nacht in meine Provianthütte und arbeitete dort mächtig. Am nächsten Tag konnte man auch sehen, daß die Hunde des Dorfes ziemlich faul waren. Niemand aber hatte eine Ahnung, warum sie es waren, und ich arbeitete deshalb jede Nacht ebenso, und die Hunde wurden immer fetter, das Volk aber immer magerer. Es murrte und verlangte die Erfüllung der Prophezeiung, aber Moosu hielt es zurück, weil er warten wollte, bis der Hunger noch größer wurde. Nicht in seinen wildesten Träumen kam ihm der Gedanke, daß ich ihm mit leeren Lagern einen Streich spielen wollte.

Als alles fertig war, schickte ich Angeit und die wenigen Getreuen, dich ich heimlich ernährt hatte, durch das Dorf, um eine Versammlung einzuberufen. Der Stamm versammelte sich auf einem großen Platz mit festgetretenem Schnee vor meinem Haus, das von meinen auf hohen Pfählen erbauten Lagerschuppen überragt wurde. Auch Moosu kam und stellte sich in den Kreis mir gegenüber. Er war sich ganz klar darüber, daß ich etwas vorhatte, und war bereit, mich beim ersten Anzeichen niederzuwerfen. Aber ich stand ruhig auf und begrüßte ihn vor allen andern.

›O Moosu, du Auserwählter Gottes‹, begann ich. Sicherlich hast du dich gewundert, warum ich heute diese Versammlung einberufen habe. Und ohne Zweifel bist du infolge meiner vielen törichten Handlungen auf schnelle Worte und schnelle Taten gefaßt. Aber du hast dich geirrt. Es ist einst gesagt worden, daß die Götter, wenn sie jemanden vernichten wollen, ihn erst mit Wahnsinn schlagen. Und ich bin in der Tat verrückt gewesen. Ich habe deinen Willen durchkreuzt, mit deiner Autorität Spott getrieben und böse und eitle Dinge vollbracht. Deshalb hatte ich heute nacht eine Vision und habe nun die Bosheit meiner Wege erkannt. Du standest mit flammenden Brauen wie ein strahlender Stern vor mir, und ich erkannte in meinem Herzen deine unendliche Größe. Ich sah alles ganz klar. Ich wußte, daß du das Ohr Gottes beherrschest und daß er dir lauscht, wenn du redest. Und ich entsann mich, daß ich, wenn ich bisweilen Gutes vollbracht hatte, es lediglich dank der Gnade Gottes und der Gnade Moosus habe tun dürfen.‹

›Ja, meine Kinder‹, rief ich und wandte mich an das Volk. ›Wenn ich recht getan und Gutes vollbracht habe, dann vollbrachte ich es nur nach dem weisen Rat Moosus. Wenn ich ihm lauschte, führten die Geschäfte zum Erfolg. Wenn ich ihm meine Ohren verschloß und meiner eigenen Torheit gemäß handelte, ging alles fehl. Auf seinen Rat füllte ich mein Lager mit Fleisch und konnte in einer Zeit der Finsternis die Hungernden speisen. Durch seine Gnade wurde ich Häuptling. Und was habe ich aus meiner Häuptlingswürde gemacht? Ich werde es euch gestehen. Gar nichts. Mein Kopf wurde von der Macht berauscht, ich wähnte mich größer als Moosu, und seht, ich habe nur Unglück geerntet. Mein Herrschaft war ohne Weisheit, und jetzt zürnen die Götter. Seht, ihr werdet von Hungersnot gequält, die Brüste der Mütter sind trocken, und die kleinen Säuglinge schreien die langen Nächte hindurch. Und ich, der ich mein Herz gegen Moosu verhärtet habe, weiß nicht, was zu tun ist, und weiß auch nicht, wie man Lebensmittel beschaffen könnte.‹

Bei diesen Worten nickten und lachten alle, das Volk steckte die Köpfe zusammen, und ich wußte, daß sie von den Broten und Fischen sprachen. Ich fuhr deshalb schnell fort: ›So erkannte ich schließlich meine eigene Torheit und die unendliche Weisheit Moosus, meine Unfähigkeit und die Tüchtigkeit Moosus. Und da ich jetzt nicht mehr verrückt bin, erkenne ich es offen an und will das Böse wieder gutmachen. Ich warf meine Augen zu Unrecht auf Kluktu, denn seht, sie war Moosu versprochen worden. Und doch ist sie mein, denn habe ich Tummasook nicht den Kaufpreis in Waren bezahlt? Aber ich bin ihrer wohl unwürdig, und sie soll aus dem Iglu ihres Vaters zu Moosu gehen. Kann der Mond wohl leuchten, wenn die Sonne scheint? Und Tummasook darf außerdem auch den Kaufpreis, den ich ihm gegeben habe, behalten, so daß sie eine freie Gabe an Moosu wird, den Gott zu ihrem rechtmäßigen Herrn gemacht hat.‹

›Und ferner schenke ich, weil ich meine Reichtümer auf unrichtige Weise und nur um euch, meine Kinder, zu unterdrücken, verwendet habe, Moosu die Petroleumkanne und ebenso den Kupferkessel. Ich kann also keine Reichtümer mehr zusammenschaffen, und wenn ihr nach Schnaps durstet, wird Moosu euren Durst stillen, ohne euch zu berauben. Denn er ist ein großer Mann, und Gott spricht durch seine Lippen.‹

›Und ferner hört: Mein Herz ist weich geworden, und ich bin von meinem Wahnsinn geheilt. Ich, der ich ein Narr und der Sohn von Narren bin, der ich ein Sklave des bösen Gottes 'Geschäft' bin, ich, der ich die leeren Mägen sehe und nicht weiß, wie sie füllen ... Warum, o ihr Geliebten, soll ich Häuptling sein? Und über euch herrschen, damit ihr untergeht? Warum sollte ich dies tun, ich, der ich nicht gut bin? Aber Moosu, der ein Schamane und über alles Menschenvermögen hinaus weise ist, kann mit weicher und gerechter Hand herrschen. Infolge der Umstände, die ich euch berichtet habe, trete ich also zurück und übergebe Moosu meine Häuptlingswürde. Denn er allein weiß, wie ihr Nahrung bekommen werdet in diesen bitteren Tagen, da es im ganzen Land nichts zu essen gibt.‹

Da klatschten alle begeistert in die Hände, und das ganze Volk schrie: ›Kloske, Kloske‹, was ›gut‹ bedeutet. Ich hatte in den Augen Moosus das große Staunen gelesen, denn er konnte nicht verstehen und war voller Furcht vor der Weisheit des weißen Mannes. Ich hatte alle seine Wünsche erfüllt und war sogar noch darüber hinausgegangen. Als ich so dastand und mich selbst der ganzen Macht entkleidet hatte, wußte er, daß es nicht der rechte Augenblick war, das Volk gegen mich aufzuhetzen.

Ehe sie sich zerstreuen konnten, hatte ich ihnen noch mitgeteilt, daß Moosu zwar meine Destille bekäme, daß aber aller Schnaps, den ich noch besaß, in den Besitz des Volkes übergehen solle. Moosu versuchte, dagegen zu protestieren, denn wir hatten bisher nur erlaubt, daß eine kleine Anzahl von Männern sich gleichzeitig betranken, aber sie schrien schon: ›Kloske, Kloske‹ und bereiteten ein Fest vor der Tür meiner Hütte vor.

Während die Leute draußen immer aufrührerischer wurden, je mehr der Branntwein ihnen zu Kopf stieg, hielt ich drinnen eine Sitzung mit Angeit und meinen Getreuen ab. Ich sagte ihnen, was jeder einzelne tun sollte, und legte in ihren Mund, was sie zu sagen hatten. Dann schlich ich mich nach einem geheimen Ort im Wald, wo ich zwei Schlitten bereithielt. Sie waren schwer beladen und die Hundegespanne nicht überfüttert. Der Frühling stand vor der Tür, wissen Sie, und es hatte sich schon eine Kruste auf dem Schnee gebildet. Es war also der rechte Augenblick, um südwärts zu reisen. Außerdem war auch der Tabak zu Ende. Ich wartete seelenruhig, denn ich hatte nichts zu fürchten. Wenn sie mich wirklich verfolgten, waren ihre Hunde zu fett und sie selbst zu mager, um mich einholen zu können. Außerdem meinte ich, mich hinreichend vorbereitet zu haben, um ihnen in jeder Weise gewachsen zu sein.

Zuerst kam einer meiner Getreuen gelaufen und nach ihm noch einer. ›O Meister‹, rief der erste atemlos. ›Es herrscht große Verwirrung im Dorf, keiner weiß, was er will, und sie wollen alle sehr viele verschiedene Dinge. Alle haben sie viel getrunken, einige von ihnen spannen ihre Bogen, und andere streiten sich. Nie habe ich solche Verwirrung gesehen.‹

Und der zweite sprach: ›Ich habe getan, wie du uns geboten hast, o Meister, habe schlaue Worte in durstige Ohren geflüstert und Erinnerungen an alte Tage geweckt. Das Weib Ipsukuk jammerte über ihre Armut und über die Reichtümer, die ihr nicht mehr gehören. Und Tummasook sieht sich wieder als Häuptling. Das Volk ist hungrig und rast hierhin und dorthin.‹

Und ein dritter berichtete: Newak hat die Altäre Moosus umgestürzt und ruft die ehrwürdigen Götter vergangener Tage an. Und das ganze Volk gedenkt des Überflusses, der früher durch die Kehlen strömte und den es nicht mehr besitzt. Zuerst kämpfte Esanetuk, die tum-tum-krank ist, mit Kluktu, und es gab viel Lärm. Da sie beide Töchter derselben Mutter sind, kämpften sie darauf mit Tukelitha. Und dann überfielen alle drei Moosu mit beiden Händen wie gewaltige Windstöße, bis er aus dem Iglu lief und das ganze Volk ihn verhöhnte. Denn ein Mann, der seine Frauen nicht beherrschen kann, ist ein Narr.‹

Dann kam Angeit: ›Großes Elend hat Moosu betroffen, o Meister, denn ich habe erfolgreich geflüstert, bis das Volk zu Moosu ging und sagte, daß es hungrig wäre und die Erfüllung der Weissagung verlangte. Und alle schrien laut: Itlwillie! Itlwillie! (Fleisch). Er rief deshalb seinen Frauen zu, daß sie Frieden halten sollten, denn Zorn und Schnaps hatten sie übermannt, und führte den Stamm zu deinen Fleischlagern. Und dort forderte er die Männer auf, sie zu öffnen und davon zu essen. Aber siehe, die Häuser waren leer. Es war gar kein Fleisch da. Sie standen wortlos da; das ganze Volk war von Furcht erfüllt, und in dieser Stille erhob sich meine Stimme und sagte: ›O Moosu, wo ist das Fleisch? Wir wissen genau, daß Fleisch da war. Haben wir es nicht auf der Jagd erbeutet und hergeschafft? Es wäre eine Lüge, wenn man sagen wollte, daß ein Mann es gegessen hat. Und doch sehen wir weder Haut noch Haar. Wo ist das Fleisch, Moosu? Du hast das Ohr Gottes. Wo ist das Fleisch?‹

Und das ganze Volk schrie: ›Wo ist das Fleisch? Du hast das Ohr Gottes.‹ Sie falteten die Hände und waren voller Furcht. Dann ging ich unter ihnen herum, sprach furchtsam von unbekannten Dingen, von den Toten, die kommen und als Schatten umgehen und Böses tun, bis sie alle vor Angst laut schrien und sich zusammenscharten wie kleine Kinder, die sich im Dunkeln fürchten. Newak hielt eine Rede und legte das Unglück, das sie betroffen hatte, Moosu vor die Tür. Als er fertig war, gab es große Aufregung, sie nahmen die Speere in die Hand, Zähne von Walrossen, Keulen und Steine vom Strande. Aber Moosu flüchtete in seine Hütte, und da er vom Schnaps nicht getrunken hatte, konnten sie nichts gegen ihn ausrichten. Einer stolperte über den anderen, und so ging es nur langsam. Auch jetzt noch stehen sie vor seiner Hütte und heulen, und drinnen heulen seine Frauen, und infolge des vielen Lärms kann er sich kein Gehör schaffen.‹

›O Angeit, du hast klug gehandelt‹, lobte ich ihn. ›Geh jetzt, nimm den leeren Schlitten und die mageren Hunde und fahre schnell nach Moosus Iglu. Ehe das Volk, das betrunken ist, es merkt, wirfst du ihn auf den Schlitten und bringst ihn hierher.‹

Ich wartete und gab inzwischen meinen Getreuen gute Ratschläge, bis Angeit wiederkam. Moosu lag auf dem Schlitten, und an den Malen an seinem Hals erkannte ich, daß seine Frauen ihn richtig behandelt hatten. Aber er taumelte vom Schlitten, fiel vor meinen Füßen in den Schnee und rief: ›O Meister, du wirst deinem Moosu alles Arge, das er getan hat, verzeihen! Du bist ein großer Mann, sicherlich wirst du mir verzeihen!‹

›Ruf mich nur 'Bruder', o Moosu, ruf mich ›Bruder‹, spottete ich und brachte ihn auf die Beine. ›Wirst du jetzt für immer gehorchen?‹

›Ja, o Meister‹, wimmerte er. ›Ich werde es künftig immer tun.‹

›Dann lege dich gefälligst auf diese Weise quer über den Schlitten.‹ Ich nahm die Hundepeitsche in die rechte Hand. ›Und halte dein Gesicht nach unten, gegen den Schnee gerichtet. Und beeile dich, denn wir fahren schon heute nach Süden.‹ Als er sich zurechtgelegt hatte, begann ich, mit der Peitsche auf ihn loszuschlagen, und bei jedem Hieb erzählte ich ihm das Unrecht, das er mir angetan hatte. ›Dies für deine Ungehorsamkeit im allgemeinen – Schwapp! Schwapp! Und dies für deine Ungehorsamkeit im besonderen – Schwapp! Schwapp! Und dies für Esanetuk – Und dies für das Wohlergehen deiner Seele – Schwapp! Und dies für die Gnade deiner Herrschsucht! Und dies für Kluktu! Und dies für die Rechte, die von Gott stammen! Und dies für deinen fetten Erstling! Und dies und dies für deine Einkommensteuer und deine Brote und deine Fische! Und dies für deine gesamte Ungehorsamkeit! Und zum Schluß dies, damit du künftig vernünftig bist und vernünftig handelst. Und jetzt läßt du das Heulen und stehst auf. Schnall dir die Schneeschuhe an, geh voran und tritt die Fährte für die Hunde fest. Los! Vorwärts!‹«

Thomas Stevens lächelte ruhig vor sich hin, während er sich die fünfte Zigarre ansteckte und krause Rauchringe zur Decke blies.

»Aber wie ging es dem Volk von Tattarat?« fragte ich. »Das war doch ein bißchen hart, es so einfach in der Hungersnot sitzen zu lassen.« Doch lachend sagte er zwischen zwei Ringen: »Hatte es denn nicht die fetten Hunde?«

Das Wort der Männer

»Ich will dir sagen, was wir tun: Wir würfeln darum.«

»Einverstanden«, sagte der andere und wandte sich an den Indianer, der in einer Ecke der Hütte saß und Schneeschuhe ausbesserte. »Hör du, Billebedam, lauf so schnell du kannst zur Hütte von Oleson und sag ihm, daß wir seinen Würfelbecher borgen möchten.«

Diese plötzliche Aufforderung während einer ernsten Besprechung über Arbeiterlöhne und Holz- und Lebensmittelpreise überraschte Billebedam. Zudem war es sehr früh am Tag, und er hatte noch nie erlebt, daß Männer von der Art Pentfields oder Hutchinsons gewürfelt oder gespielt hätten, ehe die Arbeit des Tages getan war. Als er aber seine Handschuhe anzog und zur Tür hinausging, blieb sein Gesicht so ausdruckslos, wie das Gesicht eines Yukonindianers es gewöhnlich ist.

Obgleich die Uhr schon acht zeigte, war es draußen noch ganz dunkel; in der Hütte selbst brannte eine Talgkerze in einer leeren Whiskyflasche. Sie stand auf dem Tannentisch inmitten eines Wirrwarrs von schmutzigen Zinntellern. Der Talg unzähliger Kerzen war an dem langen Hals der Flasche herabgeträufelt und zu einem Gletscher in Taschenformat erstarrt. Der kleine Raum, der das Innere der Hütte bildete, war so wenig aufgeräumt wie der Tisch. In einer Ecke an der Stirnwand waren zwei Schlafstellen übereinander gestellt. Die Decken lagen noch so unordentlich da wie am Morgen, als die beiden Männer herausgekrochen waren.

Lawrence Pentfield und Corry Hutchinson waren Millionäre, obgleich sie nicht danach aussahen. Es war nichts Außergewöhnliches an ihnen, wenn sie auch in jedem Michiganlager als hervorragende Typen von Holzhändlern gegolten hätten. Aber draußen in der Dunkelheit, wo viele Löcher in der Oberfläche der Erde klafften, waren zahlreiche Männer damit beschäftigt, Schmutz, Kies und Gold aus der Tiefe dieser Löcher heraufzuholen, und andere Männer erhielten fünfzehn Dollar täglich, um das alles aus dem Felsgrund zu kratzen. An jedem Tag wurden Tausende von Dollars in Gold dort abgekratzt und an die Oberfläche gebracht, und alles gehörte den Herren Pentfield und Hutchinson, die einen Platz unter den reichsten Goldkönigen der Bonanza einnahmen.

Pentfield brach zuerst das Schweigen, nachdem Billebedam gegangen war, indem er die schmutzigen Teller über den Tisch schob und auf dem freigemachten Raum einen Zapfenstreich mit seinen Knöcheln schlug. Hutchinson putzte die blakende Kerze und rieb den Ruß vom Docht nachdenklich mit Daumen und Zeigefinger.

»Ich möchte wirklich, Teufel noch mal, daß wir beide aus diesem Dreck herauskommen!« rief er plötzlich. »Dann wäre alles wieder in Ordnung.«

Pentfield blickte ihn düster an.

»Wenn deine verfluchte Hartnäckigkeit nicht wäre, würde sowieso alles in Ordnung kommen. Du brauchst doch nur aufzustehen und zu fahren. Ich werde inzwischen nach dem Rechten sehen, und nächstes Jahr reise ich dann.«

»Warum sollte ich weggehen? Ich habe niemanden, der auf mich wartet.«

»Deine Familie«, unterbrach ihn Pentfield.

»Ganz wie bei dir«, fuhr Hutchinson fort. »Ein Mädel, meine ich, und das weißt du auch ...«

Pentfield zuckte finster die Achseln. »Sie kann warten, denke ich.«

»Aber jetzt wartet sie schon zwei Jahre.«

»Und ein drittes wird sie nicht übermäßig älter machen.«

»Das wären also drei Jahre! Denk daran, alter Knabe, drei Jahre an diesem Ende der Erde, diesem Abladeplatz der Verdammten.« Hutchinson hob seinen Arm und stieß einen Seufzer aus, der fast wie ein Stöhnen klang.

Er war einige Jahre jünger als sein Partner, nicht älter als sechsundzwanzig Jahre, und doch stand Schwermut in seinem Gesicht geschrieben – jene Schwermut, welche die Gesichter von Männern prägt, die sich vergeblich nach etwas sehnen, das ihnen lange vorenthalten wird.

Dieselbe Schwermut stand auch in Pentfields Gesicht geschrieben und hatte sich in seinem Achselzucken ausgedrückt.

»Mir träumte heute nacht, ich wäre bei Zinkand«, sagte er. »Die Musik spielte, Gläser klirrten, Stimmen summten, Frauen lachten, und ich selbst bestellte Eier – ja, mein Lieber, Spiegeleier und hartgesottene Eier und weiche Eier und Rühreier und Eier auf jede denkbare Art. Ich verschlang sie ebenso schnell, wie sie mir gebracht wurden.«

»Ich hätte Salate und Gemüse bestellt«, kritisierte Hutchinson gierig. »Dazu einen mächtigen Braten und junge Zwiebeln und Radieschen, so frisch, weißt du, daß sie knacken, wenn man sie zwischen die Zähne kriegt.«

»Das hätte ich wahrscheinlich nach den Eiern bestellt, wenn ich nicht aufgewacht wäre«, antwortete Pentfield.

Er nahm ein von den Fahrten stark mitgenommenes Banjo vom Fußboden und begann, einige Töne zu klimpern. Hutchinson wurde unruhig und atmete schwer.

»Laß das ...«, platzte es in plötzlicher Wut aus ihm heraus. »Laß das, zum Teufel! Es macht mich verrückt. Ich halte es nicht mehr aus.«

Pentfield schleuderte das Banjo auf das eine Bett und zitierte:

»Hör mich flüstern, was der Schwächste nicht gesteht:
Ich bin Vergangenheit und Qual: die Stadt!
Bin alles, was in Abendkleidung geht!«

Der andere Mann rückte auf seinem Platz hin und her und ließ schließlich den Kopf auf den Tisch sinken.

Pentfield nahm wieder das eintönige Trommeln mit den Knöcheln auf.

Ein Knacken der Tür erregte seine Aufmerksamkeit. Der Frost kroch wie ein weißes Laken an der Innenseite empor. Und er begann leise vor sich hin zu singen:

»Die Vögel sammeln sich zum Zug,
Zum Meere schwimmt der Lachs, und kahl
Sind alle Bäume. Und wir zwei –
Mein Kind, wo hausen wir einmal?«

Wieder herrschte Schweigen, das erst gebrochen wurde, als Billebedam kam und den Würfelbecher auf den Tisch stellte.

»Sehr kalt«, sagte er. »Oleson sagen mir, Yukon heute nacht zugefroren.«

»Hörst du, alter Freund!« rief Pentfield und klopfte Hutchinson auf die Schulter. »Wer gewinnt, darf morgen früh um diese Zeit nach dem Land Gottes abfahren!«

Er hob den Becher und ließ die Würfel fröhlich rasseln. »Was spielen wir?«

»Richtiges Pokerwürfeln«, antwortete Hutchinson.

»Los, laß rollen!«

Pentfield fegte die Teller mit lautem Geklirr vom Tisch hinunter und warf alle fünf Würfel. Beide sahen aufmerksam hin. Der Wurf war ohne Paare und ein Fünfer die höchste Zahl.

»Niete«, seufzte Pentfield.

Nach langem Zögern nahm Pentfield die fünf Würfel vom Tisch auf und tat sie in den Becher.

»Ich würde an deiner Stelle beim Fünfer bleiben«, schlug Hutchinson vor.

»Nein, das würdest du nicht, wenn du dieses siehst«, antwortete Pentfield und würfelte erneut. Wieder kam kein Paar, die Würfel zeigten aber diesmal in ununterbrochener Reihenfolge zwei bis sechs Augen.

»Das war mein zweiter Wurf«, seufzte er. »Du brauchst gar nicht zu würfeln, Corry. Du kannst gar nicht mehr verlieren.«

Der andere schob ohne ein Wort die Würfel zusammen, schüttelte den Becher und ließ sie in einem Bogen über den Tisch fallen. Dann sah er, daß in dem Wurf ebenfalls nur ein Sechser war.

»Ebensoviel wie du, das schon, aber ich muß es besser machen«, sagte er, nahm vier Würfel und ließ die Sechs liegen. »Aber jetzt schlage ich dich!«

Die Würfel rollten und zeigten zwei, drei, vier und fünf – also weder besser noch schlechter als Pentfields Würfe.

Hutchinson seufzte.

»Kommt nicht einmal unter Millionen Würfen vor«, sagte er.

»Auch nicht in Millionen Leben«, fügte Pentfield hinzu. Dann nahm er den Würfelbecher und warf schnell. Drei Fünfer erschienen, und als er nach einigem Zögern zum zweitenmal warf, erhielt er einen vierten Fünfer. Hutchinson schien jede Hoffnung auf einen Sieg aufzugeben.

Aber schon beim ersten Wurf erhielt er drei Sechser. Ein großer Zweifel tauchte in den Augen des andern auf, während er selbst wieder Hoffnung schöpfte. Er hatte noch einen Wurf übrig. Noch eine Sechs – und er konnte über das Eis zum Salzmeer und in die Staaten reisen! Er schüttelte die Würfel, tat, als ob er werfen wollte, zögerte und schüttelte noch einmal.

»Na, los, los doch! Brauch nicht den ganzen Abend dazu«, rief Pentfield scharf, seine Nägel bogen sich, so fest drückte er die Finger gegen die Tischplatte, um seine Erregung zu beherrschen.

Der Würfel rollte; eine Sechs zeigte sich ihren Blicken. Beide Männer saßen da und starrten sie an. Hutchinson warf einen verstohlenen Blick auf seinen Partner, der ihn – noch verstohlener – auffing und den Mund verzog, um zu zeigen, wie gleichgültig es ihm sei.

Hutchinson lachte, als er aufstand. Es war ein nervöses, ängstliches Lachen. Diesen beiden schien es fast unangenehmer zu gewinnen, als zu verlieren. Er trat zu seinem Partner, der ihm übermütig zurief:

»Jetzt hör aber auf, Corry. Ich weiß genau, was du sagen willst: Daß du lieber bleiben und mich reisen lassen würdest und dergleichen. Brauchst es also gar nicht erst zu sagen. Du hast deine Familie in Detroit, die du besuchen kannst, und das genügt. Außerdem kannst du ja das einzige für mich erledigen, was ich besorgt hätte, wenn ich selbst gefahren wäre ...«

»Und das ist?«

Pentfield las die Frage in den Augen seines Partners und antwortete: »Jawohl, eben das ist es. Bring sie mit her. Der ganze Unterschied bestünde darin, daß wir in Dawson und nicht in San Francisco Hochzeit halten.«

»Aber, lieber Junge«, wandte Corry Hutchinson ein, »wie, in aller Welt, soll ich sie denn herbringen? Wir sind doch nicht Bruder und Schwester. Und die Sache ist um so schlimmer, als ich sie ja noch gar nicht gesehen habe. Außerdem wäre es auch nicht ganz einfach, zusammen zu reisen, weißt du. Natürlich würde alles sauber zugehen – das wissen wir beide. Aber bedenke doch, wie es nach außen hin aussehen würde, Mensch!«

Pentfield fluchte in seinen Bart.

»Wenn du mal zuhören und dich nicht gleich aufs hohe Roß setzen wolltest«, sagte sein Partner, »dann würdest du merken, daß das einzig Anständige, was ich unter diesen Umständen tun kann, wäre, dich statt meiner dieses Jahr reisen zu lassen. Es ist ja nur ein Jahr bis zum nächsten Jahr, und dann kann ich meinen Ausflug machen ...«

Pentfield schüttelte den Kopf, obgleich man sehen konnte, daß er angesichts dieser Versuchung schwankte.

»Es geht nicht, Corry, alter Bursche. Ich weiß deine Freundlichkeit zu schätzen und so weiter, aber es geht nicht. Ich würde mich jede Stunde bei dem Gedanken schämen, daß du hier an meiner Stelle schuften mußt.«

Plötzlich schien ihm ein Gedanke zu kommen. Er suchte in seinem Bett und brachte es in seinem Eifer ganz in Unordnung, fand aber schließlich doch eine Schreibunterlage und einen Bleistift, setzte sich an den Tisch und begann schnell und sicher zu schreiben.

»Hier«, sagte er, als er den schnell hingekritzelten Brief seinem Partner überreichte. »Das brauchst du nur abzugeben, und die Sache ist in Ordnung.«

Hutchinson ließ seinen Blick darüber schweifen und legte das Blatt wieder auf den Tisch.

»Aber wie kannst du wissen, ob ihr Bruder bereit wäre, die niederträchtige Reise hierher zu machen?« fragte er.

»Oh, er wird es schon für mich tun – für mich und seine Schwester«, antwortete Pentfield. »Er ist ein Chechaquo, weißt du, und ich würde sie ihm allein nicht anvertrauen. Aber mit dir zusammen ist es eine leichte und sichere Reise. Sobald du angekommen bist, gehst du zuerst zu ihr und bereitest sie vor. Dann kannst du zu deiner eigenen Familie im Osten fahren, und im Frühling werden sie und ihr Bruder dann bereit sein, mit dir zu reisen. Sie wird dir sehr gefallen, das weiß ich, schon auf den ersten Blick. Und hiernach wirst du sie erkennen, sobald du sie siehst.«

Er öffnete die Kapsel seiner Uhr und zeigte ihm das an der Innenseite des Deckels aufgeklebte Bild eines jungen Mädchens. Corry Hutchinson betrachtete sie, und Bewunderung trat in seine Augen.

»Mabel heißt sie«, fuhr Pentfield fort. »Es ist vielleicht gut, daß du weißt, wo du ihr Haus finden kannst. Sobald du in San Francisco angekommen bist, nimmst du eine Droschke und sagst nur: ›Holmes Platz, Myrdon Avenue.‹ Ich glaube nicht einmal, daß es nötig ist, Myrdon Avenue hinzuzufügen. Der Kutscher wird schon wissen, wo Richter Holmes wohnt.«

»Und weißt du«, fügte Pentfield nach einer Pause hinzu, »es wäre keine schlechte Idee, wenn du mir noch einige Sachen mitbringen wolltest, die ... hm ...«

»Ein verheirateter Mann muß seine Sachen in Ordnung haben«, platzte Hutchinson grinsend heraus.

Pentfield grinste ebenfalls.

»Natürlich – Servietten und Tischtücher, Laken und Kissenbezüge und dergleichen. Und bring eine Garnitur aus guter Seide mit. Weißt du, es ist ja kein Spaß für sie, sich hier niederzulassen. Du kannst das ganze Zeug mit dem Dampfer durch die Beringstraße schicken. Und wie wäre es mit einem Klavier?«

Hutchinson fand diese Idee glänzend. Sein Widerstand war geschwunden, und er begann sich für seine Mission zu erwärmen.

»Weiß Gott, Lawrence«, sagte er, als die Beratung vorbei war, und sie beide aufstanden. »Ich werde dir dein Mädel ganz sicher bringen. Ich werde das Kochen übernehmen und für die Hunde sorgen, und ihr Bruder braucht nur für ihre Bequemlichkeit da zu sein und alles zu tun, was ich etwa vergessen sollte. Aber ich werde verflucht wenig vergessen, darauf kannst du dich verlassen.«

Am nächsten Tag schüttelte ihm Lawrence Pentfield zum letzten Mal die Hand und folgte ihm mit den Blicken, als er mit seinen Hunden den zugefrorenen Yukon aufwärts in

Richtung der salzigen See und der großen Welt verschwand. Pentfield ging zu seiner Bonanzamine zurück, die ihm jetzt tausendmal trauriger als sonst erschien, aber er sah dem langen Winter tapfer entgegen. Es gab Arbeit genug, Männer mußten beaufsichtigt, Anleitungen für das Schürfen nach der Goldader gegeben werden.

Aber sein Herz war nicht bei der Arbeit. Er hatte überhaupt kein Interesse für irgendwelche Arbeit, bevor die aufgestapelten Stämme für die neue Hütte, die auf dem Hügel hinter der Mine erbaut werden sollte, eingerammt worden waren. Es sollte eine große Hütte werden, recht gemütlich und in drei schöne Räume unterteilt. Jeder Stamm war mit der Hand gehobelt und viereckig zugeschnitten – ein kostspieliger Einfall, da die Arbeiter einen Tageslohn von fünfzehn Dollar erhielten. Aber nichts erschien ihm zu kostspielig, wenn es sich um das Heim handelte, in dem Mabel Holmes leben sollte.

So ging er also an den Bau der Hütte und sang dabei: »Und wir zwei – mein Kind, wo hausen wir einmal?« Er hatte auch einen Kalender an die Wand über den Tisch gehängt, und das erste, was er jeden Morgen tat, war, daß er den Tag durchstrich und nachzählte, wie viele Tage es noch dauerte, bis sein Partner im Frühling das Yukoneis herabgesaust käme. Eine andere Idee, die er hatte, bestand darin, daß niemand in der Hütte am Hügel schlafen durfte. Sie mußte jungfräulich dastehen, bis sie bezogen wurde, wie es auch die viereckigen gehobelten Stämme aus frischem Holz waren. Und als sie fertig dastand, ließ er ein großes Schloß an der Tür der Hütte befestigen. Kein anderer als er selbst durfte eintreten, und er gewöhnte sich daran, viele Stunden dort zu verbringen. Wenn er die Hütte verließ, strahlte sein Gesicht wie eine Sonne, und ein warmes, frohes Licht leuchtete in seinen Augen.

Im Dezember erhielt er einen Brief von Corry Hutchinson. Er hatte gerade Mabel Holmes kennengelernt. Sie sei genau, wie sie sein sollte, um Lawrence Pentfields Gattin zu werden, schrieb er. Er war begeistert, und der Brief brachte das Blut in den Adern Pentfields zum Brausen. Andere Briefe folgten, einer unmittelbar auf den andern, und manchmal zwei oder drei auf einmal, wenn der Dampfer die Post sackweise brachte. Alle waren im selben Ton gehalten. Corry war soeben von der Myrdon Avenue gekommen, Corry war gerade unterwegs nach der Myrdon Avenue, oder Corry war in der Myrdon Avenue. Und er blieb länger und immer länger in San Francisco, von der Reise nach Detroit war überhaupt nicht mehr die Rede.

Lawrence Pentfield überlegte, daß sein Partner doch ziemlich viel Zeit in Mabels Gesellschaft verbrachte, wenn man bedachte, daß er seine Familie im Osten besuchen wollte. Er ertappte sich sogar dabei, daß er sich bisweilen darüber grämte, wenn er sich auch mehr gegrämt hätte, wenn er Mabel und Corry nicht so gut gekannt hätte. Andererseits hatten Mabels Briefe immer so viel von Corry zu erzählen. Eine gewisse Furcht lief auch als roter Faden durch sämtliche Briefe, ja, beinahe ein Unwille vor der Fahrt über das Eis und der Hochzeit in Dawson. Pentfield antwortete herzlich und verlachte ihre Furcht, denn er glaubte, daß eher physische Angst vor den Gefahren und Entbehrungen dahintersteckte, und verstand nicht, daß nur frauenhafte Scheu sie diktierte.

Jedoch der lange Winter und das unerträgliche Warten, dem schon zwei lange Winter vorausgegangen waren, übten einen großen Einfluß auf seine Stimmung aus. Die Beaufsichtigung der Arbeiter und das Interesse für die Goldader konnten die Langeweile des täglichen Einerleis nicht unterbrechen, und gegen Ende Januar machte er verschiedene Ausflüge nach Dawson, wo er sich eine Weile an den Spieltischen vergessen konnte. Da er einen Verlust ertragen konnte, gewann er natürlich, und ›Pentfields Glück‹ wurde zur stehenden Redensart unter den Pharaospielern.

Sein Glück folgte ihm bis in die zweite Woche des Februar. Wie lange es ihm noch gefolgt wäre, ist schwer zu sagen, denn da hörte er nach einem größeren Gewinn überhaupt auf zu spielen.

Eine Stunde lang hatte es schon so ausgesehen, als ob er auf keine Karte setzen könnte, ohne zu gewinnen. In einer Pause, als gerade ein Spiel beendet war, und während der Croupier die Karten zusammenraffte, bemerkte Nick Inwood, der Besitzer der Spielhölle, ohne Zusammenhang: »Hören Sie, Pentfield, Ihr Partner macht aber schöne Geschichten in den Staaten!«

»Lassen Sie Corry sich nur amüsieren«, antwortete Pentfield. »Er hat es redlich verdient.«

»Jeder nach seinem Geschmack«, lachte Nick Inwood. »Aber ich würde Heiraten doch nicht Sich-amüsieren nennen ...«

»Corry verheiratet!« rief Pentfield ungläubig, aber doch verblüfft.

»Jawohl«, sagte Inwood. »Ich habe es in der Friscoer Zeitung gelesen, die heute morgen über das Eis gebracht wurde.«

»Wie heißt das Mädel?« fragte Pentfield; sein Gesicht hatte den Ausdruck geduldiger Tapferkeit, mit dem ein Mann den Köder schluckt und sich dabei klar ist, daß gleich ein mächtiges Gelächter auf seine Kosten folgen wird.

Nick Inwood nahm die Zeitung aus der Tasche und suchte darin, während er sagte: »Ich hab' leider kein gutes Gedächtnis für Namen, aber ich glaube, es war so was wie Mabel – ja richtig, hier steht es – Mabel Holmes, Tochter von Richter Holmes, mag der nun sein, wer er will ...«

Lawrence Pentfield ließ sich nicht das geringste anmerken, obgleich er sich fragte, wie in aller Welt ihr Name hier im Nordland bekannt sein konnte. Er blickte ruhig von Gesicht zu Gesicht, um irgendwelche Anzeichen für den Streich zu entdecken, den man ihm spielen wollte, aber abgesehen von einer selbstverständlichen Neugier war nichts zu bemerken. Dann wandte er sich an den Spielhausbesitzer und sagte kühl und ruhig: »Inwood, ich habe hier eben einen Fünfhunderter bekommen, der mir zuflüstert, daß das, was Sie alles erzählen, nicht in der Zeitung steht.«

Der Spielhausbesitzer sah ihn mit komischer Neugierde an. »Gehen Sie, mein Junge ... Ich will Ihr Geld nicht haben.«

»Ich dachte nur«, knurrte Pentfield, wandte sich wieder dem Spiel zu und setzte auf einige Karten. Nick Inwood bekam einen roten Kopf, ließ den Blick sorgfältig über die Spalten der Zeitung schweifen, als ob er selbst seinen Sinnen nicht traute. Dann wandte er sich an Pentfield.

»Sehen Sie selbst, hier«, sagte er schnell und nervös. »Ich kann das nicht zulassen, verstehen Sie.«

»Was zulassen?« fragte Pentfield brutal.

»Ihre Andeutung, daß ich gelogen hätte.«

»Unsinn«, lautete die Antwort. »Ich wollte nur andeuten, daß Sie versuchten, einen taktlosen Witz zu machen.«

»Machen Sie Ihre Einsätze, meine Herren«, rief der Croupier.

»Aber ich sage Ihnen, daß es wahr ist«, beharrte Nick Inwood.

»Und ich habe gesagt, daß ich fünfhundert darauf wette, daß es nicht in der Zeitung steht«, sagte Pentfield und zog gleichzeitig einen schweren Goldbeutel aus der Tasche.

»Ich habe keine Lust, Ihnen Ihr Geld abzunehmen«, lautete die Antwort, als er Pentfield die Zeitung in die Hand streckte.

Pentfield sah es, obgleich es ihm kaum möglich war, es zu glauben. Er warf einen flüchtigen Blick auf die Überschrift »Jung Lochinvar kam aus dem Norden« und las den Artikel flüchtig durch, bis die beiden nebeneinanderstehenden Namen Mabel Holmes und Corry Hutchinson ihm buchstäblich in die Augen sprangen. Dann blickte er auf den Kopf des Blattes und sah, daß es eine San Franciscoer Zeitung war.

»Das Geld gehört Ihnen, Inwood«, bemerkte er mit einem kurzen Lachen. »Aber da steht nichts davon, was mein Partner tun wird, wenn er abgereist ist.«

Dann nahm er die Zeitung wieder in die Hand und las die Notiz Wort für Wort, sehr langsam und sorgfältig. Er konnte nicht länger zweifeln. Es stand fest, daß Corry Hutchinson Mabel Holmes geheiratet hatte. »Einer der Bonanzakönige«, so wurde er geschildert, »Partner von Lawrence Pentfield (den die vornehme Gesellschaft San Franciscos noch nicht vergessen haben wird) und gemeinsam mit diesem Herrn an anderen reichen Minenunternehmungen beteiligt.« Ferner las er, »daß Herr und Frau Hutchinson nach einem kurzen Ausflug nach Detroit ihre eigentliche Hochzeitsreise nach dem bezaubernden Klondikelande machen wollen«.

»Ich komme später wieder«, sagte Pentfield. »Halten Sie bitte den Platz für mich frei.« Er stand auf und nahm seinen Beutel, der inzwischen beim Kassierer gewesen und um fünfhundert Dollar leichter zurückgekehrt war.

Er trat auf die Straße hinaus und kaufte sich eine Seattlezeitung. Sie enthielt denselben Bericht, wenn auch ein wenig gekürzt. Es war nicht mehr zu bezweifeln, daß Corry und Mabel verheiratet waren. Pentfield kehrte zur Spielhölle zurück und nahm wieder seinen Platz am Spieltisch ein. Er bat, die Höchstgrenze aufzuheben.

»Wollen wohl versuchen, etwas Leben in die Bude zu bringen«, sagte Nick Inwood und nickte dem Croupier sein Einverständnis zu. »Ich wollte gerade in den A.C.-Laden gehen, aber jetzt glaube ich, daß ich lieber bleibe und zusehe, wie es Ihnen ergeht.«

Nach zweistündigem Kampf zeigte es sich, wie es Lawrence Pentfield ergangen war. Der Croupier biß die Spitze einer frischen Zigarre ab, zündete ein Streichholz an und verkündete, daß die Bank gesprengt sei. Pentfield steckte die Vierzigtausend ein, gab Nick Inwood die Hand und teilte ihm mit, daß es das letztemal sei, daß er an seinem Spieltisch oder an einem andern gespielt hätte.

Keiner ahnte oder vermutete, daß er getroffen, noch weniger, daß er schwer getroffen war. Seinem Auftreten war kein Unterschied anzumerken. Eine Woche ging er seiner Arbeit nach, ganz wie er es immer getan, bis er einen Bericht über die Hochzeit in einer Portlandzeitung las. Dann rief er einen Freund, bat ihn, sich seiner Mine anzunehmen, und reiste hinter seinen Hunden den Yukon hinauf. Bis White River folgte er dem Weg nach dem Salzwassersee, dort aber bog er ab.

Fünf Tage später stieß er auf ein Jagdlager der White-River-Indianer. Abends wurde ein Fest abgehalten, und er saß auf dem Ehrenplatz neben dem Häuptling. Am nächsten Morgen lenkte er seine Hunde nach dem Yukon zurück. Aber er reiste nicht mehr allein. Eine junge Squaw fütterte an diesem Abend seine Hunde für ihn und half ihm das Lager bereiten. Sie war in ihrer Kindheit von einem Bären überfallen worden und hinkte immer noch leicht. Sie hieß Laschka und war anfangs etwas mißtrauisch gegen den fremden weißen Mann, der plötzlich aus dem Unbekannten aufgetaucht war, sie heiratete, ohne ihr ein Wort oder einen Blick zu schenken, und der sie jetzt mit sich in das Unbekannte nahm.

Aber Laschkas Schicksal war besser als das, welches wilden Indianermädchen sonst zuteil wird, wenn sie weiße Männer im Nordland heiraten. Sobald sie Dawson erreicht hatten, wurde die indianische Ehe, die sie verband, nach Art der weißen Männer feierlich vor dem Priester bestätigt. Von Dawson, wo ihr alles als Traum und Wunder erschien, brachte er sie direkt zur Bonanzamine und in das aus viereckigen Planken erbaute Haus auf dem Hügel.

Das neuntägige Staunen, das die Folge war, wurde nicht so sehr durch den Umstand hervorgerufen, daß Lawrence Pentfield sich eine Squaw für Bett und Tisch gewählt hatte, als durch die Feierlichkeit, durch die er den Bund legalisierte. Daß er diese Heirat besonders sanktionieren ließ, war das einzige, was der Gesellschaft unverständlich erschien. Aber niemand ließ Pentfield etwas merken. Solange die Launen eines Mannes der Gemeinschaft nicht schaden, läßt man ihn in Ruhe, und Pentfield wurde nicht einmal aus den Hütten der Männer verbannt, die weiße Frauen hatten. Die Trauzeremonie hatte die Wirkung, daß er nicht zu den Squawmännern gerechnet wurde, und enthob ihn jedes moralischen Vorwurfs, wenn es auch Männer gab, die seinen Geschmack kritisierten.

Von der Außenwelt bekam er keine Briefe mehr. Sechs Schlittenladungen mit Post waren am großen Lachsfluß verlorengegangen. Außerdem wußte Pentfield ja auch, daß Corry und seine Braut zu dieser Zeit schon unterwegs sein mußten. Sie würden sich eben jetzt auf der Hochzeitsreise, befinden ... Auf dieser Hochzeitsreise, von der er selbst zwei unerträgliche Jahre lang geträumt hatte. Er verzog bei diesem Gedanken bitter den Mund. Aber er ließ sich nichts anmerken, abgesehen davon, daß er freundlicher zu Laschka wurde.

Der März war schon längst vorbei, und der April näherte sich seinem Ende, als Laschka ihn um die Erlaubnis bat, den

Yukon einige Meilen abwärts zur Hütte Siwash Petes zu fahren. Petes Frau, die vom Stewart River stammte, hatte Bescheid geschickt, daß ihr kleines Kind krank war. Und Laschka, die außerordentlich mütterlich veranlagt war und sich selbst für erfahren in Bezug auf Kinderkrankheiten hielt, ließ keine Gelegenheit vorübergehen, um sich der Kinder anderer Frauen anzunehmen, die glücklicher waren als sie.

Pentfield schirrte die Hunde an, und mit Laschka hinter sich schlug er den Weg das Bett des Bonanza hinab ein. Frühling lag in der Luft. Die Kälte hatte ihre schneidende Schärfe verloren, und wenn auch der Schnee immer noch das Land bedeckte, so erzählte doch das Murmeln und Rieseln des Wassers, daß der eiserne Griff des Winters sich lockerte. Der Weg war grundlos, hier und dort hatte man einen neuen Weg um die Löcher herum getreten. An einer solchen Stelle, wo nicht genügend Platz war, daß zwei Schlitten einander ausweichen konnten, hörte Pentfield das Läuten von Schellen, die sich näherten, und ließ deshalb seine Hunde haltmachen.

Ein Gespann müder Hunde kam um die nächste Ecke, von einem schwerbeladenen Schlitten gefolgt. An der Lenkstange ging ein Mann, der auf eine Art steuerte, die Pentfield bekannt vorkam, und hinter dem Schlitten folgten zwei Frauen. Sein Blick suchte wieder den Mann an der Lenkstange. Es war Corry. Pentfield stand auf und wartete. Er war froh, daß er Laschka bei sich hatte. Wenn die Begegnung arrangiert worden wäre, hätte sie nicht unter günstigeren Bedingungen stattfinden können, dachte er. Und während er dastand und wartete, überlegte er, was sie wohl sagen würden, was sie sagen könnten. Er selbst brauchte ja nichts zu erklären. Das war ihre Sache, und er war bereit, sie anzuhören.

Als sie einander gegenüberstanden, erkannte Corry ihn und blieb stehen. Mit einem »Hallo, Alter!« streckte er die Hand aus.

Pentfield nahm die Hand, aber ohne Wärme, ohne Worte. Jetzt hatten die beiden Damen sie erreicht, und er sah, daß die eine Dora Holmes war. Er nahm seine Pelzmütze ab, deren Ohrklappen flatterten, gab ihr die Hand und wandte sich dann zu Mabel. Sie näherte sich mit wiegenden Schritten, strahlend und blendend, zögerte aber vor seiner ausgestreckten Hand. Er hatte eigentlich die Absicht gehabt zu sagen: »Wie geht es Ihnen, Frau Hutchinson?« Aber irgendwie hatte das »Frau Hutchinson« ihn verwirrt, und er war deshalb nur imstande, ein »Wie geht es Ihnen?« hervorzustottern.

Die Lage war genauso gezwungen und unbequem, wie er es gewünscht hatte. Mabel verriet die Erregung, die sie empfand, während Dora offenbar die Rolle einer Friedensstifterin spielen wollte und sagt: »Was ist denn mit dir los, Lawrence?«

Bevor er antworten konnte, nahm Corry ihn beim Ärmel und zog ihn beiseite. »Sag mal, Alter, was bedeutet denn das?« Corry stellte die Frage im Flüsterton und wies mit den Augen auf Laschka.

»Ich verstehe nicht, Corry, was diese Sache dich angeht«, gab Pentfield spöttisch zur Antwort.

Aber Corry ging geradewegs auf die Sache los. »Was macht diese Frau auf deinem Schlitten? Wer ist sie denn? Wessen Squaw ist sie?«

Da führte Lawrence Pentfield seinen vernichtenden Schlag, und noch dazu mit einem gewissen Übermut, der ihn für das ihm angetane Unrecht ein wenig zu entschädigen schien.

»Sie ist meine Frau«, sagte er. »Mrs. Pentfield, wenn Sie gestatten.«

Corry Hutchinson stöhnte, aber Pentfield ließ ihn stehen und wandte sich den beiden Frauen zu. Mabel stand mit gequälter Miene da und schien sich nur mit Mühe aufrechtzuhalten. Er wandte sich zu Dora und fragte sehr freundlich, als ob die ganze Welt nur Sonnenschein wäre: »Wie haben Sie die Fahrt überstanden? War es schwer, sich nachts warm zu halten? Und wie ist sie Frau Hutchinson bekommen?« fragte er dann und warf einen Blick auf Mabel.

»Oh, du lieber Kindskopf!« rief Dora, schlang ihm beide Arme um den Hals und drückte ihn an sich. »Dann hast du es also auch gesehen? Ich dachte mir ja schon, daß etwas los sein mußte, weil du dich so sonderbar benahmst.«

»Ich verstehe nicht recht«, stammelte er.

»In der Nummer vom nächsten Tag wurde es schon berichtigt«, plauderte Dora weiter. »Wir ließen uns ja nicht träumen, daß du gerade diese Zeitung in die Hand bekommen würdest. In allen anderen stand es richtig, und natürlich ist diese dumme Zeitung die einzige, die du gelesen hast ...«

»Warte einen Augenblick! Wie meinst du das?« fragte Pentfield, und auf einmal wurde sein Herz von einer furchtbaren Angst ergriffen. Er hatte das Gefühl, am Rande eines tiefen Abgrunds zu stehen.

Aber Dora fuhr mit ungeheurer Zungenfertigkeit fort: »Weißt du, als es bekannt wurde, daß sowohl Mabel wie ich nach Klondike gingen, schrieb die ›Wochenpost‹, daß es, wenn wir weggingen, ›wunderbar‹ in der Myrdon Avenue werden würde. Das Blatt meinte natürlich ›sonderbar‹.«

»Dann –«

» *Ich* bin Mrs. Hutchinson«, antwortete Dora. »Und du hast die ganze Zeit geglaubt, Mabel wäre es.«

»Ja, so ist es gewesen«, antwortete Pentfield langsam. »Aber jetzt verstehe ich. Der Reporter hat die beiden Namen verwechselt. Die Zeitungen in Seattle und Portland haben es dann falsch nachgedruckt.«

Eine Minute stand er schweigend da. Mabels Gesicht war ihm zugewandt, und er konnte den erwartungsvollen Ausdruck sehen. Corry betrachtete mit ungeheurem Interesse die zerrissenen Zehen seines einen Mokassins, während Dora lange Seitenblicke auf das unbewegliche Gesicht Laschkas warf, die im Schlitten saß.

Lawrence Pentfield starrte vor sich hin – und schaute in eine unendlich traurige Zukunft, in deren grauer Monotonie er sich selbst auf einem Schlitten neben Laschka hinter laufenden Hunden sah.

Dann sprach er ganz einfach und sah Mabel dabei in die Augen.

»Es tut mir grenzenlos leid. Das hätte ich mir nie träumen lassen. Ich glaubte, du hättest Corry geheiratet. Es ist meine Frau, die auf dem Schlitten dort sitzt.«

Mabel Holmes wandte sich halb ohnmächtig ihrer Schwester zu. Es sah aus, als ob die ganze Müdigkeit der langen Reise sie jetzt mit einem Mal überfiele. Dora legte ihren Arm um sie. Corry Hutchinson war immer noch mit seinen Mokassins beschäftigt. Pentfield blickte schnell von Gesicht zu Gesicht. Dann wandte er sich zum Schlitten.

»Wir können nicht den ganzen Tag hier stehenbleiben, wenn Petes Kindchen auf uns wartet«, sagte Laschka.

Die lange Hundepeitsche zischte durch die Luft, die Hunde warfen sich in die Sielen, und der Schlitten wurde schlingernd vorwärts geschleudert.

»Hör, Corry«, rief Pentfield über die Schulter zurück. »Du kannst ruhig die alte Hütte nehmen. Ich habe sie einige Zeit nicht benutzt. Ich habe mir eine neue oben auf dem Hügel gebaut.«

Der Gott seiner Väter

Nach allen Seiten erstreckte sich Urwald – die Stätte lärmender Lustspiele und stummer Tragödien. Hier wurde der Kampf ums Dasein immer noch mit der ganzen Brutalität einer entschwundenen Zeit geführt. Brite und Russe hatten noch nicht um die Macht zu kämpfen begonnen in dem Land, wo der Regenbogen endet und das war mitten in seinem Herzen –, und auch das Gold der Yankees hatte noch nicht seine unermeßlichen Gebiete gekauft. Das Wolfsrudel hängte sich noch an die Flanken der Rentierherde, wählte sich die Schwachen und Trächtigen aus und riß sie nieder, ebenso schonungslos, wie es vor tausend und abertausend Generationen geschehen sein mochte. Die spärliche eingeborene Bevölkerung anerkannte noch die Herrschaft ihrer Häuptlinge und Medizinmänner, vertrieb böse Geister, verbrannte ihre Hexen, stritt sich um ihren Nachbarn und fraß ihre Feinde mit einem Wohlbehagen, das von ausgezeichneter Verdauung zeugte. Aber die Steinzeit begann sich ihrem Abschluß zu nähern. Auf unbekannten Pfaden und durch unerforschte Wildnis kamen die Vorläufer des Stahls schon gezogen – blauäugige, unbezwingbare Bleichgesichter, die Verkörperung der ewigen Rastlosigkeit ihrer Rasse. Zufällig oder mit Überlegung, einzeln oder zu zweien und dreien kamen sie, niemand wußte woher, kämpften, starben oder zogen weiter – niemand wußte, wohin. Die Priester wüteten gegen sie, die Häuptlinge riefen ihre Krieger zusammen, und Steine klirrten gegen Stahl, aber das alles half nichts. Wie Wasser, das aus einem mächtigen Behälter sickert, kamen sie langsam durch die dunklen Wälder und über die Gebirgspässe, fuhren die großen Straßen des Landes in Rindenkanus hinab oder traten mit ihren mokassinbekleideten Füßen den Weg für die Wolfshunde. Sie gehörten einem mächtigen Geschlecht an, und ihrer Mütter waren viele, aber das sollten die pelzgekleideten Bewohner des Nordlands erst später erfahren. Manch unbesungener Wanderer kämpfte seinen letzten Kampf und erlitt den Tod unter der kalten Flammenglut des Nordlichts, wie seine Brüder in brennendem Sand und in dampfenden Urwäldern den Tod erlitten hatten und wie sie ihn ferner erleiden werden, wenn die Zeit gekommen ist und das Schicksal ihrer Rasse sich erfüllt.

∗

Es war kurz vor Mitternacht. Am nördlichen Horizont zeigte sich eine rosige Glut, die nach Westen blässer und nach Osten röter wurde – die Mitternachtssonne, die sich hinter den Horizont zurückgezogen hatte. Dämmerung und Morgengrauen gingen ineinander über, so daß es keine Nacht gab – ein Tag vermählte sich einfach mit dem andern, ein kaum sichtbarer Übergang lag zwischen zwei Sonnenkreisen. Ein Schneesperling zwitscherte furchtsam zur Nacht, ein Rotkehlchen begrüßte den Morgen mit vollen, klaren Tönen. Von einer Insel im Yukon sandte eine Kolonie von Wildenten ihre Klage über das unendliche Unrecht aus, das sie erlitten, während ein Eistaucher auf der anderen Seite des stillen Flusses sein Spottgelächter anstimmte.

Im Vordergrund, am Ufer eines träge rinnenden Wirbels, lagen Birkenrindenkanus zu je zweien und dreien. Elfenbeinspeere, Pfeile mit Widerhaken aus Knochen, Bogen mit Sehnen aus Wildleder und einfache, geflochtene Fallen zeugten davon, daß der Lachsfang in der trüben Flut des Flusses schon begonnen hatte. Im Hintergrund des ganzen Labyrinths von Zelten und Rahmen zum Dörren der Fische erklangen die Stimmen der Fänger. Junge Männer lärmten mit andern jungen Männern oder schäkerten mit den jungen Mädchen, während die älteren Frauen, die von allem ausgeschlossen waren, weil sie ihre Bestimmung bereits mit der Fortpflanzung des Geschlechts erfüllt hatten, schwatzend Stricke aus den grünen Wurzeln der Weinranke flochten. Zu ihren Füßen spielte die nackte Nachkommenschaft, zankte sich oder wälzte sich mit den gelbbraunen Wolfshunden im Schmutz. Auf der einen Seite des Lagers und deutlich von ihm getrennt, befand sich ein anderes, aus zwei Zelten bestehendes. Das war ein Lager des weißen Mannes. Wenn sonst nichts, so war die Wahl der Lage ein schlagender Beweis hierfür. Im Fall eines Angriffs konnte man von hier aus das hundert Schritt entfernte Indianerlager beschießen, zur Verteidigung machten den Platz die höhere Lage und der freie Raum zwischen den beiden Lagern geeignet; und für den Fall einer Niederlage waren es nur zwanzig Schritt den kurzen Hang hinab bis zu den Kanus am Fluß.

Aus einem der Zelte erklangen das Wimmern eines kranken Kindes und das leise Summen der Mutter. Draußen saßen zwei Männer bei der schwelenden Glut eines Lagerfeuers und sprachen miteinander.

»Was? Ich liebe die Kirche als ihr guter Sohn! *Bien!* So groß ist meine Liebe, daß ich mein ganzes Leben damit verbracht habe, vor ihr zu fliehen, und daß ich alle meine Nächte von einem Strafgericht träume. Sieh!« Die Stimme des Mischlings hob sich zu einem gereizten Knurren. »Ich bin am Red River geboren. Mein Vater war weiß – ebenso weiß wie du. Aber du bist Yankee, und er war von britischer Herkunft und der Sohn eines vornehmen Mannes, und meine Mutter war die Tochter eines Häuptlings, und ich war ein Mann. Ja, und man brauchte mich nur einmal anzusehen, um zu wissen, was für Blut in meinen Adern rann; denn ich wohnte mit den weißen Männern zusammen und war einer von ihnen, und das Herz meines Vaters pochte in meiner Brust. Es geschah, daß ein junges Mädchen – es war weiß – mich mit milden Augen ansah. Ihr Vater hatte viel Land und viele Pferde; er war ein großer Mann unter den Seinen, und in seinen Adern rann französisches Blut. Er sagte zu dem jungen Mädchen, daß sie ihr eigenes Herz nicht kenne, und sprach lange mit ihr und war ergrimmt, daß so etwas geschehen konnte. Aber sie kannte ihr Herz, und wir standen bald vor dem Pfaffen. Aber ihr Vater war uns zuvor gekommen, mit Lügen oder falschen Versprechungen, was weiß ich. Der Pfaffe gab sich hart und wollte uns nicht zu Mann und Frau machen, so daß wir miteinander leben konnten. Wie die Kirche zuerst meine Geburt nicht hatte segnen wollen, so verweigerte die Kirche mir jetzt die Heirat und befleckte meine Hände mit Männerblut! *Bien!* Also habe ich allen Grund, die Kirche zu lieben. Und so schlug ich denn den Pfaffen auf seinen weibischen Mund, und wir nahmen schnelle Pferde, das Mädchen und ich, und ritten nach Fort Pierre. Dann schlugen wir den Weg nach Osten ein, das Mädchen und ich, nach den Bergen und Wäldern, und wir lebten zusammen und waren nicht verheiratet – an alledem war die gute Kirche schuld – sie, die ich wie ein Sohn liebe.

Aber beachte es wohl, denn so seltsam ist das Weib, dessen Wege kein Mann verstehen kann. Einer der Sättel, die ich leerte, war der ihres Vater, und die Hufe derer, die nach ihm kamen, traten ihn in den Boden. Das sahen wir, das Mädchen und ich, doch das hätte ich vergessen, hätte sie mich nicht daran erinnert. In der Stille des Abends, als die Jagd beendet war, trat es zwischen uns, auch in der Stille der Nacht, wenn wir unter den Sternen lagen und eins hätten sein sollen. Immer war es da. Sie sprach nie davon, aber es saß an unserm Feuer und war immer zwischen uns. Sie versuchte, es beiseitezuschieben, aber in solchen Stunden konnte es sich zwischen uns erheben, bis ich es an dem Ausdruck ihrer Augen, ja, in ihrem Atem las.

Zuletzt gebar sie mir ein Kind, ein Mädchen, und starb. Da zog ich zum Volk meiner Mutter, um Nahrung und Leben für das Kind an einer warmen Brust zu finden. Aber meine Hände waren mit dem Blut von Männern befleckt, und das alles war die Schuld der Kirche. Die berittene Polizei des Nordens kam, mich zu fangen, aber der Bruder meiner Mutter, der damals Häuptling über alles Volk war, versteckte mich und gab mir Pferde und Essen. Dann zogen wir fort, meine Tochter und ich. Bis in das Land an der Hudson-Bucht, wo es wenig weiße Männer gab und wenig Fragen gestellt wurden.

Ich arbeitete als Jäger, als Führer, als Schlittenfahrer für die Company, bis meine Tochter Weib geworden war, hochgewachsen, schlank und schön anzuschauen.

Du kennst den Winter, den langen, einsamen, der böse Gedanken und noch mehr böse Taten gebiert. Der erste Faktor war ein harter, kühner Mann. Aber er war keiner von denen, an denen das Auge eines Weibes Wohlgefallen findet. Meine Tochter, die jetzt ein Weib war, fand Gnade vor seinen Augen. Heilige Mutter Gottes! Er schickte mich auf eine lange Reise mit den Hunden, um du verstehst ... Er war ein harter, herzloser Mann. Sie war beinahe ganz weiß, und ihre Seele war weiß, denn sie war ein gutes Weib, und – nun ja, sie starb.

Es war bitterkalt in der Nacht, als ich zurückkehrte, und ich war viele Monate unterwegs gewesen, so daß die Hunde jämmerlich hinkten, als ich das Fort erreichte. Indianer und Mischlinge sahen mich schweigend an, und ich fühlte eine Angst vor – ich wußte nicht, was, aber ich sagte nichts, ehe die Hunde gefüttert waren und ich gegessen hatte, wie ein Mann stets tun soll, wenn eine Arbeit seiner wartet. Dann ergriff ich das Wort und fragte, was geschehen wäre. Sie zitterten vor mir, ängstlich vor meinem Zorn und vor dem, was mir einfallen könnte; aber sie kam heraus, die traurige Geschichte, Wort für Wort und Tat für Tat, und sie wunderten sich über meine Ruhe. Als sie fertig waren, ging ich in das Haus des Faktors, ruhiger, als ich jetzt bin, während ich es erzähle. Er hatte Furcht gehabt und die Mischlinge um Hilfe gebeten, aber ihnen gefiel nicht, was er getan hatte, und sie ließen ihn liegen, wie er sich sein Bett bereitet hatte. Daher floh er in das Haus des Pfaffen. Ich folgte ihm, als ich aber hinkam, stellte sich der Pfaffe mir in den Weg und sagte, daß ein zorniger Mann weder rechts noch links gehen sollte, sondern geradewegs zu Gott. Ich verlangte, daß er mich vorließe, kraft des Rechts eines erbitterten Vaters, aber er sagte, nur über seine Leiche, und flehte mich an, zu Gott zu beten. Siehst du, es war die Kirche – immer die Kirche, denn ich ging über seine Leiche und sandte den Faktor meiner Tochter nach, daß er sie vor Gott treffe, der ein schlechter Gott und der Gott der weißen Männer ist.

Es gab großen Lärm, man schickte nach der Station flußabwärts, und ich floh. Durch das Land um den großen Sklavensee, das Mackenzie-Tal hinab bis zu dem Eis, das nie schwindet, über die weißen Berge, an der großen Biegung des Yukon vorbei, bis hierher. Und bis heute bist du der erste vom Volk meines Vaters, den meine Augen gesehen haben. Ich wünschte, du wärst der letzte! Dieses Volk, mein eigenes Volk, ist einfältig, und ich habe große Ehre unter ihnen genossen. Mein Wort ist ihnen Gesetz, und ihre Priester handeln nach meinem Gebot – anders würde ich es mir nicht gefallen lassen. Wenn ich in ihrem Namen spreche, spreche ich auch in meinem eigenen. Wir bitten, daß ihr uns in Frieden laßt. Wir brauchen die Menschen eurer Rasse nicht. Wenn wir euch erlaubten, an unsern Feuern zu sitzen, dann würden eure Kirchen, eure Pfaffen und eure Götter euch folgen. Und ihr sollt wissen, daß ich von jedem Weißen, der in mein Dorf kommt, verlangen werde, daß er seinen Gott verleugnet. Ihr seid die ersten, und ich gebe euch eine Frist. Dann tut ihr am besten zu gehen, und zwar bald.«

»Ich bin nicht für meine Brüder verantwortlich«, sagte der andere und stopfte sich nachdenklich die Pfeife. Denn Hay Stokkard war zeitweise ebenso beherrscht in seiner Rede wie unbeherrscht in seinem Tun.

»Aber ich kenne eure Rasse«, antwortete der Mischling. »Eurer Brüder sind viele, und ihr und die Euren seid es, die die Bahn treten, daß sie euch folgen. Sie werden einmal das ganze Land besitzen, aber nicht zu meiner Zeit. Ich habe schon gehört, daß sie an der Quelle des großen Flusses sind, und viel weiter abwärts befinden sich die Russen.«

Hay Stockard hob hastig den Kopf. Das war ein höchst erstaunlicher geographischer Aufschluß. In der Hudson-Bucht-Station beim Fort Yukon hatte man andere Begriffe vom Lauf des Flusses und glaubte, daß er sich in das nördliche Eismeer ergieße.

»Dann mündet der Yukon also in die Beringsee?« fragte er.

»Ich weiß es nicht, aber am unteren Lauf sind viele Russen. Doch das hat nichts damit zu tun. Ihr könnt wieder zu euren Brüdern gehen, aber den Koyokuk dürft ihr nicht befahren, solange Priester und Krieger mir gehorchen. Das ist mein Gebot, und ich bin Baptiste der Rote, dessen Wort Gesetz ist. Ich herrsche über dieses Volk.«

»Und wenn ich nicht zu den Russen oder zurück zu meinen Brüdern ziehe?«

»Dann werdet ihr, ehe viele Stunden vergangen sind, vor eurem Gott stehen, der ein schlechter Gott und der Gott der weißen Männer ist.«

Die Sonne hob sich im Norden über den Horizont, blutrot und triefend. Baptiste der Rote erhob sich, nickte hastig und begab sich in sein Lager, wo in rötlicher Dämmerung das Rotkehlchen sang.

Hay Stockard blieb vor dem Feuer sitzen. Durch den Rauch der Holzkohlen sah er den oberen Lauf des Koyokuk, dieses merkwürdigen Flusses, der hier seinen arktischen Lauf beschloß und sein Wasser mit dem trüben des Yukon mischte. Wenn man den letzten Worten eines schiffbrüchigen Seemanns – der die furchtbare Reise über Land gemacht hatte – glauben konnte und wenn die Flasche mit Goldstaub, die er in seinem Tabaksbeutel gehabt hatte, irgend etwas bewies, so befand sich die Schatzkammer des Nordens irgendwo dort oben in der Heimat des Winters.

Aber ihre Tür wurde von Baptiste dem Roten, einem Mischling und Abgefallenen, bewacht, und der versperrte den Weg.

»Ach was!«

Er zertrat die Glut und erhob sich zu seiner vollen Höhe, reckte die starken Arme und wandte sich sorglos dem errötenden Himmel im Norden zu.

*

Hay Stockard fluchte ärgerlich, und sein Weib sah von ihren Töpfen und Pfannen auf, ihr Blick folgte scharf dem seinen, der sich auf den Fluß richtete. Sie stammte aus dem Teslin-Land und wußte genau Bescheid mit den Flüchen ihres Mannes, wenn er erst richtig anfing. Von einem Schneeschuhriemen, der sich lockerte, bis zu der drohenden Aussicht auf einen plötzlichen Tod konnte sie jede Situation aus dem Klang und der Reichhaltigkeit seiner Gotteslästerungen erkennen, und sie verstand, daß es sich hier um etwas sehr Ernstes handelte.

Ein langes Kanu durchschnitt den Strom mit Paddeln, die in den Strahlen der Abendsonne schimmerten, aber ein rotes Taschentuch, das der eine sich um den Kopf gewickelt hatte, fesselte seinen Blick.

»Bill!« rief er. »Hör mal, Bill!«

Ein schlottriger, gelenkiger Riese kam gähnend und sich den Schlaf aus den Augen reibend aus einem der Zelte herausgetrollt. Dann erblickte er das fremde Kanu und war im selben Augenblick vollkommen wach.

»Verflucht noch mal! Der verdammte Himmelslotse!«

Hay Stockard nickte ärgerlich, machte eine Handbewegung, als wollte er seine Büchse nehmen, und zuckte dann die Achseln.

»Knall ihn ab«, meinte Bill, »und mach der Geschichte gleich ein Ende. Wenn wir das nicht tun, bringt er uns bestimmt den Untergang.«

Aber der andere lehnte diese drastische Maßregel ab und drehte sich um, während er gleichzeitig die Frau wieder an ihre Arbeit gehen ließ und Bill vom Ufer zurückrief.

Die beiden Indianer vertäuten das Boot am Rand des Wirbels, während der Weiße, der darin saß und durch seinen prachtvollen Kopfschmuck besonders in die Augen fiel, den Hang am Fluß heraufstieg.

»Wie Paulus von Tarsus grüße ich euch. Friede sei mit euch; möget ihr Gnade vor dem Herrn finden.«

Verdrossen und wortlos hörten sie seinen frommen Gruß an.

»Dich, Hay Stockard, Gotteslästerer und Philister, grüße ich. In deinem Herzen wohnt die Gier nach dem Mammon, in deiner Seele hausen listige Teufel, in deinem Zelt ist das Weib, mit dem du Hurerei treibst, und doch, hier mitten in der Wildnis, bitte ich, Sturges Owen, der Apostel des Herrn, dich, deine Sünden zu bereuen und abzulassen von deinem schändlichen Wandel.«

»Erspar dir deine leeren Phrasen!« fiel Hay Stockard ihm gereizt ins Wort. »All das kannst du besser beim Roten Baptiste drüben loswerden.«

Er machte eine Handbewegung zum Indianerlager hinüber, wo der Mischling stand, offenbar bemüht, die soeben Eingetroffenen zu erkennen. Sturges Owen, Verbreiter des Lichts und Apostel des Herrn, trat an den Rand des steilen Hanges und gab seinen Leuten Befehl, das Zelt und die übrige Ausrüstung heraufzuschaffen.

Hay Stockard folgte ihm.

»Sag mal!« fragte er, indem er den Missionar an der Schulter packte und umdrehte. »Hast du dein Leben lieb?«

»Mein Leben steht in der Hand des Herrn, und ich arbeite nur in seinem Weinberg«, antwortete Owen feierlich.

»Hör bloß auf damit! Bist du darauf versessen, den Märtyrertod zu erleiden?«

»Wenn es Sein Wille ist?«

»Na ja, das kann hier leicht geschehen, aber vorher will ich dir doch einen guten Rat geben – du kannst dich danach richten oder es sein lassen. Wenn du hier bleibst, wirst du mitten in deiner Arbeit dahingerafft. Und nicht nur du allein, sondern auch deine Leute, Bill, meine Frau –«

»Die eine Tochter Belials ist und nicht auf das wahre Evangelium schwört.«

»Und ich selber. Du stürzt dich nicht allein ins Unglück, sondern uns auch. Du erinnerst dich vielleicht, daß wir letzten Winter zusammen eingeschneit waren. Seither weiß ich, daß du ein guter Kerl und ein Idiot bist. Wenn du es für deine Pflicht hältst, mit den Heiden zu kämpfen, schön und gut, aber dann tu das so, daß man sehen kann, du hast ein bißchen Grips. Dieser Mann, der Rote Baptiste, ist kein Indianer. Er ist vom selben Stamm wie du und ich und ebenso eigensinnig, wie ich je gewesen. Ein ebenso wütender Fanatiker nach der einen Seite wie du nach der andern. Wenn ihr beide aneinander geratet, dann ist die Hölle los, und ich habe keine Lust, mit dabei zu sein, verstehst du? Deshalb folge lieber meinem Rat und zieh weiter. Wenn du den Fluß hinunterfährst, kommst du zu den Russen. Bei ihnen müssen orthodoxe Pfaffen sein, die werden dafür sorgen, daß du sicher zur Beringsee kommst – da hinein mündet der Yukon –, und von dort wird es dir nicht schwerfallen, wieder in die Zivilisation zu gelangen. Glaub mir auf mein Wort und sorg dafür, daß du wegkommst, so schnell, wie Gott dich entwischen läßt.«

»Wer den Herrn in seinem Herzen und das Evangelium in seiner Hand führt, hegt keine Furcht vor den Künsten vor Menschen oder Teufeln«, antwortete der Missionar mutig. »Ich will diesen Mann sehen und mit ihm ringen. Ein verirrtes

Lamm, das in seinen Pferch zurückgeführt wird, ist ein größerer Sieg, als der über tausend Heiden. Wer stark im Bösen ist, kann auch mächtig im Guten sein – wie Saulus, als er nach Damaskus reiste, um christliche Gefangene nach Jerusalem zu bringen. Aber die Stimme des Erlösers tönte in seinen Ohren: ›Saulus, Saulus, warum verfolgst du Mich?‹ Sofort stellte Paulus sich auf die Seite des Herrn, und von dem Tage an hatte er große Macht in der Errettung von Seelen. Genau wie Du, Paulus von Tarsus, genau wie Du arbeite ich im Weinberg des Herrn und finde mich in Prüfungen und Entbehrungen, in Verachtung und Hohn, in Schläge und Strafe, um Seinetwillen!«

»Bringt mir den kleinen Beutel mit Tee und einen Kessel Wasser«, rief Owen im nächsten Augenblick seinen Bootsführern zu. »Und vergeßt nicht den Rentierschinken und die Bratpfanne.«

Als seine Leute, die er selbst zum christlichen Glauben bekehrt hatte, das Ufer erreicht hatten, fielen alle drei mit ihren Lasten in die Knie und dankten Gott, weil sie unversehrt durch die Wildnis gekommen waren und das Ende ihres Weges erreicht hatten.

Hay Stockard sah spöttisch und mißbilligend dem ganzen Auftritt zu. Das Romantische und Feierliche machte keinen Eindruck auf seine nüchterne Seele. Baptiste der Rote, der immer noch zu ihnen hinüberstarrte, erkannte aus alter Zeit die feierliche Handlung, und er gedachte des jungen Weibes, das sein Lager unter den Sternen im Wald geteilt hatte, und der Tochter, die irgendwo an der öden Küste der Hudson-Bucht begraben lag.

*

»Zum Teufel, Baptiste, das kann ich mir nicht vorstellen! Nein, nicht einen Augenblick! Ich will gern einräumen, daß der Mann ein Dummkopf und bedeutungslos für die Welt ist, aber deshalb kann ich ihn doch nicht verraten!«

Hay Stockard hielt inne, während er sich bemühte, die richtigen Worte zu finden, um seine primitive Sittenlehre auszudrücken.

»Er hat mich gequält, Baptiste, früher und jetzt. Und er hat mir auf alle mögliche Weise zu schaffen gemacht, aber kannst du nicht sehen, daß er meiner eigenen Rasse angehört – ein weißer Mann? Ich könnte mein Leben nicht für das seine erkaufen, und wenn er nur ein Nigger wäre.«

»Wie du willst«, antwortete Baptiste der Rote. »Ich habe dir eine Frist gewährt und dir die Wahl gelassen. Gleich werde ich mit meinen Priestern und Kriegern kommen, und wenn du deinen Gott nicht verleugnest, werde ich dich töten. Gib mir den Pfaffen in die Hand; dann sollst du in Frieden ziehen dürfen. Sonst ist es aus mit dir. Mein ganzes Volk bis hinab zu den Säuglingen ist gegen dich. Ja, in eben diesem Augenblick haben die Kinder deine Kanus gestohlen.«

Er wies auf den Fluß. Nackte Knaben hatten sich von der Landzunge ins Wasser gleiten lassen, die Kanus losgebunden und sie in den Strom hinausgeschafft. Als sie außer Reichweite der Büchsen getrieben waren, kletterten sie hinein und paddelten die Boote an Land.

»Gib mir den Pfaffen, dann sollst du sie wieder haben, hörst du! Sag mir, was du beschlossen hast, aber bedenke es wohl!«

Hay Stockard schüttelte den Kopf. Sein Blick suchte die Frau aus dem Teslin-Land, die mit seinem Knaben an der Brust dasaß, und er hätte geschwankt, wäre sein Blick nicht auf die beiden Männer gefallen, die vor ihm standen.

»Ich fürchte mich nicht«, erklärte Sturges Owen. »Der Herr hält mich in seiner Rechten, und ich bin bereit, allein in das Lager der Ungläubigen zu gehen. Es ist nicht zu spät. Der Glaube kann Berge versetzen. Selbst in der elften Stunde kann ich noch seine Seele für die wahre Gerechtigkeit gewinnen.«

»Stell dem Schuft ein Bein und binde ihn!« flüsterte Bill Hay Stockard heiser ins Ohr, während der Missionar als Herr der Lage auftrat und mit den Heiden rang. »Behalt ihn als Geisel und schieß ihm eine Kugel in den Leib, wenn sie Schwierigkeiten machen.«

»Nein«, antwortete Stockard, »ich gab ihm mein Wort, daß er unangetastet sprechen könnte. Kriegsregeln, Bill; Kriegsregeln. Er hat ehrliches Spiel gespielt und uns gewarnt, und – ja, Donnerwetter, Mann, ich kann mein Wort nicht brechen.«

»Auch er wird seins halten – da brauchst du keine Angst zu haben.«

»Das bezweifle ich nicht, aber ich will mich nicht von einem Mischling übertreffen lassen, wenn es ehrliches Spiel gilt. Warum nicht tun, was er wünscht, und ihm den Missionar geben? Dann ist die Geschichte erledigt.«

»N-nein«, meinte Bill zögernd und zweifelnd.

»Der Schuh drückt, was?

Bill errötete und drang nicht weiter in den andern. Baptiste der Rote wartete immer noch auf die Entscheidung. Stockard trat zu ihm.

»Die Sache ist die, Baptiste: Ich kam in dein Dorf in der Absicht, den Koyukuk hinaufzufahren. Ich wollte keinem Menschen etwas tun, und in meinem Herzen war kein böser Gedanke. Es ist auch jetzt noch kein böser Gedanke darin. Da kommt dieser Pfaffe, wie du ihn nennst. Ich habe ihn nicht hergebracht. Er wäre gekommen, ob ich hiergewesen wäre oder nicht. Aber jetzt ist er einmal da. Er ist von meinem eigenen Volk, und ich muß mit ihm durch dick und dünn gehen. Und das tue ich auch. Ja, es wird kein Kinderspiel für dich. Ehe wir miteinander fertig sind, wird dein Dorf still und leer und dein Volk wird wie nach einer Hungersnot hingeschwunden sein. Wir werden zwar tot sein, aber deine besten Kämpfer auch –«

»Aber die, die zurückbleiben, werden Frieden haben, und die Botschaft fremder Götter und die Sprache fremder Priester werden nicht mehr in ihren Ohren tönen.«

Die beiden Männer zuckten die Achseln und drehten sich um, und der Mischling ging in sein eigenes Lager zurück. Der Missionar rief seine beiden Leute zu sich, und sie begannen zu beten. Stockard und Bill machten sich daran, die wenigen Kiefern mit ihren Äxten zu fällen, so daß sie eine bequeme Brustwehr bildeten. Das Kind war eingeschlafen, und die Frau legte es auf einen Haufen Felle und half den Männern bei der Befestigung des Lagers. Auf diese Weise wurde es von drei Seiten beschützt, während der steile Hang in ihrem Rücken einen Angriff von dieser Seite verhinderte. Als das alles getan war, begaben sich die beiden Männer auf das offene Gelände und beseitigten das hier und dort stehende Buschwerk. Aus dem Lager vor ihnen ertönten der Lärm der Kriegstrommel und die Stimmen der Priester, die den Zorn des Volkes entfachten.

»Am schlimmsten wäre es, wenn sie alle auf einmal anstürmten«, sagte Bill, als sie, die Äxte auf den Schultern, zurückgingen.

»Oder bis Mitternacht warteten, wenn das Licht zu schwach zum Zielen ist.«

»Wir können ebensogut jetzt anfangen wie später.«

Bill vertauschte die Axt mit einer Büchse und zielte sorgfältig. Einer der Medizinmänner, der das übrige Volk hoch überragte, war besonders deutlich zu sehen. Auf ihn zielte Bill.

»Alles in Ordnung?« fragte er.

Stockard öffnete den Munitionskasten, brachte die Frau in Deckung, wo sie die Gewehre für die Männer laden konnte, und kommandierte: »Feuer!«

Der Medizinmann fiel. Einen Augenblick war es ganz still. Dann aber ertönte ein wütendes Geheul, und ein Schwarm von Knochenpfeilen flog auf sie los, ohne jedoch zu treffen.

»Ich möchte den Kerl sehen«, meinte Bill und preßte eine neue Patrone in die Kammer. »Ich möchte darauf schwören, daß ich ihn genau zwischen die Augen getroffen habe.«

»Das hilft nichts!« Stockard schüttelte düster den Kopf. Baptiste hatte offenbar den Eifer der Kriegerischsten seines Gefolges gedämpft, und statt einen Angriff bei hellem Tageslicht zu bewirken, hatte der Schuß eine schnelle Flucht zur Folge. Die Indianer zogen sich aus der Feuerlinie hinter das Dorf zurück.

In seinem Eifer zu bekehren hätte Sturges Owen sich, von Gottes Hand geleitet, in das Lager der Ungläubigen gewagt, ebenso vorbereitet auf ein Wunder wie auf den Märtyrertod, aber in der jetzt eintretenden Pause schwand das Fieber der Überzeugung, je mehr der Mensch in ihm sich geltend machte. Physische Angst verdrängte die geistliche Hoffnung; die

Liebe zum Leben, die Liebe zu Gott. Dies war ihm nichts Neues. Er konnte fühlen, wie die Schwäche ihn überkam, und er kannte sie aus alter Zeit. Er hatte sie früher schon oft bekämpft und war von ihr überwältigt worden. Er erinnerte sich, wie die andern einmal wütend ihre Paddel auf der Flucht vor einem rauschenden Eisstrom geschwungen hatten und er selber, wahnsinnig vor Angst, sein Paddel weggeworfen und Gott verzweifelt um Gnade angefleht hatte. Es gab noch andere Zeiten, an die er sich nicht gern erinnerte. Es erfüllte ihn mit Scham, daß der Geist so schwach und das Fleisch so stark war. Aber die Liebe zum Leben! Die Liebe zum Leben! Er konnte sich nicht von ihr befreien. Sie war es, kraft derer seine Vorfahren in dunkler Vergangenheit ihr Geschlecht fortgepflanzt hatten, kraft derer auch er bestimmt war, sein Geschlecht fortzupflanzen. Sein Mut, wenn man es Mut nennen konnte, hatte seine Wurzel im Fanatismus. Stockards und Bills Mut war geprägt durch die Ideale in der Tiefe ihrer Seele. Nicht daß die Liebe zum Leben in ihnen geringer gewesen wäre, aber ihre Liebe zu den Traditionen der Rasse war größer; nicht daß sie sich nicht vor dem Tod gefürchtet hätten, aber sie waren tapfer genug, sich nicht das Leben erkaufen zu wollen, wenn sie nur in Schande weiterleben konnten.

Der Missionar erhob sich, plötzlich von dem Drang erfüllt, ein Opfer zu bringen. Er begann, über die Barrikade zu kriechen, um sich in das andere Lager zu begeben, sank aber zitternd wieder zurück und klagte: »Wie der Geist mich führt! Wer bin ich, daß ich mich über Gottes Urteil hinwegsetzen sollte? Ehe die Grundfesten der Welt gelegt wurden, standen alle Dinge im Buch des Lebens geschrieben. Wurm, der ich bin, soll ich diese Seite des Buches oder einen Teil davon auslöschen? Wie Gott will, wird der Geist mich führen!«

Bill beugte sich über ihn, hob ihn auf und schüttelte ihn wütend, ohne ein Wort zu sagen. Dann ließ er das zitternde Nervenbündel los und wandte seine Aufmerksamkeit den beiden Bekehrten zu. Aber die schienen sich nicht zu fürchten und bereiteten sich zuversichtlich und willig auf den bevorstehenden Kampf vor.

Stockard, der leise mit der Frau aus Teslin gesprochen hatte, wandte sich an den Missionar. »Bring ihn her«, befahl er Bill.

»Und jetzt«, befahl er, als Sturges Owen vor ihm stand, »jetzt mußt du uns zu Mann und Frau machen, und das ein bißchen schnell.« Dann fügte er, sich entschuldigend, zu Bill gewandt hinzu: »Mann kann nie wissen, wie es ausgeht; da will ich lieber meine Angelegenheiten geordnet haben.«

Die Frau tat, wie ihr weißer Herr gebot. Für sie war die Zeremonie bedeutungslos. Ihrer Auffassung nach war sie seine Gattin seit dem Tag, als sie sich zusammengetan hatten. Die beiden Bekehrten dienten als Zeugen. Bill stand neben dem Missionar und half ihm, wenn er nicht weiter konnte. Stockard sprach der Frau die Antworten vor, und als es so weit war, umfaßte er in Ermangelung von etwas Besserem ihren Ringfinger mit seinem Daumen und Zeigefinger.

»Küß die Braut!« donnerte Bill, und Sturges Owen war zu schwach, sich seinem Willen zu widersetzen.

»Und jetzt tauf das Kind.«

»Aber hübsch und ordentlich«, bemerkte Bill.

»Er muß doch gut für eine neue Reise ausgerüstet sein«, erklärte der Vater, indem er das Kind aus den Armen der Mutter nahm. »Ich war einmal bei den Stromschnellen, gut verproviantiert, hatte alles – nur kein Salz. Das vergesse ich nie. Und wenn die Frau und das Kind heute nacht über die Wasserscheide wandern müssen, dann ist es am besten, sie sind auf alles vorbereitet. Es ist noch weit bis dahin, Bill, unter uns gesagt, aber selbst wenn es nicht dazu kommt, kann es ja nichts schaden.«

Ein Becher Wasser war alles, was nötig war, und das Kind wurde in einen sicheren Winkel der Barrikaden gelegt. Dann zündeten die Männer ein Feuer an, und das Abendessen wurde zubereitet.

Die Sonne eilte nordwärts und näherte sich dem Horizont, während der Himmel dort, wo sie stand, rot wie Blut wurde. Die Schatten wurden länger, das Licht wurde schwächer, und am Rand des dunklen Waldes erstarb langsam das Leben. Selbst die wilden Vögel auf dem Fluß stellten ihr heiseres Schnattern ein und täuschten die Nacht vor, indem sie sich zur Ruhe begaben. Nur bei den Indianern wurde es immer lauter, die Kriegstrommeln lärmten, und ihre Stimmen erhoben sich zu wilden Gesängen. Als aber die Sonne hinter dem Horizont verschwand, hörte der Lärm auf. Stockard erhob sich auf die Knie und spähte über die Baumstämme hinweg. Einmal wimmerte das Kind und störte ihn. Die Mutter beugte sich über das Kleine, aber es schlief wieder. Die Stille war unendlich und tief. Da plötzlich brachen die Rotkehlchen in jubelnden Gesang aus. Die Nacht war vorüber.

Ein Schwarm dunkler Gestalten wogte über das offene Gelände. Die Pfeile zischten, die Bogensehnen sangen, und die Büchsen antworteten mit ihren schrillen Tönen. Ein mit aller Kraft geschleuderter Speer durchbohrte die Frau aus Teslin, die sich über das Kind gebeugt hatte. Ein Pfeil, der, schon fast kraftlos, zwischen den Baumstämmen hindurchfuhr, traf den Missionar in den Arm.

Es war unmöglich, die vorstürmenden Feinde aufzuhalten. Der Boden zwischen ihnen war mit Leichen bedeckt, aber die andern kamen immer näher und brachen wie eine wütende Woge über die Barrikade. Sturges Owen floh in das Zelt, während die Männer umgeworfen und unter dieser mächtigen Woge von menschlichen Körpern begraben wurden. Hay Stockard war der einzige, der wieder auftauchte, und er schleuderte die Indianer wie heulende Köter beiseite. Es war ihm geglückt, eine Axt zu ergreifen. Eine dunkle Hand ergriff das nackte Bein des Kindes und zog es unter der Mutter fort. Dann hielt sie den kleinen, zarten Körper mit ausgestreckten Armen in die Luft und zerschmetterte ihn an den Baumstämmen. Stockard spaltete dem Mann den Kopf bis zum Kinn und begann, um sich her Raum zu schaffen. Aber immer enger wurde der Kreis wilder Gesichter um ihn, und Speere und Pfeile mit knöchernen Widerhaken regneten auf ihn herab. Die Sonne ging auf, und sie wankten in den blutroten Schatten hin und her. Zweimal hieb er das Beil so tief hinein, daß er es nicht gleich wieder freibekommen konnte, und sie stürzten sich über ihn; aber beide Male schüttelte er sie ab. Er häufte sie um sich her auf, trat auf Tote und Sterbende, bis die Erde schlüpfrig von Blut wurde, und all das beschien die Sonne immer klarer, und die Rotkehlchen sangen dazu. Dann zogen sie sich vor ihm zurück, und er lehnte sich atemlos auf seine Axt.

»Beim Blut meiner Seele«, rief Baptiste der Rote. »Du bist wahrlich ein Mann. Schwöre deinem Gott ab, und du sollst leben dürfen.«

Stockard lehnte es fluchend ab, kraftlos, aber seiner selbst sicher.

»Seht! Ein Weib!« Sturges Owen war vor den Mischling geführt worden.

Außer einem Riß im rechten Arm hatte er keinen Schaden genommen, aber seine Augen rollten ihm, wahnsinnig vor Angst, im Kopf. Die heroische Gestalt des Gotteslästerers, der, mit Wunden und Pfeilen bedeckt, trotzig, sorglos, unüberwindlich, groß, auf seine Axt gelehnt dastand, fing seinen flackernden Blick ein. Und er fühlte tiefen Neid auf den Mann, der mit solcher Ruhe zu den dunklen Toren des Todes wandern konnte. Wahrlich, Christus und nicht er, Sturges Owen, war für ein solches Schicksal geschaffen. Und weshalb nicht er? Er hatte ein unklares Gefühl von dem Fluch, den die verschwundenen Geschlechter über ihn gebracht hatten, von der Schwäche des Geistes, die er von den Vorfahren ererbt hatte, und er fühlte Zorn auf die Schöpfermacht, wie er sie sich nun auch vorstellen sollte, diese Schöpfermacht, die ihn, ihren Diener, so schwach gemacht. Selbst für einen Stärkeren hätten dieser Zorn und der Druck der Umstände genügt, um einen Abfall zu bewirken, und für Sturges Owen war er unvermeidlich. In der Furcht vor dem Zorn der Menschen setzte er sich lieber dem Zorn Gottes aus. Er war nur aufgespart worden, um dem Herrn zu dienen und später in den Staub geworfen zu werden. Ihm war Glaube ohne die Kraft des Glaubens, Geist ohne die Macht des Geistes gegeben. Das war ungerecht.

»Wo ist jetzt dein Gott?« fragte der Mischling.

»Ich weiß es nicht.« Owen stand gerade und still da wie ein Kind, das seine Aufgabe aufsagen soll.

»Hast du einen Gott?«

»Ich habe einen gehabt.«

»Und jetzt?«

»Nicht mehr.«

Hay Stockard wischte sich das Blut aus den Augen und lachte. Der Missionar sah ihn neugierig an, wie in einem Traum. Das Gefühl eines unendlichen Abstandes, einer ungeheuren Ferne überkam ihn. An dem, was geschehen war und geschehen sollte, hatte er keinen Teil. Er war Zuschauer – aus der Ferne, ja, aus der Ferne. Die Worte Baptistes klangen so seltsam fern in seinen Ohren.

»Es ist gut! Sorgt dafür, daß dieser Mann frei von hinnen geht und daß ihm nichts Böses widerfährt. Laßt ihn in Frieden ziehen. Gebt ihm ein Kanu und Proviant. Wendet sein Antlitz den Russen zu, daß er den Pfaffen von Baptiste dem Roten erzählen kann, in dessen Land kein Gott ist.«

Sie führten ihn an den Rand des steilen Hanges, wo sie stehenblieben, um den Abschluß des Trauerspiels zu sehen. Der Mischling wandte sich an Hay Stockard.

»Es gibt keinen Gott«, sagte er.

Ein Lachen war die Antwort. Einer der jungen Männer hob seinen Speer, um ihn gegen Stockard zu schleudern.

»Hast du einen Gott?«

»Ja, den Gott meiner Väter!«

Er faßte die Axt fester. Baptiste der Rote gab ein Zeichen, und der Speer flog gegen seine Brust. Sturges Owen sah, wie die Elfenbeinspitze zum Rücken hinausfuhr, sah den Mann lachend wanken und sah den Speer zerbrechen, als er vornüberfiel. Dann ging er zum Fluß hinunter, um den Russen von Baptiste dem Roten zu erzählen, in dessen Land kein Gott herrschte.

Das Vorrecht des Priesters

Dies ist die Geschichte von einem Mann, der seine Frau
nicht zu schätzen wußte; und ferner von einer Frau, die ihm
zuviel Ehre erwies, indem sie sich ihm schenkte. Nebenbei
betrifft sie einen Jesuitenpater, der, soviel man wußte, noch
nie eine Lüge erzählt hatte. Er gehörte, und zwar unzertrenn-
lich, zum Yukonland; die Anwesenheit der beiden andern
hingegen war ganz zufällig. Sie gehörten nur zu den vielen
heimatlosen Existenzen, die auf der Woge des Goldstroms
trieben oder ihr folgten.

Edwin und Grace Bentham waren solche Existenzen. Sie
waren auch lange danach gekommen; der Klondike-Strom
von 1897 hatte sich längst den großen Fluß hinabgewälzt und
war in der ausgehungerten Stadt Dawson steckengeblieben.
Als der Yukon den Zugang versperrte und unter einer drei
Fuß dicken Eisdecke zur Ruhe ging, befand sich das heimat-
lose Paar an den Five-Fingers-Schnellen, während es noch
viele Tagesreisen nach Norden bis zur Holzstadt waren.

Nicht wenig Vieh war an dieser Stelle im Lauf des Frühlings geschlachtet worden, und der Abfall bildete einen großen Haufen. Die drei Mitreisenden Edwin Benthams und
seiner Frau betrachteten diesen Haufen, dachten ein wenig
nach, kamen zu dem Ergebnis, daß dies eine Goldmine sei,
und entschlossen sich zu bleiben. Den ganzen Winter hindurch verkauften sie Knochen und gefrorene Häute an aus-
gehungerte Hundegespanne. Sie verlangten einen bescheide-
nen Preis, einen Dollar das Pfund, unsortiert. Als die Sonne
sechs Monate später wiederkehrte und der Yukon erwachte,
schnallten sie ihre schweren Geldkatzen um und reisten zurück ins Südland, wo sie heute noch leben und ungeheuer
lügen über das Klondike, das sie nie gesehen haben.

Edwin Bentham war ein träger Bursche, und wenn er seine Frau nicht gehabt hätte, hätte er sich freudig den Hunde-
fraß-Spekulanten angeschlossen. Aber sie reizte seine Eitelkeit, erzählte ihm, wie groß und stark er sei, daß ein Mann wie
er alle Hindernisse überwinden und mit Glanz das Goldene
Vlies heimbringen müsse. So biß er denn die Zähne zusam-

men, verkaufte seinen Anteil an den Knochen und Häuten für einen Schlitten und einen Hund und wandte seine Schneeschuhe gen Norden. Es ist überflüssig zu bemerken, daß die Schneeschuhe Grace Benthams seine Fährte nie erkalten ließen. Im Gegenteil, ehe sie sich drei Tage geplagt hatten, war es der Mann, der hinterherkam, und die Frau, die voranging und den Weg bahnte. Wenn sie jemandem begegneten, wurde die Schlachtordnung selbstverständlich sofort geändert. So kam es, daß seine Männlichkeit von denen, die wie Gespenster in der Einsamkeit vorbeigingen, nicht angezweifelt wurde. Es gibt solche Männer in der Welt.

Wie ein Mann und eine Frau ihrer Art sich überhaupt gefunden hatten, ist für diese Erzählung bedeutungslos. Wie immer in solchen Dingen: Wer zu genau nachforscht, kann leicht den schönen Glauben an die Zweckmäßigkeit verlieren.

Edwin Bentham war ein Knabe, der irrtümlich den Körper eines Mannes erhalten hatte – ein Knabe, der einem Schmetterling mit Vergnügen die Flügel ausrupfen oder in irrer Angst vor einem energischen Burschen kriechen konnte, der halb so groß wie er selber war. Er war ein egoistisches, verzogenes Kind von der Größe eines Erwachsenen und mit einem Firnis von Kultur, der ihn eben noch den Schein wahren ließ. Ja, das ist es, er war Gesellschaftsmensch von der Sorte, die die Salons schmückt und unter Entfaltung unbeschreiblicher Anmut und Fertigkeit die größten Banalitäten sagt; von der Natur, die dick aufträgt und über Zahnschmerzen weint; der einer Frau das Leben zu einer schlimmeren Hölle macht als der gewissenloseste Wüstling, der je auf verbotenen Weiden graste. Wir stoßen täglich auf diese Menschen; aber wir erleben selten, wie sie eigentlich sind. Wenn man sie nicht heiratet, ist die beste Art, sie kennenzulernen, daß man aus demselben Napf wie sie ißt und unter dieselbe Decke mit ihnen kriecht. Und zwar eine Woche, länger ist nicht nötig.

Grace Bentham wirkte zart und mädchenhaft; wer sie kannte, sah in ihr eine Seele, der gegenüber die eigene Persönlichkeit gleichsam einschrumpfte, die aber trotzdem alle Anmut des Ewigweiblichen bewahrt hatte. Das war die Frau, die ihren Mann vorwärts gen Norden trieb, die ihm den Weg bahnte, wenn keiner es sah, und die in der Stille über ihren schwachen, weiblichen Körper weinte.

So zog denn dieses seltsame Paar nach Fort Selkirk und dann achtzig Meilen weit durch trostlose Wildnis zum Stuart. Als das kurze Tageslicht sie verließ und der Mann sich schluchzend in den Schnee warf, war es die Frau, die ihn auf den Schlitten band, die Zähne vor Schmerzen zusammenbiß und dem Hund half, ihn bis zu Malemute Kids Hütte zu schleppen.

Malemute Kid war nicht zu Hause, aber Meyers, der deutsche Händler, briet große Elchkoteletts und bereitete ihnen ein Bett aus frischen Kiefernzweigen.

*

Lake, Langham und Parker waren sehr aufgeregt, was ja auch kein Wunder war.

»Ach, Sandy! Kannst du ein Klavier von einem Nachttopf unterscheiden, dann komm mal und pack mit an!«

Diese Aufforderung ertönte aus der Vorratskammer, wo Langham mit großen Stücken gefrorenen Elchfleisches hantierte.

»Rühr dich nicht vom Kochtopf!« kommandierte Parker.

»Hör, Sandy, sei nett, lauf ins Missouri-Lager und borg ein bißchen Kaneel!« bat Lake.

»Oh! Oh! Halt! Zum Donnerwetter, wie —«

Aber das Poltern von Kisten und Elchkeulen in der Vorratskammer ließ ihn unvermittelt abbrechen.

»Geh los, Sandy, in einer Minute bist du im Missouri-Lager —«

»Laß ihn«, unterbrach Parker. »Wie soll ich den Kuchenteig rühren, wenn der Tisch nicht abgeräumt ist?«

Sandy hielt unentschlossen inne, bis ihm plötzlich einfiel, daß er Langhams »Bursche« war. Da warf er mit einer Entschuldigung das schmutzige Wischtuch hin und beeilte sich, seinem Herrn zu helfen. Diese vielversprechenden Sprößlinge wohlhabender Eltern waren mit viel Geld und jeder mit seinem »Burschen« ins Nordland gekommen, um Lorbeeren zu ernten. Zum Glück für ihr Seelenheil befanden sich die beiden anderen »Burschen« auf der Suche nach einem sagenhaften Quarzlager am Weißen Fluß. So kam es, daß Sandy sein leises Grinsen vor drei lebensfrohen gestrengen Herren verbergen mußte, da jeder seine eigenen Ideen von der Kochkunst hatte.

Zweimal an diesem Morgen hatte das Barometer im Lager auf Erdbeben gestanden, das nur durch ungeheures Entgegenkommen des einen oder des andern Kochkünstlers abgewendet worden war. Endlich aber war ihr gemeinsames Werk, ein wirklich verlockendes Mittagessen, fertig geworden. Da setzten sie sich zu einem Sechsundsechzig zu dreien nieder, um jedem künftigen Streit den Boden zu entziehen. Der Gewinner sollte das Recht haben, eine äußerst wichtige Expedition zu unternehmen. Dieses Los fiel Parker zu, der sich seinen Scheitel zog, Handschuhe und Bärenfellmütze nahm und nach Malemute Kids Hütte hinüberging. Als er zurückkehrte, begleiteten ihn Grace Bentham und Malemute Kid. Grace tat es sehr leid, daß ihr Mann die Gastfreundschaft der jungen Leute nicht genießen konnte, denn er war fortgezogen, um sich die Minen am Henderson Creek anzusehen. Malemute Kid war noch ein bißchen steif, weil er einen Weg zum Stuart gebahnt hatte. Auch Meyers war eingeladen worden, hatte aber abgesagt, weil er Brot aus Hopfen backen mußte.

Nun, den Mann konnten sie entbehren, aber die Frau – sie hatten den ganzen Winter keine Frau gesehen, und ihre Anwesenheit bedeutete einen neuen Abschnitt in ihrem Leben. Sie waren Akademiker und Gentlemen, diese drei jungen Leute, die sich nach all dem sehnten, was sie so lange hatten entbehren müssen. Vielleicht spürte Grace Bentham einen ähnlichen Hunger, jedenfalls bedeutete die erste lichte Stunde nach so viel Finsternis viel für sie. Aber die prachtvolle Vorspeise, die man dem in der Nähe liegenden See verdankte, war kaum auf den Tisch gesetzt, als es kräftig klopfte.

»Ach! Wollen Sie nicht eintreten, Herr Bentham?« sagte Parker, der nachsah, wer gekommen war.

»Ist meine Frau hier?« entgegnete der würdige Ehemann barsch.

»Aber ja. Wir haben Bescheid bei Herrn Meyers hinterlassen.« Parker girrte in seinen sanftesten Tönen, wunderte sich aber im stillen, was das zu bedeuten hatte.

»Wollen Sie nicht eintreten? Wir erwarteten Sie jeden Augenblick und haben Ihnen einen Platz reserviert. Der erste Gang ist gerade angerichtet.«

»Komm doch, lieber Edwin«, zwitscherte Grace Bentham von ihrem Platz am Tisch. Parker trat beiseite.

»Ich frage nach meiner Frau«, wiederholte Bentham heiser, und der Ton schmeckte unangenehm nach Besitzerrecht.

Parker schnappte nach Luft; er hätte dem ungehobelten Gast am liebsten mit einem Faustschlag ins Gesicht geantwortet, beherrschte sich jedoch mit einiger Mühe. Alle hatten sich erhoben.

Lake verlor die Fassung und ertappte sich dabei, wie er Grace fragen wollte: »Müssen Sie gehen?«

Dann begann der Aufbruch: »Es war so nett von Ihnen.« – »Tut mir schrecklich leid.« – »Wirklich sehr schade!« – »Vielen Dank!« – »Guten Weg nach Dawson.« Und so weiter.

Auf diese Weise half man dem Lamm in die Jacke und führte es seinem Schlachter zu. Dann schlug die Tür zu, und alle starrten wehmütig auf den verlassenen Platz.

»Verflucht noch mal!« Langham litt noch unter seiner früheren Erziehung, und seine Flüche waren matt und eintönig. »Verflucht noch mal!« wiederholte er mit dem Gefühl, daß der Ausruf unzureichend war, ohne jedoch einen männlicheren finden zu können.

Es muß eine gescheite Frau sein, die die vielen Schwächen eines untauglichen Mannes verdecken, seine schwankende Natur durch ihren eignen unbezwinglichen Willen stützen, ihm ihren Ehrgeiz einflößen und ihn zu großen Taten treiben kann. Und es muß gewiß eine gescheite und taktvolle Frau dazu sein, die dies alles so fein tut, daß der Mann Ehre davon hat und im Innersten glaubt, daß er, und er allein, alles schaffe.

Das eben war es, was Grace Bentham sich vorgenommen hatte. Kaum mit wenigen Pfund Mehl und verschiedenen Empfehlungen in Dawson angekommen, begann sie auch schon ihren großen Säugling in den Vordergrund zu schieben. Sie war es, die das steinerne Herz des rohen Barbaren schmolz, der über das Schicksal der P.C. Kompanie gebot, und ihm einen Kredit entlockte. Aber die Papiere lauteten offiziell auf Edwin Bentham. Sie war es, die ihren Säugling die Flüsse hinauf und hinab, über Deiche und Wasserscheiden, auf Dutzenden wilder Züge schleppte. Und doch redeten alle von der Energie dieses Bentham. Sie war es, die die Karten studierte, die Minenarbeiter ausforschte und ihm Geographie und lokale Kenntnisse in den leeren Schädel hämmerte, bis jeder seine fabelhaften Kenntnisse von Land und Leuten bewunderte. Selbstverständlich sagte man auch, daß seine Frau tüchtig sei. Sie tat die Arbeit; er erntete Ehre und Lohn. Im Nordwest-Territorium kann eine verheiratete Frau weder ein Flußbett noch eine Grube oder einen Claim auf ihren Namen registrieren lassen; deshalb ging Edwin Bentham zum Goldkommissar und sicherte sich den Claim Nummer dreiundzwanzig, zweite Reihe, auf dem Franzosen-Hügel. Als der April kam, wuschen sie tausend Dollar täglich aus, mit der Aussicht auf noch viele solcher Tage.

Am Fuß des Franzosen-Hügels floß der Eldorado vorbei, und an seinem Ufer stand die Hütte Clyde Whartons. Er wusch zwar noch nicht täglich seine tausend Dollar aus, aber seine Haufen wuchsen von Tag zu Tag, und die Zeit mußte kommen, da diese Haufen durch seine Pfanne rinnen und ihm in einem Dutzend Tage mehrere hunderttausend Dollar bringen mußten. Er saß oft in seiner Hütte, rauchte seine Pfeife und träumte – aber nicht von Goldstaub und Goldsand. Sie trafen sich häufig, da die Wege zu ihren Claims sich kreuzten, und im Frühling des Nordlands gibt es viel zu reden; aber nicht ein einziges Mal verrieten sie ihre Gefühle, weder durch einen Blick, noch durch ein unüberlegtes Wort. So war es anfangs. Eines Tages aber wurde Edwin Bentham brutal. So sind alle Knaben. Außerdem begann er jetzt, da er ein großer Mann am Franzosen-Hügel geworden war, sehr eingebildet zu werden und zu vergessen, daß er alles seiner Frau zu verdanken hatte. An diesem Tag hörte Wharton davon, suchte Grace Bentham auf und redete wirres Zeug. Das machte sie sehr glücklich, obwohl sie nichts davon hören wollte und ihm das Versprechen abnahm, nicht mehr so zu ihr zu sprechen. Ihre Stunde hatte noch nicht geschlagen.

Aber die Sonne kam voran auf ihrer Wanderung nach dem Norden, die Finsternis der Mitternacht wurde zu dem bleigrauen Schimmer der Dämmerung, der Schnee schmolz, das Eis war von Wasser bedeckt, und die Schmelze begann. Tag und Nacht glitt der gelbe Sand durch die schnellen Pfannen und zahlte den starken Männern aus dem Süden sein Lösegeld. In dieser geschäftigen Zeit schlug Grace Benthams Stunde. Für uns alle schlägt einmal eine solche Stunde – das heißt für die von uns, die nicht zu phlegmatisch sind. Einige Menschen sind gut, aber nicht aus eingewurzelter Liebe und Tugend, sondern aus reiner Faulheit. Wer schon schwache Augenblicke gehabt hat, wird das verstehen.

Edwin Bentham wog am Schanktisch in Forks Wirtschaft Goldstaub ab – viel von seinem Goldstaub ging diesen Weg – , als seine Frau die Böschung herabkam und in Clyde Whartons Hütte schlüpfte. Wharton hatte sie nicht erwartet, aber das tat nichts zur Sache, und viel Elend und müßiges Beraten wäre vermieden worden, hätte Pater Roubeau sie nicht gesehen und wäre vom Hauptweg abgebogen.

»Mein Kind –«

»Halt, Pater Roubeau! Obwohl ich nicht von Ihrem Glauben bin, habe ich doch Achtung vor Ihnen; aber treten Sie nicht zwischen diese Frau und mich!«

»Wissen Sie, was Sie tun?«

»Ob ich es weiß! Und wenn Sie Gott der Allmächtige wären und mich ins ewige Feuer werfen wollten, so würde ich mich Ihnen doch in dieser Sache widersetzen.«

Wharton hatte Grace einen Stuhl angeboten und stand kampfbereit vor ihr.

»Setzen Sie sich und bleiben Sie ruhig«, fuhr er, zum Jesuiten gewandt, fort. »Jetzt will ich zuerst Ihnen etwas sagen. Später können Sie sprechen.«

Pater Roubeau verbeugte sich höflich und gehorchte. Er war ein sanfter Mann und hatte gelernt, seine Zeit abzuwarten.

Wharton schob einen Stuhl neben den der jungen Frau und preßte ihre Hand ganz fest in der seinen.

»So hast du mich lieb und willst mich mitnehmen?«

Ihr Gesicht leuchtete vor Vertrauen zu dem Mann, bei dem sie Zuflucht gesucht hatte.

»Weißt du nicht, Liebste, was du vorhin gesagt hast? Selbstverständlich will ich —«

»Aber wie kannst du das? Das Auswaschen ...«

»Glaubst du, das hielte mich? Schlimmstenfalls übergebe ich alles Pater Roubeau. Ich kann es ihm überlassen, den Goldstaub bei der Bank der Kompanie einzuzahlen.«

»Aber so fortzugehen ... Ach, Clyde, ich kann nicht! Ich kann nicht!«

»Doch, doch; natürlich kannst du. Laß das nur meine Sorge sein. Sobald wir alles geordnet haben, brechen wir auf und ...«

»Aber wenn er zurückkehrt?«

»Ich zerschmettere jeden ...«

»Nein! Nein! Keinen Kampf, Clyde! Versprich mir das.«

»Also schön. Dann sage ich den andern, daß sie ihn rausschmeißen sollen. Sie haben gesehen, wie er dich behandelt hat, und sie haben nicht allzuviel für ihn übrig.«

»Das darfst du nicht; du darfst ihm nichts Böses tun.«

»Wie? Soll ich zusehen, wenn er hereinkommt und dich vor meinen Augen holt?«

»Nei–ein«, flüsterte sie und streichelte ihm die Hand.

»Dann überlaß es mir und kümmere dich nicht darum. Ich werde dafür sorgen, daß ihm nichts geschieht. Ein Wunder, daß er dir nichts getan hat! Wir gehen nicht wieder nach Dawson. Ich bitte ein paar Jungen, ein Boot auszurüsten und den Yukon hinaufzufahren. Wir überqueren die Wasserscheide und flößen den Indian-Fluß hinunter, um sie zu treffen. Dann ...«

»Dann?«

Sie lehnte den Kopf an seine Schulter. Ihre Stimme sank zu einem sanften Flüstern, jedes Wort war eine Liebkosung. Der Jesuit rückte nervös hin und her.

»Und dann?« wiederholte sie.

»Ja dann staken wir hinauf, immer weiter, und umgehen die White-Horse-Schnellen und den Bax Cañon.«

»Ja?«

»Und dann kommen der Sixty-Mile-Fluß, die Seen Chilcoot, Dyea und endlich das Meer.«

»Aber, Liebster, ich kann kein Boot staken.«

»Du Gänschen! Ich nehme Setka Charley mit; er kennt jedes Fahrwasser, jeden Lagerplatz und ist der beste Führer, den ich je getroffen habe; er ist Indianer. Du hast nichts zu tun, als im Boot zu sitzen, zu singen, Cleopatra zu spielen und mit den – nein, wir haben Glück; es ist zu früh für Moskitos.«

»Und dann, Antony?«

»Und dann mit dem Dampfer nach San Francisco und in die Welt hinaus! Nie wieder zurück in dies verfluchte Loch. Schau! Die ganze Welt steht uns offen! Ich verkaufe alles. Oh, wir sind reich. Das Waldworth Syndikat gibt mir eine halbe Million für das, was noch im Boden steckt, und doppelt soviel liegt bei der P. C. Kompanie. Wir reisen zur Ausstellung nach Paris. Wir reisen nach Jerusalem, wenn du willst. Wir kaufen uns einen italienischen Palast, und du sollst Cleopatra spielen, soviel es dir Spaß macht. Nein, Lucretia sollst du sein, Acte, oder wonach dein Herz sehnt. Aber du darfst nicht, du darfst wirklich nicht ...«

»Cäsars Frau muß über jeden Vorwurf erhaben sein.«

»Natürlich, aber ...«

»Aber ich werde nicht deine Frau, nicht wahr, Liebster?«

»Das meinte ich nicht.«

»Aber deshalb wirst du mich doch ebenso liebhaben und nie denken – ach! Ich weiß, du bist ja doch wie die andern Männer; du wirst meiner überdrüssig und – und ...«

»Wie kannst du nur so was sagen? Ich ...«

»Versprich es mir.«

»Ja, ja; ich verspreche es.«

»Du sagst das so leichthin, Liebster; aber wie kannst du es wissen? Oder ich? Ich habe so wenig zu geben, und doch ist es so viel. Versprich mir, daß du mich nie verläßt!«

»Du mußt nicht jetzt schon zu zweifeln beginnen. Bis der Tod uns scheidet!«

»Das sagte ich auch einmal zu ihm – zu ihm, und jetzt?«

»Und jetzt, mein kleines Lieb, sollst du dir nicht mehr den Kopf zerbrechen. Natürlich werde ich dich nie, nie – und ...«

Zum erstenmal begegneten sich ihre zitternden Lippen.

Pater Roubeau hatte durch das Fenster gesehen, konnte es aber jetzt vor Spannung nicht mehr aushalten. Er räusperte sich und drehte sich um.

»Jetzt sind Sie an der Reihe, Pater!« Whartons Gesicht glühte nach der ersten Umarmung. In seiner Stimme war ein triumphierender Klang, als er jetzt vor dem andern zurücktrat. Er zweifelte nicht an dem Ergebnis, und das tat auch Grace nicht, denn ein Lächeln umspielte ihren Mund, als sie sich zum Priester wandte.

»Mein Kind«, begann er, »mein Herz blutet um Sie. Es ist ein schöner Traum, aber es kann nicht sein.«

»Und warum nicht, Vater? Ich habe ›ja‹ gesagt.«

»Sie wissen nicht was Sie tun. Sie haben nicht an den Eid gedacht, den Sie vor Gott gegenüber dem Manne ablegten, der Ihr Gatte ist. Meine Pflicht ist es, Ihnen die Heiligkeit eines solchen Versprechens klarzumachen.«

»Und wenn ich alles einsähe und mich doch weigerte?«

»Dann wird Gott ...«

»Was für ein Gott? Mein Mann hat einen Gott, den ich nicht anbeten will. Es muß viele solche Götter geben.«

»Kind, sagen Sie so etwas nicht! Ach, Sie meinen es gar nicht so. Ich verstehe Sie ja, ich habe selbst solche Augenblicke gehabt.« Seine Gedanken wanderten in sein Vaterland Frankreich zurück, und ein sehnsüchtiges, wehmütiges Antlitz trat zwischen ihn und die Frau, die vor ihm stand.

»Hat Gott mich denn verlassen, Vater? Ich bin nicht schlechter als andere Frauen. Mir ist es elend bei ihm ergangen. Warum soll es noch schlimmer werden? Warum darf ich nicht nach dem Glück greifen? Ich kann, ich will nicht zu ihm zurückkehren!«

»Wollen Sie lieber Gott verlassen? Kehren Sie zurück. Werfen Sie Ihre Bürde auf ihn, und die Finsternis wird sich lichten.«

»Nein, es hat keinen Zweck; ich muß liegen, wie ich mich gebettet habe. Ich gehe meinen Weg weiter. Und wenn Gott mich straft, so muß ich es eben tragen. Das verstehen Sie nicht. Sie sind kein Weib.«

»Meine Mutter war ein Weib.«

»Aber ...«

»Und Christus wurde von einem Weibe geboren.«

Sie antwortete nicht. Eine Stille trat ein. Wharton zerrte ungeduldig an seinem Schnurrbart und warf einen Blick auf den Weg hinaus. Grace stützte den Ellbogen auf den Tisch, ihr Gesicht zeigte Entschlossenheit. Das Lächeln war verschwunden. Pater Roubeau änderte seine Taktik.

»Haben Sie Kinder?«

»Einmal wünschte ich es – aber jetzt – nein, Gott sei Dank, nicht.«

»Sie haben eine Mutter?«

»Ja.«

»Die Sie liebt?«

»Ja«, flüsterte sie.

»Und einen Bruder? Aber nein, er ist ein Mann. Doch eine Schwester?«

Sie nickte, und ihr Haupt sank herab.

»Die jünger ist? Wieviel?«

»Sieben Jahre.«

»Und Sie haben sich alles wohl überlegt? Haben an sie gedacht? An Ihre Mutter? Ihre Schwester? Sie steht auf der Schwelle des Alters, da sie erwachsen sein wird, und das, was Sie jetzt tun wollen, bedeutet vielleicht viel für sie. Könnten Sie jetzt vor sie hintreten, ihr in das frische, junge Gesicht blicken, ihre Hand halten oder Ihre Wangen an die ihre legen?«

Bei seinen Worten erwachten tausend Erinnerungen in ihr, sie rief: »Nein! Nein!« und wich zurück wie ein Wolfshund vor der Peitsche.

»Aber all das müssen Sie bedenken, und besser jetzt als später.«

Seine Augen, die sie nicht sehen konnte, drückten unendliches Mitleid aus, seine gespannten Züge aber waren unnachsichtig. Sie hob den Kopf vom Tisch, drängte die Tränen zurück und kämpfte, um sich zu beherrschen.

»Ich gehe trotzdem fort. Sie werden mich nie wiedersehen, und Sie werden mich vergessen. Für Sie werde ich tot sein. Ich gehe mit Clyde – heute noch.«

Es schien unwiderruflich. Wharton trat auf sie zu, aber der Priester hielt ihn durch einen Wink zurück.

»Sie haben sich Kinder gewünscht?«

Sie nickte.

»Und darum gebetet?«

»Oft.«

»Und haben Sie daran gedacht, was würde, wenn Sie jetzt Kinder bekämen?« Pater Roubeaus Augen weilten einen Augenblick auf dem Mann am Fenster.

Ein lichter Schimmer glitt über ihr Gesicht. Dann ging ihr die Bedeutung der Worte auf. Sie hob flehend die Hand, aber er fuhr fort: »Können Sie sich ein unschuldiges Kind in Ihren Armen vorstellen? Einen Knaben? Gegen ein Mädchen ist die Welt so hart. Ach, Ihre Seele würde von Bitternis erfüllt werden! Und könnten Sie stolz auf Ihren Knaben sein und sich über ihn freuen, wenn Sie andere Kinder sähen?«

»Oh, haben Sie Mitleid! Schweigen Sie!«

»Ein armer Ausgestoßener ...«

»Nein! Nein! Ich will umkehren!« Sie lag zu seinen Füßen.

»Ein Kind, das ohne bösen Gedanken aufwächst, aber eines Tages schleudert ihm die Welt ihre Verachtung ins Gesicht!«

»Ach, mein Gott! Mein Gott!«

Sie umklammerte seine Knie. Der Priester seufzte und hob sie auf.

Wharton wollte sie an sich reißen, aber sie schob ihn zurück.

»Komm mir nicht nahe, Clyde! Ich gehe wieder zurück!«

Die Tränen strömten ihr über die Wangen, ohne daß sie sie zurückzudrängen versuchte.

»Nach allem, was geschehen ist? Das kannst du nicht! Ich gebe es nicht zu!«

»Rühr mich nicht an!« Sie wich zitternd zurück.

»Aber ich will es! Du bist mein! Hörst du? Du bist mein!«
Er wandte sich zornig gegen den Priester. »Was für ein Narr
war ich, daß ich Sie Ihre glatten Worte sprechen ließ! Danken
Sie Gott, daß Sie kein gewöhnlicher Mann sind, sonst ... Aber
das Vorrecht des Priesters muß gewahrt werden, nicht wahr?
Sie haben es gewahrt, und jetzt verlassen Sie mein Haus, oder
ich vergesse, wer und was Sie sind!«

Pater Roubeau verbeugte sich, ergriff ihre Hand und zog
sie zur Tür. Aber Wharton trat ihnen in den Weg, »Grace! Du
hast gesagt, daß du mich liebst.«

»Ja.«

»Und jetzt?«

»Jetzt auch.«

»Sag es noch, einmal.«

»Ich liebe dich, Clyde; ich liebe dich.«

»Da sehen Sie, Pfaffe!« rief er. »Sie haben es gehört. Und
da wollen Sie sie zurückschicken, daß sie ein Leben in Lüge,
ein Leben in der Hölle mit diesem Mann führt?«

Aber Pater Roubeau schob die Frau in das Hinterzimmer
und verschloß die Tür. »Kein Wort!« flüsterte er Wharton zu
und setzte sich auf den erstbesten Stuhl. »Vergessen Sie nicht,
es ist ihretwegen«, fügte er hinzu.

Der Raum hallte wider von einem derben Pochen an die
Tür; dann wurde die Klinke herabgedrückt, und Edwin Bentham trat ein. »Haben Sie meine Frau nicht gesehen?« fragte er,
sobald sie sich begrüßt hatten.

Die beiden schüttelten den Kopf.

»Ich sah ihre Spur bei der Hütte«, fuhr er prüfend fort.
»Sie bog vom Hauptweg ab und führte geradewegs hierher.«

Seine Zuhörer sahen aus, als ginge sie das alles nichts an.

»Und ich – ich dachte ...«

»Daß sie hier wäre!« donnerte Wharton.

Der Priester brachte ihn durch einen Blick zum Schweigen.

»Haben Sie ihre Spur hier zur Hütte führen sehen, mein
Sohn?« Der schlaue Pater Roubeau – als er vor einer Stunde
denselben Weg gekommen war, hatte er sorgfältig alle Spuren
getilgt.

»Ich habe nicht nachgesehen – ich ...« Seine Augen hafteten mißtrauisch auf der Tür zum andern Zimmer und wandten sich dann fragend zum Priester.

Der schüttelte den Kopf; aber der Zweifel schien in der Luft zu liegen.

Pater Roubeau betete ein kurzes stilles Gebet und erhob sich. »Wenn Sie mir nicht glauben, bitte ...« Er tat, als wolle er die Tür öffnen.

Ein Priester konnte nicht lügen. Edwin Bentham hatte das zu oft gehört, um es nicht zu glauben.

»Nein, natürlich, Pater Roubeau«, sagte er schnell. »Ich wußte nicht, wo meine Frau hingegangen war, und dachte, sie sei vielleicht ... Ich nehme an, sie ist zu Frau Stanton nach French Gulch gegangen. Schönes Wetter, nicht wahr? Haben Sie das Neueste gehört? Das Mehl ist auf vierzig Dollar den Zentner gestiegen, und es heißt, daß die Chechapuas scharenweise den Fluß heraufkommen. Aber ich muß fort! Auf Wiedersehen.«

Die Tür schlug zu, und durch das Fenster sahen sie ihn den Weg nach French Gulch einschlagen.

*

Wenige Wochen später, kurz nach dem Hochwasser im Juni, ruderten zwei Männer ein Kanu mitten in den Strom und banden es an einem treibenden Stamm fest. Der zog wie ein Schlepper das kleine Boot an straffer Leine hinter sich her. Pater Roubeau hatte Order erhalten, das Oberland zu verlassen und zu seinen dunkelhäutigen Kindern in Minook zurückzukehren. Bei denen hatten sich die weißen Männer niedergelassen, und die opferten jetzt von ihrer Zeit zu wenig dem Fischfang und zuviel einer gewissen Gottheit, die vorübergehend in unzähligen schwarzen Flaschen wohnte. Auch Malemute Kid hatte im Unterland zu tun, und so reisten sie zusammen.

Nur ein Mann im ganzen Nordland kannte Paul Roubeau, und das war Malemute Kid. Vor ihm allein warf der Priester sein heiliges Gewand ab und stand in voller Blöße da. Und warum nicht? Diese beiden Männer kannten sich. Hatten sie nicht den letzten Bissen Fisch, die letzte Prise Tabak, den letzten und geheimsten Gedanken miteinander geteilt – am öden Strand der Beringsee, in den aufreibenden Labyrinthen des Großen Deltas, auf der schrecklichen Winterreise von Point Barrow nach Porcupine!

Pater Roubeau hatte die sauer verdiente Pfeife im Mund, paffte mächtig und starrte in die Sonne, die von Dunst verschleiert rot und unheimlich am Rand des nördlichen Horizonts glomm.

Malemute Kid zog die Uhr.

Es war Mitternacht.

»Kopf hoch, Alter!«

Kid nahm offenbar einen abgerissenen Faden wieder auf.

»Eine solche Lüge wird Gott sicher vergeben. Laß mich dir die Worte eines Mannes sagen, der immer ins Schwarze traf:

> ›Hat sie ein Wort nur gesagt / so denk: dein Mund ist versiegelt,
>
> Und gebrandmarkt ist er / der das Geheimnis nicht barg.
>
> Kommt einst Herward in Not / ihn rettet die schwärzeste Lüge,
>
> Lüg, solange du kannst / und solange dich einer nur hört.‹«

Pater Roubeau nahm die Pfeife aus dem Mund und überlegte. »Der Mann spricht die Wahrheit, aber das ist es nicht, was meine Seele beunruhigt. Die Lüge und die Strafe dafür stehen bei Gott; aber – aber ...«

»Was denn? Deine Hände sind rein.«

»Nein, Kid. Ich habe viel darüber nachgedacht, und das eine bleibt. Ich wußte Bescheid und schickte sie doch zurück.«

Das klare Singen eines Rotkehlchens ertönte vom bewaldeten Ufer, ein Rebhuhn rief in der Ferne, ein Elch stapfte lärmend in den Strom, aber die beiden Männer rauchten schweigend weiter.

Die Weisheit der Reise

Sitka Charley hatte das Unmögliche erreicht. Andere Indianer mögen vielleicht ebensoviel von der Weisheit der Reise gewußt haben, er allein aber kannte die Weisheit des weißen Mannes, die Ehre und das Gesetz der Reise.

Aber das hatte er nicht an einem einzigen Tag gelernt. Die Eingeborenen sind schwer zu belehren, und es gehören viele Einzelheiten und viele Wiederholungen dazu, bis sie zum Verständnis gelangt sind. Sitka Charley hatte von Kindheit an mit den weißen Männern verkehrt, und als er selbst ein Mann wurde, hatte er sein Schicksal an das ihre geknüpft und sich ein für allemal von seinem Volk losgesagt. Und obwohl er sich vor ihnen beugte, ja, ihre Macht fast verehrte und über sie grübelte, mußte er doch auch jetzt noch ihren geheimen Lebensquell, die Ehre und das Gesetz erraten. Erst nachdem die Jahre Zeugnis auf Zeugnis gehäuft hatten, verstand er sie. Obgleich er ein Fremder war, verstand er die weißen Männer besser als sie sich selbst; er war ein Indianer und hatte das Unmögliche erreicht.

Und hieraus war eine gewisse Verachtung für sein eigenes Volk entstanden – eine Verachtung, die er gewöhnlich negierte, die aber jetzt in einem Strom von Flüchen und Schimpfworten in vielen Sprachen über die Köpfe Kah-Chuctes und Gowhees losbrach. Sie krochen vor ihm wie knurrende Wolfshunde, zu feige, um auf ihn loszugehen, zu wolfsartig, um nicht die Zähne zu fletschen. Sie waren nicht schön. Das war Sitka Charley übrigens auch nicht. Das Fleisch hatte nicht für ihre Gesichter gereicht; ihre vorstehenden Backenknochen waren von schrecklichen Narben gefurcht, die in der starken Kälte abwechselnd aufrissen und sich schlossen, während in ihren Augen eine von Verzweiflung und Hunger genährte Flamme unheimlich brannte. Auf Männer, über denen nicht Ehre und Gesetz waltet, kann man sich in einer solchen Lage nicht verlassen. Das wußte Sitka Charley, und deshalb hatte er sie vor zehn Tagen gezwungen, ihre Büchsen nebst der übrigen Lagerausrüstung zurückzulassen. Nur er und Kapitän Eppingwell hatten die ihren behalten.

»Los, macht Feuer an«, kommandierte er, indem er die kostbare Streichholzschachtel sowie die dazu gehörenden Streifen trockener Birkenrinde hervorzog.

Die beiden Indianer machten sich verdrossen daran, trockene Zweige und Reisig zu sammeln. Sie waren schwach und blieben oft, schwindlig vom Bücken, stehen oder wankten stöhnend zur Feuerstätte zurück, während ihre Knie wie Kastagnetten gegeneinanderschlugen. Jedesmal, wenn sie zurückkamen, ruhten sie sich einen Augenblick aus, als wären sie krank und todmüde. Zeitweise drückten ihre Augen den geduldigen Stoizismus des stummen Duldens aus; dann wieder schienen sie sich in wilden Schreien Luft machen zu wollen: »Ich, ich, ich will leben«, dem Grundton alles Lebens.

Ein leichter Wind wehte von Süden, bis in ihren Körper und trieb ihnen die Kälte wie Feuernadeln durch Pelz und Fleisch bis ins Mark.

Sobald das Feuer lustig brannte und einen Kreis rings im Schnee auftaute, zwang Sitka Charley seine widerwilligen Genossen, mit ihm eine Schutzwand zu errichten. Es war eine recht primitive Angelegenheit – eine Decke wurde in einem Winkel von ungefähr fünfundvierzig Grad an der Windseite vor dem Feuer aufgehängt, dadurch wurde der eisige Wind abgehalten und die Wärme auf die vor der Decke Zusammengekauerten zurückgeworfen. Dann wurde eine Schicht grüner Zweige auf dem Schnee ausgebreitet, damit ihre Körper nicht mit ihm in Berührung gerieten. Als das getan war, machten Kah-Chucte und Gowhee sich daran, ihre Füße zu pflegen. Die gefrorenen Mokassins waren arg mitgenommen. Das scharfe Eis auf dem Fluß hatte sie zerschnitten. Ihre Siwash-Socken befanden sich in derselben Verfassung, und als sie aufgetaut und ausgezogen waren, erzählten die weißen, toten Zehen in ihren verschiedenen Abstufungen des Erfrierens ihre einfache Geschichte von der Reise.

Sitka Charley überließ sie ihrer Fußpflege und schritt denselben Weg, den er gekommen war, zurück. Auch er sehnte sich danach, am Feuer zu sitzen und für seinen strapazierten Körper zu sorgen, aber die Ehre und das Gesetz der Reise verboten es ihm. Mühselig arbeitete er sich über den zugefrorenen Fluß hinüber. Jeder Schritt mußte erzwungen werden, jeder Muskel empörte sich. An verschiedenen Stellen, die erst kürzlich zugefroren waren, mußte er mit Aufbietung all seiner Kräfte über den morschen, unter ihm schwankenden Boden eilen. Hier war der Tod leicht und schnell; aber er bekämpfte die Versuchung, seinem Leben ein Ende zu machen.

Seine zunehmende Angst schwand, als er zwei Indianer um eine Biegung des Flusses kommen sah. Sie wankten und stöhnten wie Männer unter schweren Lasten, und doch wogen die Packen auf ihren Schultern nur wenige Pfund. Er forschte sie eifrig aus, und ihre Antworten schienen ihn zu beruhigen. Er eilte weiter.

Dann kamen zwei weiße Männer, die eine Frau stützten. Auch sie gingen wie trunken, und ihre Körper zitterten vor Ermattung. Aber die Frau stützte sich nur leicht auf sie und wollte offenbar durch eigene Kraft vorwärtskommen. Bei ihrem Anblick huschte ein Freudenschimmer über Sitka Charleys Gesicht. Er verehrte Frau Eppingwell. Er hatte viele weiße Frauen gesehen, aber sie war die erste, die die Reise mit ihm machte. Als Kapitän Eppingwell ihm das Wagnis vorschlug und ihm anbot, in seine Dienste zu treten, hatte er ernst den Kopf geschüttelt; denn es war ein unbekannter Weg durch die trostlose Wildnis des Nordlands, und er wußte, daß es eine der Reisen werden würde, die die menschliche Seele auf die äußerste Probe stellten. Als er aber erfuhr, daß der Kapitän seine Frau mitnehmen wollte, schlug er es rundweg ab, etwas mit der Sache zu tun zu haben. Wäre es eine Frau seiner eigenen Rasse gewesen, so hätte er sich nichts daraus gemacht. Aber diese Frauen aus dem Südland, nein, nein, die waren zu weich, zu zart für ein solches Unternehmen.

Sitka Charley kannte indessen nicht Frauen dieser Art. Vor fünf Minuten hätte er sich nicht träumen lassen, daß er die Leitung der Expedition übernehmen würde; als sie aber mit ihrem wundersamen Lächeln und ihrem klaren reinen Englisch kam und die Sache ohne Umschweife mit ihm erörterte, hatte er sofort eingewilligt. Hätte sich in ihren Augen ein Flehen um Mitleid gezeigt, hätte ihre Stimme gezittert, hätte sie sich auf ihre weiblichen Rechte berufen – er wäre augenblicklich kalt und hart wie Stahl geworden. Aber ihre tiefen, forschenden Augen, ihre klare Stimme, ihr völliger Freimut und die Art, wie sie ihn ohne weiteres als ihresgleichen behandelte, hatten ihm seine Kaltblütigkeit geraubt. Er fühlte, daß er es hier mit einer neuen Art Frau zu tun hatte, und ehe sie viele Tagesreisen Genossen gewesen, hatte er verstanden, warum die Söhne solcher Frauen Land und Meer beherrschten, und warum die Söhne von Frauen seiner eigenen Rasse ihnen nicht widerstehen konnten.

Weich und zart! Tag um Tag beobachtete er sie, ermattet, abgezehrt, unüberwindlich, wie sie war, immer wieder klangen ihm die Worte in den Ohren: weich und zart! Er wußte, daß ihre Füße für ebene Pfade und sonnige Länder geschaffen waren, daß sie nicht die Schmerzen des unwirtlichen Nordens, nicht die Küsse von den kalten Lippen des Frostes kannte: er sah sie und wunderte sich, wie leicht sie durch den mühseligen Tag glitten. Immer fiel ein Lächeln, ein ermutigendes Wort selbst für den elendsten Träger ab. Je finsterer der Weg wurde, desto härter und kräftiger schien sie zu werden, und als Kah-Chucte und Gowhee, die damit geprahlt hatten, Weg und Steg wie ein Kind die Fellballen im Wigwam zu kennen, als die beiden gestanden, daß sie nicht wüßten, wo sie wären, da war sie es, die zu den Flüchen der Männer Worte der Ermutigung sprach. Sie hatte ihnen vorgesungen in jener Nacht, bis sie die Müdigkeit weichen fühlten und bereit waren, mit neuer Hoffnung der Zukunft entgegenzugehen. Und als die Lebensmittel zur Neige gingen und jede Ration unter scharfer Kontrolle ausgeteilt wurde, hatte sie sich gegen die Verschwörung ihres Mannes und Sitka Charleys empört und einen Anteil gefordert, der weder größer noch kleiner als der der andern war.

Sitka Charley war stolz darauf, daß er diese Frau kannte. Sein Leben hatte größeren Reichtum, größere Fülle erhalten, als sie eintrat. Bisher war er sein eigener Gesetzgeber gewesen, war auf den Wink eines Menschen weder rechts noch links gegangen; er hatte sich nach seinen eigenen Vorschriften gebildet und war zum Mann geworden, ohne sich um eine andere als die eigene Meinung zu kümmern. Zum erstenmal fühlte er, wie etwas von außerhalb das Beste in ihm anrief. Ein anerkennender Blick aus diesen forschenden Augen, ein dankbares Wort der klaren Stimme, nur ein schwaches Kräuseln ihrer Lippen in diesem wundersamen Lächeln, und er wanderte viele Stunden in Gesellschaft der Götter. Es erweckte in ihm auf eine neue Art das Gefühl, ein Mann zu sein. Zum erstenmal genoß er bewußt seine Führereigenschaften, und er und sie fachten immer wieder den sinkenden Mut der Genossen an.

*

Die Gesichter der beiden Männer und der Frau leuchteten auf, als sie ihn sahen, denn schließlich war er doch der Stab, auf den sie sich stützten. Aber Sitka Charley verbarg mit seiner üblichen Strenge unterschiedslos Befriedigung und Mißfallen hinter einem steinernen Gesicht, fragte sie, wie es ginge, erzählte ihnen, wie weit es noch bis zum Lagerfeuer war, und schritt weiter. Dann stieß er auf einen einzelnen Indianer, der ohne Gepäck, mit zusammengebissenen Zähnen und starren Augen, angehinkt kam, gequält von Schmerzen in einem Fuß, in dem das Leben einen hoffnungslosen Kampf mit dem Tod kämpfte. Man hatte jede Rücksicht auf ihn genommen, aber in der äußersten Not müssen die Schwachen und Unglücklichen zugrundegehen, und Sitka Charley hielt die Tage des Mannes für gezählt. Er konnte sich kaum noch aufrechthalten, und Sitka Charley ermutigte ihn durch einige rauhfreundliche Worte. Dann kamen noch zwei Indianer, denen er die Aufgabe zugeteilt hatte, Joe, dem dritten Weißen in der Gesellschaft, zu helfen. Sie hatten ihn verlassen.

Mit einem Blick sah Sitka Charley, daß sie zum Sprung bereit waren, und wußte, daß sie jetzt seine Herrschaft abgeschüttelt hatten. Es überraschte ihn deshalb auch nicht, als er die Jagdmesser funkeln sah, die sie aus der Scheide zogen bei seinem Befehl, umzukehren und den Verlassenen zu holen. Es war ein kläglicher Anblick, wie diese drei kraftlosen Männer in der gewaltigen Wüste ihr bißchen Kraft zusammennahmen. Die beiden duckten sich vor dem wütenden Schlag mit der Büchse und kehrten dann wie geprügelte Hunde zur Koppel zurück. Zwei Stunden später erreichten sie, von Sitka

Charley angetrieben, mit dem taumelnden Joe das Feuer, wo die übrigen Mitglieder der Expedition sich im Schutz der Decke zusammengekauert hatten.

»Ein paar Worte, Kameraden, ehe wir schlafen«, sagte Sitka Charley zu ihnen, als sie ihre knappen Rationen ungesäuerten Brots verzehrt hatten.

Er sprach mit den Indianern in ihrer eigenen Sprache, nachdem er den Weißen bereits die Mitteilung gemacht hatte. »Ein paar Worte, Kameraden, zu eurem eigenen Besten, damit ihr vielleicht am Leben bleibt. Ich will euch das Gesetz lehren. Wer es bricht, dessen Tod komme über sein eigenes Haupt. Wir haben die Hügel des Schweigens passiert und werden bald dem Hauptlauf des Stuart folgen. Es kann ein Schlaf, es können mehrere, es können auch viele sein. Aber einmal werden wir zu den Männern am Yukon kommen, die Lebensmittel im Überfluß haben. Es ist am besten, wenn wir das Gesetz halten. Heute haben Kah-Chucte und Gowhee, denen ich befahl, den Weg zu bahnen, vergessen, daß sie Männer sind; sie sind wie ängstliche Kinder davongelaufen. Nun ja, sie vergaßen; so laßt auch uns vergessen. Aber von jetzt an müssen sie daran denken. Tun sie es nicht ...« Er berührte wie zufällig die Büchse und fuhr barsch fort: »Morgen sollen sie das Mehl tragen und dafür sorgen, daß der weiße Mann Joe nicht zurückbleibt. Das Mehl ist abgemessen. Sollte morgen abend auch nur eine Unze fehlen – ihr versteht mich? Auch andere haben heute vergessen, Elchkopf und Drei-Lachse haben den weißen Mann Joe im Schnee liegengelassen. Das darf nicht wieder geschehen. Bei Tagesanbruch sollen sie vorangehen und den Weg bahnen. Nun habt ihr das Gesetz gehört. Seht, daß ihr es nicht brecht.«

*

Es überstieg Sitka Charleys Kraft, die Karawane zusammenzuhalten.

Von Elchkopf und Drei-Lachse, die die Vorhut bildeten und den Weg bahnten, bis zu Kah-Chucte, Gowhee und Joe war es eine Meile.

Jeder stolperte vorwärts, fiel nieder oder ruhte sich aus, wie es ihm paßte. Der Marsch war ein Vorwärtskommen mit einer Reihe unregelmäßiger Halte. Jeder benutzte den letzten Rest seiner Kräfte, um sich weiterzuschleppen, bis er nicht mehr konnte. Aber wie durch ein Wunder war immer noch ein kleiner Rest übrig. Jedesmal, wenn ein Mann fiel, hatte er die feste Überzeugung, daß er sich nicht mehr erheben könnte; und doch erhob er sich, erhob sich immer wieder. Der Körper unterlag, aber der Wille siegte; jeder Sieg aber war eine Tragödie. Der Indianer mit dem erfrorenen Fuß, der sich nicht mehr aufrechthalten konnte, kroch jetzt auf Händen und Knien. Er ruhte sich selten aus, denn er wußte, was das hieß. Selbst Frau Eppingwells Lippen waren in einem verzerrten Lächeln erstarrt, und ihre Augen standen weit offen, ohne etwas zu sehen. Oft blieb sie stehen und drückte, atemlos und schwindlig, die Hand gegen das Herz.

Joe, der weiße Mann, litt nicht mehr. Er bettelte nicht mehr, daß man ihn liegen ließe, bat nicht mehr, sterben zu dürfen; er war ruhig und froh in schmerzlosem Wahnsinn. Kah-Chucte und Gowhee schleppten ihn brutal mit, blickten ihn wütend an und schlugen ihn. Für sie war dies der Gipfel der Ungerechtigkeit. Ihre Herzen waren voller Haß und nur durch die Furcht gezähmt. Warum mußten sie ihre Kräfte mit seiner Schwäche belasten? Es zu tun, bedeutete den Tod; es nicht zu tun – sie erinnerten sich an Sitka Charleys Gesetz und seine Büchse.

Als das Tageslicht schwand, fiel Joe immer öfter, und so schwer war er wieder auf die Beine zu bringen, daß sie immer mehr zurückblieben. Zuweilen setzten sie sich alle in den Schnee. So schwach waren die Indianer jetzt. Und doch trugen sie Leben, Kraft und Wärme auf dem Rücken. In den Mehlsäcken war alles, was sie brauchten, um das Leben zu erhalten. Immer wieder mußten sie daran denken, und es war nicht merkwürdig, daß geschah, was geschah.

Auf einem mächtigen, umgestürzten Baum mit Tausenden von Zweigen, die darauf warteten, als Brennholz benutzt zu werden, waren sie niedergesunken. In der Nähe war eine Lache auf dem Eis. Kah-Chucte sah auf das Brennholz und sah auf das Wasser, und dasselbe tat Gowhee; dann sahen sich beide an. Es wurde kein Wort gesprochen. Gowhee schlug Feuer, Kah-Chucte füllte einen Zinnbecher mit Wasser und setzte ihn aufs Feuer. Joe schwatzte drauflos in einer Sprache, die sie nicht verstanden. Sie verrührten Mehl in dem warmen Wasser, bis es zu einem dünnen Teig wurde, und tranken viele Becher davon. Joe boten sie nichts davon an, aber er machte sich auch nichts daraus. Er machte sich aus nichts etwas, nicht einmal aus seinen Mokassins, die angesengt wurden und qualmten.

Feiner Schnee stäubte über sie, sanft, liebkosend, und hüllte sie in sein weiches, weißes Laken. Und doch hätten ihre Füße noch Menschenpfade beschritten, hätte das Schicksal nicht die Wolken beiseitegefegt und die Luft gereinigt. Nein, zehn Minuten Aufschub hätten Rettung bedeutet. Sitka Charley blickte zurück, sah die Rauchsäule von ihrem Feuer und erriet, was geschehen war. Und er sah nach vorn auf die, die treu waren.

*

»Ihr habt also vergessen, daß ihr Männer seid, Kameraden? Schön. Ausgezeichnet. So brauchen wir weniger Mägen zu stopfen.«

Sitka Charley band, während er sprach, den Mehlsack zu, warf ihn sich auf den Rücken und schnallte ihn fest. Er trat Joe, bis die Schmerzen die Glückseligkeit des armen Teufels durchdrangen und er schwankend und taumelnd auf die Füße kam. Dann schleppte er ihn auf den Weg und setzte ihn in Bewegung. Die beiden Indianer versuchten zu entkommen.

»Halt, Gowhee! Und auch du, Kah-Chucte! Hat das Mehl euren Beinen solche Kraft verliehen, daß sie vor dem schnellen Blei davonlaufen können? Denkt nicht daran, dem Gesetz zu entgehen. Zeigt euch ein letztes Mal als Männer und freut euch, daß ihr mit vollem Magen sterben könnt. Kommt, stellt euch Schulter an Schulter an den Baum!«

Die beiden Männer gehorchten, ruhig, furchtlos; denn einen Mann erschreckt nur das Künftige, nicht das Gegenwärtige.

»Du, Gowhee, hast Frau und Kinder und ein Zelt aus Tierfellen in Chippewyan. Wie bestimmst du darüber?«

»Gib ihr, was der Kapitän mir versprochen hat, die De-cken, die Perlen, den Tabak, den Kasten, der das merkwürdi-ge Geräusch macht. Sag, daß ich auf der Reise starb, aber sag nicht, wie.«

»Und du, Kah-Chucte, der weder Frau noch Kinder hat?«

»Ich habe eine Schwester, die Frau des Faktors in Koshim. Er schlägt sie, und sie ist nicht glücklich. Gib ihr, was mir nach der Vereinbarung zukommt, und sag ihr, sie möge lieber zu ihrem eigenen Volk zurückkehren. Solltest du den Mann treffen und es dir einfallen, so wäre es eine gute Tat, wenn er stürbe. Er schlägt sie, und sie fürchtet sich.«

»Seid ihr es zufrieden, nach dem Gesetz zu sterben?«

»Wir sind es!«

»Dann lebt wohl, meine Kameraden. Mögt ihr, ehe der Tag um ist, in warmen Wohnungen und an wohlgefüllten Töpfen sitzen.«

Während er noch sprach, hob er die Büchse, und ein viel-faches Echo durchbrach die Stille. Kaum war es verklungen, als andere Büchsen in der Ferne antworteten. Sitka Charley fuhr zusammen. Mehr als ein Schuß hatte geknallt, und doch gab es nur noch eine Büchse in der Gesellschaft. Er sandte den Männern, die so still dalagen, einen hastigen Blick zu und lächelte höhnisch über die Weisheit der Reise. Dann eilte er fort, den Männern von Yukon entgegen.

Nam-Bok, der Lügner

»Eine Bidarka, nicht wahr? Schau, eine Bidarka, und ein Mann, der sie ungeschickt mit einem Paddel rudert!« Die alte Bask-Wah-Wan erhob sich, vor Kraftlosigkeit und Eifer zitternd, auf die Knie und starrte übers Wasser hinaus. »Nam-Bok war immer ungeschickt mit dem Ruder«, murmelte sie sich erinnernd, beschattete die Augen gegen die Sonne und spähte über das silbern funkelnde Wasser. »Nam-Bok war immer ungeschickt. Ich weiß noch ...«

Aber Frauen und Kinder lachten laut, und in ihrem Lachen lag ein sanfter Spott. Bask-Wah-Wans Stimme wurde leiser, bis ihre Lippen sich nur noch lautlos bewegten.

Koogah hob das ergraute Haupt von seiner Beinschnitzerei und folgte ihrem Blick. Eine Bidarka näherte sich dem Strand, wurde nur hin und wieder von heftigen Böen abgetrieben. Ihr Besitzer ruderte mit mehr Kraft als Geschicklichkeit und kam in mühseligem Zickzack näher. Koogah ließ das Haupt wieder über die Arbeit sinken und kratzte in das Werkstück zwischen seinen Knien die Rückenflosse eines Fisches, desgleichen nie im Meer geschwommen war.

»Es ist zweifellos der Mann aus dem Nachbardorf«, sagte er abschließend. »Er kommt, um mich über das Schnitzen zu Rate zu ziehen. Aber der Mann ist ein ungeschickter Bursche. Er wird es nie lernen.«

»Es ist Nam-Bok«, wiederholte die alte Bask-Wah-Wan. »Sollte ich meinen eigenen Sohn nicht kennen?« fragte sie schrill. »Ich sage und ich sage es wieder: Es ist Nam-Bok.«

»Das hast du viele Sommer gesagt«, spottete eine der Frauen sanft. »Immer, wenn das Eis schmolz, saßest du hier und hieltest den lieben langen Tag Wache, und bei jedem Kanu sagtest du: ›Das ist Nam-Bok‹. Nam-Bok ist tot, Bask-Wah-Wan, und die Toten kehren nicht wieder. Es ist unmöglich, daß die Toten wiederkehren.«

»Nam-Bok!« rief die alte Frau so laut und deutlich, daß das ganze Dorf sie verblüfft anblickte. Sie kam mit Anstrengung auf die Beine und wankte über den Sand hinab. Sie stolperte über ein Kind, das in der Sonne lag, und die Mutter beschwichtigte sein Weinen und rief der alten Frau harte Worte nach, ohne daß diese sich jedoch darum kümmerte. Die Kinder liefen ihr zum Strand voraus, und während der Mann in der Bidarka immer näher kam und das Boot in seiner Ungeschicklichkeit fast zum Kentern gebracht hätte, kamen die Frauen ihr nach. Koogah ließ seinen Walroßzahn fallen und folgte, schwer auf seinen Stock gestützt, und die andern Männer schlenderten zu zweien oder dreien hinter ihm her.

Die Bidarka wandte dem Land die Breitseite zu, und der Wellenschlag drohte sie zu füllen, aber ein nackter Knabe lief ins Wasser und zog den Bug hoch auf den Strand. Der Mann erhob sich und warf einen fragenden Blick über die Reihe der Dorfbewohner. Eine bunte Wolljacke hing, schmutzig und abgenutzt, über seiner breiten Schulter, und er hatte ein rotes Taschentuch nach Matrosenart um den Hals gebunden. Eine Fischermütze auf seinem kurzgeschorenen Kopf, Wollhosen und schwere Schuhe vervollständigten seine Kleidung.

Aber nichtsdestoweniger war er eine merkwürdige Erscheinung für diese einfachen Fischer im großen Yukon-Delta, die ihr Leben lang übers Beringmeer gestarrt und in der ganzen Zeit nur zwei weiße Männer gesehen hatten – den Volkszählungsbeamten und einen Jesuitenpater, der sich verirrt hatte. Sie waren arm, ihr Erdboden enthielt kein Gold, ihre Jagd brachte kein wertvolles Pelzwerk, so daß die Weißen sie stets links hatten liegenlassen. Dazu hatte der Yukon in den Jahrtausenden das Meer in der Nähe mit Alaska-Kies gefüllt und seicht gemacht, so daß die Schiffe auf Grund liefen, ehe sie das Land in Sicht bekamen. Daher wurde die feuchte Küste mit ihren weiten Lagunen und den großen Barrieren schlammiger Inseln von den Schiffen der Weißen gemieden, und die Fischer wußten nicht einmal, daß solche Wesen existierten.

Koogah, der Beinschnitzer, zog sich in plötzlicher Eile zurück, stolperte über seinen Stock und fiel hin. »Nam-Bok!« rief er, während er erschrocken wieder auf die Füße zu kommen suchte. »Nam-Bok, der aufs Meer hinausgeweht wurde, ist zurückgekehrt!«

Männer und Frauen schauderten zurück, und die Kinder liefen ihnen zwischen den Beinen fort. Nur Opee-Kwan war kühn, wie es sich für den Dorfhäuptling ziemte. Er trat vor und starrte den Ankömmling lange ernst an.

»Es ist Nam-Bok«, sagte er schließlich, und bei dem überzeugten Klang seiner Stimme heulten die Weiber furchtsam und zogen sich weiter zurück.

Die Lippen des Fremden bewegten sich unentschlossen, und sein brauner Hals wand sich und kämpfte mit unausgesprochenen Worten.

»La, la, es ist Nam-Bok«, sang Bask-Wah-Wan, während sie ihm ins Gesicht blickte. »Ich habe immer gesagt, daß Nam-Bok zurückkehren würde.«

»Ja, es ist Nam-Bok, der zurückgekehrt ist.« Diesmal war es Nam-Bok selbst, der sprach, indem er ein Bein über den Rand der Bidarka streckte und mit dem einen Fuß im Boot, mit den andern an Land stehenblieb. Wieder wand sich sein Hals und kämpfte, während er nach vergessenen Worten suchte. Und als die Worte kamen, war ihr Klang seltsam, und ein Sprudeln der Lippen begleitete die Kehllaute. »Seid gegrüßt, o Brüder«, sagte er, »Brüder aus alter Zeit, ehe der Festlandwind mich entführte.«

Er trat mit beiden Füßen auf den Strand, aber Opee-Kwan winkte ihn zurück.

»Du bist tot, Nam-Bok«, sagte er.

Nam-Bok lachte. »Ich bin dick.«

»Tote sind nicht dick«, räumte Opee-Kwan ein. »Es geht dir gut, aber es ist seltsam. Niemand kann sich mit dem Festlandwind paaren und nach Jahren zurückkehren.«

»Ich bin zurückgekehrt«, antwortete Nam-Bok einfach.

»Vielleicht bist du aber doch ein Schatten, ein Schatten, der kommt und geht, ein Schatten des Nam-Bok, der lebte. Schatten können wiederkehren.«

»Ich bin hungrig. Schatten essen nicht.«

Aber Opee-Kwan war unschlüssig und strich sich in trauriger Verwirrung mit der Hand über die Stirn. Nam-Bok war gleichfalls verwirrt. Er blickte auf und die Reihe entlang, fand aber kein Willkommen in den Augen der Fischer. Männer und

Frauen flüsterten miteinander. Die Kinder zogen sich ängstlich zwischen die Erwachsenen zurück, und den Hunden sträubten sich die Haare, sie krochen zu ihm und beschnupperten ihn mißtrauisch.

»Ich gebar dich, Nam-Bok, und ich säugte dich, als du klein warst«, wimmerte Bask-Wah-Wan und kam näher, »und magst du nun ein Schatten sein oder nicht, so will ich dir doch zu essen geben.«

Nam-Bok machte eine Bewegung, als wollte er auf sie zutreten, aber ein furchtsames und drohendes Murren hielt ihn zurück. Er sagte etwas in einer fremden Sprache, das wie »den Teufel auch« klang, und fügte hinzu: »Kein Schatten bin ich, sondern ein Mensch.«

»Wer kann diese geheimnisvollen Dinge begreifen?« fragte Opee-Kwan halb zu sich, halb zu seinem Stamm gewandt. »Wir sind, und einen Atemzug später sind wir nicht mehr. Wenn ein Mensch zum Schatten werden kann, kann dann ein Schatten nicht auch zum Menschen werden? Nam-Bok war, aber er ist nicht. Das wissen wir, aber wir wissen nicht, ob dies Nam-Bok ist oder Nam-Boks Schatten.«

Nam-Bok räusperte sich und antwortete: »In alten, längst vergangenen Tagen zog deines Vaters Väter, Oppe-Kwan, fort und kam erst nach Jahren wieder. Und ihm wurde nicht der Platz am Feuer verweigert. Man sagt ...« Er machte eine bedeutungsvolle Pause, und sie lauschten. »Man sagt«, wiederholte er und betonte absichtlich die folgenden Worte, »daß Sipsip, seine Klooch, ihm nach seiner Heimkehr zwei Söhne gebar.«

»Aber er hatte nichts mit dem Festlandwind zu schaffen«, antwortete Opee-Kwan. »Er zog ins Herz des Landes, und es ist nur natürlich, daß der Mensch immer tiefer ins Land hineingehen kann.«

»Und ebenso auf dem Meer. Aber das hat nichts damit zu tun. Man sagt, daß deines Vaters Vater seltsame Geschichten von dem erzählte, was er gesehen hatte.«

»Ja, seltsame Geschichten erzählte er.«

»Ich habe auch seltsame Geschichten zu erzählen«, erklärte Nam-Bok einschmeichelnd. Und als sie zögerten: »Und Geschenke habe ich auch.«

Aus der Bidarka nahm er einen Schal, wunderbar von Stoff und Farbe, und warf ihn seiner Mutter über die Schulter. Die Frauen stöhnten im Chor vor Bewunderung, und die alte Bask-Wah-Wan rollte den bunten Stoff zwischen den Fingern, streichelte ihn und sang leise in kindischer Freude.

»Er hat Geschichten zu erzählen«, murmelte Koogah.

»Und er hat Geschenke«, half eine Frau ihm.

Opee-Kwan wußte, daß sein Volk eifrig war, und vor allem spürte er selbst eine kribbelnde Neugier nach diesen noch nicht erzählten Geschichten. »Der Fischfang ist gut gewesen«, sagte er einsichtsvoll. »Und wir haben Tran die Menge. Also komm, Nam-Bok, laß uns schmausen.«

Zwei Männer hoben die Bidarka auf ihre Schultern und trugen sie zum Feuer. Nam-Bok ging neben Opee-Kwan, und die Dorfbewohner folgten ihnen, mit Ausnahme einiger Weiber, die einen Augenblick zögerten, um den Schal mit zärtlichen Fingern zu betasten.

Während des Schmauses wurde nicht viel gesprochen, obwohl viele neugierige Blicke auf Bask-Wah-Wans Sohn fielen. Er griff nur zögernd zu, nicht aus Bescheidenheit, sondern weil der Gestank des Robbentrans ihm den Appetit geraubt hatte und er wünschte, seine Gefühle in dieser Beziehung zu verbergen.

»Iß, du bist hungrig«, gebot Opee-Kwan ihm, und Nam-Bok schloß beide Augen und griff mit der Hand in den großen Topf mit verfaultem Fisch.

»La, la, zier dich nicht. Es gab viele Robben dieses Jahr, und starke Männer sind immer hungrig.« Bask-Wah-Wan tunkte ein besonders widerliches Stück Lachs in den Tran und reichte den triefenden Bissen zärtlich ihrem Sohn.

Als warnende Anzeichen ihm bedeuteten, daß sein Magen nicht mehr so widerstandsfähig wie in alten Tagen war, stopfte er verzweifelt seine Pfeife und begann zu paffen. Die Leute fraßen lärmend weiter und sahen zu. Nur wenige von ihnen konnten sich näherer Bekanntschaft mit dem kostbaren Kraut

Tabak rühmen, obwohl sie hin und wieder geringe Mengen, freilich von abscheulicher Qualität, von Eskimos aus dem Norden kaufen konnten. Koogah, der neben ihm saß, ließ verlauten, daß er nichts dagegen hatte, auch einen Zug zu tun, und zwischen zwei Bissen sog er mit Lippen, die dick mit Tran beschmiert wäre, an der Bernsteinspitze. Und hierauf hielt Nam-Bok sich mit zitternder Hand den Magen und lehnte es ab, die Pfeife zurückzunehmen, als sie ihm wieder angeboten wurde. Koogah könne sie gern behalten, sagte er, denn er habe von Anfang an die Absicht gehabt, ihn damit zu beehren. Und die Leute leckten sich die Finger und freuten sich über seine Freigebigkeit.

Opee-Kwan erhob sich. »Und jetzt, o Nam-Bok, ist der Schmaus zu Ende, und wir wollen die Geschichten von den seltsamen Dingen hören, die du gesehen hast.«

Die Fischer klatschten Beifall, nahmen ihre Arbeit zur Hand und machten sich bereit zu lauschen. Die Männer setzten Speerspitzen auf die Schäfte und schnitzten in Bein, während die Frauen den Speck von den Robbenfellen schabten und sie aufweichten oder mit Sehnenfaden Kamikker nähten. Nam-Bok ließ seine Blicke über die Szene schweifen, aber sie hatte nicht den Reiz, den seine Erinnerung ihm vorgegaukelt hatte. In den Jahren seiner Wanderung hatte er stets diese Szene vor Augen gehabt, und jetzt, da sie gekommen, war er enttäuscht. Es schien ihm ein nacktes, mageres Leben, nicht zu vergleichen mit dem, an das er sich gewöhnt hatte. Aber dennoch wollte er ihnen die Augen öffnen, und bei dem Gedanken funkelten die seinen.

»Brüder«, begann er mit der behaglichen Selbstzufriedenheit eines Mannes, der im Begriff ist, seine großen Taten zu erzählen. »Letzten Sommer waren es schon viele Sommer her, seit ich fortzog, gerade in solchem Wetter, wie dies zu werden scheint. Ihr entsinnt euch alle des Tages: die Möwen flogen niedrig, der Wind wehte stark vom Land her, und ich konnte meine Bidarka nicht gegen ihn halten. Ich band den Überzug der Bidarka um mich zusammen, so daß kein Wasser eindringen konnte, und kämpfte die ganze Nacht mit dem Sturm. Und am Morgen war kein Land zu sehen – nur das Meer –, und der Festlandwind hielt mich fest in seinen Armen und trug mich fort. Drei solcher Nächte erhellten sich zum Tagesgrauen, und kein Land zeigte sich mir, und der Festlandwind wollte mich nicht loslassen. Und als der vierte Tag kam, war ich wie von Sinnen. Von Hunger geschwächt, konnte ich das Ruder nicht ins Wasser stecken, und der Kopf wirbelte mir vor Durst. Aber das Meer war nicht mehr zornig, der milde Südwind blies, und als ich mich umsah, bot sich mir ein Anblick, der mich glauben ließ, daß ich den Verstand verloren hätte.«

Nam-Bok schwieg, um ein Stückchen Lachs zu entfernen, das sich zwischen seinen Zähnen festgesetzt hatte. Männer und Frauen warteten mit müßigen Händen und vorgebeugten Köpfen.

»Ich erblickte ein Kanu, ein großes Kanu. Wenn alle Kanus, die ihr je gesehen habt, zu einem einzigen vereinigt würden, so wäre es nicht groß.«

Ausrufe von Zweifel wurden laut, und Koogah, der Uralte, schüttelte den Kopf.

»Wenn jede Bidarka ein Sandkorn wäre«, fuhr Nam-Bok trotzig fort, »und wenn es ebenso viele Bidarkas gäbe wie Sandkörner hier am Strand, so würden sie dennoch kein so großes Kanu ausmachen wie das, welches ich am Morgen des vierten Tages sah. Es war ein sehr großes Kanu und wurde Schoner genannt. Ich sah, wie dieses Wunderding, dieser große Schoner, hinter mir herkam und auf ihm sah ich Männer ...«

»Halt, o Nam-Bok!« unterbrach Opee-Kwan ihn. »Was für eine Art von Männern war das? Große Männer?«

»Nein, gewöhnliche Männer wie du und ich.«

»Kam das große Kanu schnell?«

»Ja.«

»Seine Seiten war hoch und die Männer klein.« Opee-Kwan bekräftigte diese Aussagen in überzeugtem Ton. »Und ruderten diese Männer mit langen Paddeln?«

Nam-Bok lächelte. »Es waren gar keine Paddel da«, sagte er.

Die Münder blieben offen, und ein langes Schweigen trat ein. Opee-Kwan lieh sich die Pfeife von Koogah und machte ein paar nachdenkliche Züge. Eine der jüngeren Frauen kicherte erregt und zog sich dafür zornige Blicke zu.

»Es waren keine Paddel da?« fragte Opee-Kwan sanft, indem er die Pfeife zurückgab.

»Der Südwind stand hinter ihnen«, erklärte ihm Nam-Bok.

»Aber der Wind treibt nur langsam.«

»Der Schoner hatte Flügel – so.« Er entwarf eine Zeichnung von Masten und Segeln im Sand, und die Männer scharten sich darum und studierten sie. »Der Wind frischte auf.« Zur Veranschaulichung ergriff er die Ecken vom Schal seiner Mutter und spannte ihn auf, bis er wie ein Segel schwoll. Bask-Wah-Wan schalt und wehrte sich, wurde jedoch ein ganzes Stück den Strand hinuntergeweht und landete hilflos auf einem Stapel Treibholz. Die Männer grunzten klug und verständnisvoll, Koogah aber warf plötzlich sein graues Haupt hintenüber.

»Ho! Ho!« lachte er. »Ein verrücktes Ding, dies große Kanu! Ein ganz verrücktes Ding! Ein Spielzeug für den Wind! Wohin der Wind geht, geht es auch. Kein Mann, der darin reist, kann im voraus den Strand nennen, wo er landen wird, denn er geht immer mit dem Wind, und der Wind geht irgendwie, aber keiner weiß, wohin.«

»So ist es«, fügte Opee-Kwan ernst hinzu. »Mit dem Wind gehen ist leicht, aber gegen den Wind muß man schwer kämpfen, und diese Männer mit dem großen Kanu hatten ja keine Paddel und konnten daher nicht kämpfen!«

»Sie brauchten nicht kämpfen!« rief Nam-Bok ärgerlich. »Der Schoner ging auch gegen den Wind.«

»Und was, sagtest du, ließ den Schoner gehen?« fragte Koogah und trippelte vorsichtig über das fremde Wort.

»Der Wind«, lautete die ungeduldige Antwort.

»Der Wind ließ also den Schoner gegen den Wind gehen?« Der alte Koogah grinste ganz offensichtlich Opee-Kwan an, und während das Lachen ringsum wuchs, fuhr er fort: »Der Wind weht gleichzeitig sowohl von vorn wie von hinten. Das ist ganz einfach. Das verstehen wir, Nam-Bok.«

»Du bist ein Narr!«

»Wahrheit fällt von deinen Lippen«, antwortete Koogah demütig. »Ich habe zu lange gebraucht, um zu verstehen, und es war ja ganz einfach.«

Aber Nam-Boks Antlitz war düster, und er sprach einige schnelle Worte, die die andern nie zuvor gehört hatten. Beinschnitzerei und Fellschaben begannen wieder, aber er schloß die Lippen dicht über der Zunge, der man nicht glauben konnte.

»Dieser Schoner«, fragte Koogah unerschütterlich, »er war wohl aus einem sehr großen Baum gemacht?«

»Er war aus vielen Bäumen gemacht«, knurrte Nam-Bok kurz. »Er war sehr groß.«

Er versank wieder in finsteres Schweigen, und Opee-Kwan stieß Koogah an, der mit schlaffem Erstaunen den Kopf schüttelte und murmelte: »Das ist sehr seltsam.«

Nam-Bok biß an. »Das ist noch gar nichts«, sagte er überlegen. »Da solltest du erst den Dampfer sehen. Was das Sandkorn gegen die Bidarka und die Bidarka gegen den Schoner, das ist der Schoner gegen den Dampfer. Dazu ist der Dampfer aus Eisen gemacht. Ganz und gar aus Eisen.«

»Nein, nein, Nam-Bok!« rief der Häuptling.

»Wie kann das sein? Eisen geht doch unter. Ich habe einmal ein eisernes Messer von dem Häuptling des nächsten Dorfes erstanden, und gestern glitt mir das Messer aus der Hand und fiel tief, tief ins Meer. Alle Dinge haben ihr Gesetz. Nie geschieht etwas gegen das Gesetz. Das wissen wir. Und außerdem wissen wir, daß alle Dinge derselben Art dasselbe Gesetz haben und daß alles Eisen dies Gesetz hat. So nimm denn deine Worte zurück, Nam-Bok, damit wir dich in Ehren halten können.«

»Es ist so«, behauptete Nam-Bok. »Der Dampfer ist ganz aus Eisen und sinkt doch nicht.«

»Nein, nein, das kann nicht sein.«

»Ich hab' es mit meinen eigenen Augen gesehen.«

»Das ist gegen die Natur der Dinge.«

»Aber sage mir, Nam-Bok«, unterbrach Koogah aus Furcht, daß die Geschichte nicht weitergehen würde, »sage mir, wie diese Männer ihren Weg übers Meer finden, wenn es keine Küste gibt, nach der sie steuern können.«

»Die Sonne zeigt ihnen den Weg.«

»Aber wie?«

»Zur Mittagszeit nimmt der Häuptling des Schoners ein Ding, durch das seine Augen nach der Sonne sehen, und dann läßt er die Sonne vom Himmel bis zum Rand der Erde hinabsteigen.«

»Aber das ist doch böse Medizin!« rief Opee-Kwan entsetzt über den Frevel. Die Männer hoben voll Schrecken die Hände, und die Frauen stöhnten. »Das ist böse Medizin. Es ist nicht recht, die große Sonne auf falschen Weg zu leiten, die Sonne, die die Nacht verjagt und uns Robben, Lachs und Wärme schenkt.«

»Und wenn es nun böse Medizin wäre?« fragte Nam-Bok hart. »Ich habe selbst durch das Ding nach der Sonne gesehen und die Sonne vom Himmel heruntersteigen lassen.«

Die Nächststehenden zogen sich eiligst von ihm zurück, und eine Frau verdeckte das Gesicht ihres Säuglings, damit seine Augen nicht auf ihn fielen.

»Aber am Morgen des vierten Tages, o Nam-Bok«, meinte Koogah, »am Morgen des vierten Tages, als der Schoner hinter dir herkam?«

»Ich hatte nur noch wenig Kräfte und konnte nicht fliehen. So wurde ich an Bord geholt, und man flößte mir Wasser in den Mund und gab mir gutes Essen. Zweimal, meine Brüder, habt ihr einen weißen Mann gesehen. Diese Männer waren alle weiß, und es waren ihrer ebenso viele, wie ich Finger und Zehen habe. Und als ich sah, daß sie voller Freundlichkeit waren, faßte ich Mut und beschloß, auf alles zu achten, was ich sah. Und sie lehrten mich die Arbeit, die sie selbst taten, und gaben mir gutes Essen und eine Stelle, wo ich schlafen konnte.

Tag auf Tag fuhren wir übers Meer, und jeden Tag zog der Häuptling die Sonne vom Himmel herunter und ließ sich von ihr erzählen, wo wir waren. Wenn die Wellen freundlich waren, jagten wir die Pelzrobbe, und ich wunderte mich sehr, denn sie warfen immer Fleisch und Speck fort und behielten nur das Fell.«

Opee-Kwans Mund zitterte heftig, und er wollte gegen eine solche Verschwendung protestieren, als Koogah ihm mit einem Fußtritt bedeutete, daß er schweigen solle.

»Nach langer Zeit, als die Sonne fort war und die Schärfe des Frostes durch die Luft schnitt, wandte der Häuptling die Nase des Schoners nach Süden. Nach Süden und Osten reisten wir Tag auf Tag und bekamen nie Land in Sicht, bis wir in die Nähe des Dorfes kamen, aus dem die Männer stammten.«

»Wie konnten sie wissen, daß sie in der Nähe waren?« fragte Opee-Kwan, der nicht länger an sich halten konnte. »Es war ja kein Land in Sicht gekommen.«

Nam-Bok blickte ihn zornig an. »Sagte ich nicht, daß der Häuptling die Sonne vom Himmel herunterholte?«

Koogah legte sich dazwischen, und Nam-Bok fuhr fort: »Wie gesagt, als wir in der Nähe des Dorfes waren, kam ein starker Sturm, und nachts wußten wir nicht, wo wir waren.«

»Du sagtest doch eben, daß der Häuptling wußte ...«

»Schweig, Opee-Kwan! Du bist ein Narr und kannst nicht verstehen. Wie gesagt, wir waren hilflos in der Nacht, als ich durch den Lärm des Sturmes das Geräusch der Brandung hörte. Und gleich darauf stießen wir mit einem mächtigen Krach auf, und ich fiel ins Wasser und schwamm. Es war eine felsige Küste, wo es auf vielen Meilen nur ein einziges Fleckchen flachen Sand gab, und es war mir bestimmt, daß ich den Sand erreichte und mich mit den Händen aus der Brandung zog. Die anderen Männer müssen auf die Klippen gespült worden sein, denn keiner von ihnen kam an Land, außer dem Häuptling, und ihn konnte ich nur an dem Ring an seinem Finger erkennen.

Als der Tag kam, war nichts mehr vom Schoner übrig, und ich wandte mein Gesicht dem Land zu und wanderte hinein, um Nahrung zu finden und Menschen zu treffen. Und als ich zu einem Haus kam, wurde ich empfangen und bekam zu essen, denn ich hatte ihre Sprache gelernt, und weiße Männer sind immer freundlich. Es war ein Haus, größer als alle Häuser, die wir und unsere Väter vor uns gebaut haben.«

»Es war ein mächtiges Haus«, sagte Koogah und verbarg seinen Unglauben hinter Verwunderung.

»Und es gehören viele Bäume dazu, um ein solches Haus zu bauen«, fügte Opee-Kwan hinzu, indem er es dem andern nachmachte.

»Das ist gar nichts.« Nam-Bok zuckte geringschätzig die Achseln. »Was unsere Häuser gegen das Haus, das war das Haus gegen die Häuser, die ich später sehen sollte.«

»Und es sind keine großen Männer?«

»Nein, gewöhnliche Männer wie du und ich«, antwortete Nam-Bok. »Ich hatte mir einen Stock geschnitten, um bequemer zu gehen, und da ich daran dachte, euch, meinen Brüdern, zu melden, was ich zu sehen bekam, so schnitt ich für jeden Menschen, der in dem Haus wohnte, eine Kerbe in den Stock. Dort blieb ich viele Tage und arbeitete, und zum Lohn gaben sie mir Geld — etwas, das ihr nicht kennt, das aber sehr gut ist.

Aber eines Tages verließ ich den Ort und ging weiter ins Land hinein. Und während ich ging, traf ich viele Menschen, und ich schnitt kleinere Kerben in meinen Stock, damit für sie alle Platz wäre. Und da stieß ich auf ein seltsames Ding. Auf dem Boden vor mir lag eine Eisenstange,« so dick wie ein Arm, und einen weiten Schritt davon lag eine andere Eisenstange ...«

»Da warst du ein reicher Mann«, versicherte Opee-Kwan, »denn Eisen ist mehr wert als alles andere auf der Welt. Es muß für viele Messer gereicht haben.«

»Ja, aber es gehörte nicht mir.«

»Du hattest es gefunden, und was man findet, darf man behalten.«

»Nein, die weißen Männer hatten es dort hingelegt. Und außerdem waren diese Stangen so lang, daß kein Mensch sie forttragen konnte — so lang, daß sie kein Ende hatten, so weit man sehen konnte.«

»Nam-Bok, das ist sehr viel Eisen«, warnte Opee-Kwan.

»Ja, es war schwer zu glauben, selbst als ich es mit eigenen Augen sah; aber ich konnte meine eigenen Augen nicht widerlegen. Und als ich es betrachtete, hörte ich ...«

Er wandte sich plötzlich zu dem Häuptling. »Opee-Kwan, du hast den Seelöwen im Zorn brüllen hören. Denke dir nun, so viele Seelöwen, wie Wellen im Meer sind, und denke dir, daß alle diese Seelöwen zu einem einzigen Seelöwen geworden sind, und wie dieser eine Seelöwe brüllen würde, so brüllte das Ding, das ich hörte.«

Die Fischer stießen laute Rufe des Erstaunens aus, und Opee-Kwans Mund öffnete sich und blieb offenstehen.

»Und in der Ferne sah ich ein Ungeheuer wie tausend Wale. Es war einäugig und spie Rauch aus, und es schnaufte entsetzlich laut. Ich fürchtete mich und lief auf zitternden Beinen den Weg zwischen den Stangen entlang. Aber es kam mit der Schnelligkeit des Windes, dieses Ungeheuer, und ich lief fort von den Eisenstangen, als es mir seinen heißen Atem ins Gesicht blies ...«

Opee-Kwan gewann die Herrschaft über seinen Mund wieder. »Und – und was dann, o Nam-Bok?«

»Dann lief es weiter die Stangen entlang und tat mir nichts, und als ich wieder auf den Beinen stehen konnte, war es nicht mehr zu sehen. Und das war etwas ganz Gewöhnliches in diesem Land. Selbst Frauen und Kinder fürchten sich nicht davor. Die Männer lassen sie für sich arbeiten, diese Ungeheuer.«

»Wie wir unsere Hunde arbeiten lassen?« fragte Koogah mit skeptischem Augenzwinkern.

»Ja, wie wir unsere Hunde arbeiten lassen.«

»Und wie vermehren sie sich, diese – diese Dinge?« fragte Opee-Kwan.

»Sie vermehren sich gar nicht. Die Menschen machen sie kunstvoll aus Eisen, füttern sie mit schwarzen Steinen und geben ihnen Wasser zu trinken. Die Steine werden zu Feuer, und das Wasser wird zu Dampf, und der Wasserdampf ist der Atem in ihren Nüstern, und ...«

»So, so, o Nam-Bok«, unterbrach Opee-Kwan ihn. »Erzähl uns von andern Wundern. Dies ermüdet uns, da wir es nicht verstehen können.«

»Versteht ihr es nicht?« fragte Nam-Bok verzweifelt.

»Nein, wir verstehen es nicht«, antworteten die Männer und Frauen klagend. »Wir können es nicht verstehen.«

Nam-Bok dachte an eine komplizierte Mähmaschine und an die Maschinen, in denen man Bilder lebender Menschen sehen konnte, und an die Maschinen, aus denen Menschenstimmen kamen, und er wußte, daß sein Volk das nie verstehen würde.

»Darf ich sagen, daß ich auf diesem eisernen Ungeheuer durch das Land ritt?« fragte er.

Opee-Kwan hob die Hände mit nach außen gekehrten Flächen in offenbarem Unglauben. »Weiter. Sag, was du willst. Wir lauschen.«

»Ja, dann ritt ich auf diesem Ungeheuer und gab Geld dafür ...«

»Du sagtest doch, es würde mit Steinen gefüttert.«

»Und ich sagte auch, du Narr, daß Geld etwas sei, wovon ihr nichts versteht. Wie gesagt, ich ritt auf dem Ungeheuer durch das Land und durch viele Dörfer, bis ich in ein großes Dorf an einem salzigen Meeresarm kam. Die Häuser hoben ihre Dächer ganz bis zwischen die Sterne des Himmels, und die Wolken trieben an ihnen vorbei, und überall war viel Rauch. Und der Lärm in dem Dorf war wie das Brüllen des Meeres im Sturm, und die Menschen waren so zahlreich, daß ich meinen Stock wegwarf und nicht mehr an die Kerben dachte.«

»Hättest du die Kerben ganz klein gemacht«, sagte Koogah vorwurfsvoll, »so hättest du uns Nachricht bringen können.«

Nam-Bok schnellte zornig zu ihm herum.

»Wenn ich die Kerben ganz klein gemacht hätte! Hör zu, Koogah, du Knochenkratzer! Wenn ich die Kerben auch ganz klein gemacht hätte, so hätte doch weder der Stock noch zwanzig Stöcke – ja, nicht einmal alles Treibholz am ganzen Strand zwischen diesem Dorf und dem nächsten für sie Platz gehabt. Und wenn ihr alle, Frauen und Kinder inbegriffen, zwanzigmal so viele wäret und jeder zwanzig Hände und einen Stock und ein Messer in der Hand hättet, so könntet ihr doch nicht Kerben schneiden für alle Menschen, die ich sah, so viele waren es und so schnell kamen und gingen sie.«

»So viele Menschen kann es in der ganzen Welt nicht geben«, wandte Opee-Kwan halb betäubt ein, denn sein Sinn konnte eine solche Zahl nicht fassen.

»Was weißt du von der ganzen Welt und davon, wie groß sie ist?« fragte Nam-Bok.

»Aber es können doch nicht so viele Menschen an einem Ort sein.«

»Wer bist du, daß du sagen kannst, was sein und was nicht sein kann?«

»Es kann sich doch jeder selbst sagen, daß nicht so viele Menschen an einem Ort sein können. Ihre Kanus würden ja das ganze Meer füllen, so daß kein Platz mehr wäre. Und sie könnten jeden Tag das Meer von Fischen leeren und hätten doch nicht Nahrung genug.«

»So sollte es scheinen«, lautete Nam-Boks endgültige Antwort. »Aber dennoch war es so. Ich sah es mit eigenen Augen, und ich warf meinen Stock weg.«

Er gähnte tief und erhob sich.

»Ich bin weit gerudert. Der Tag ist lang gewesen, und ich bin müde. Jetzt will ich schlafen, und morgen werden wir mehr von den Dingen reden, die ich gesehen habe.«

Bask-Wah-Wan humpelte eifrig herbei, zwar stolz, aber dennoch ängstlich besorgt um ihren wunderbaren Sohn, und führte ihn in ihr Iglu, wo sie ihn in die fettigen, übel riechenden Felle stopfte. Die Männer aber blieben am Feuer sitzen und hielten Rat mit viel Geflüster und leiser Rede und Widerrede.

Eine Stunde verging und noch eine, und Nam-Bok schlief, während die Beratung ihren Fortgang nahm. Die Sonne sank im Nordwesten, und um elf Uhr stand sie fast genau im Norden.

Da verließen der Häuptling und der Beinschnitzer den Rat, gingen zu Nam-Bok und weckten ihn. Er blinzelte sie an und drehte sich auf die andere Seite, um weiterzuschlafen. Aber Opee-Kwan ergriff ihn am Arm und schüttelte ihn freundlich, aber bestimmt, bis er zu sich kam.

»Komm, Nam-Bok, steh auf!« befahl er. »Es ist Zeit.«

»Wieder ein Schmaus?« rief Nam-Bok. »Nein, ich bin nicht hungrig. Eßt ihr nur weiter und laßt mich schlafen.«

»Es ist Zeit, daß du gehst!« donnerte Koogah.

Aber Opee-Kwan sprach sanfter. »Du warst mein Bidarka-Kamerad, als wir Knaben waren«, sagte er. »Gemeinsam lernten wir die Robbe jagen und den Lachs fangen. Und du zogst mich ins Leben zurück, Nam-Bok, als das Meer sich über mir schloß und ich hinabgerissen wurde zu den schwarzen Felsen. Gemeinsam hungerten wir und fanden uns in die Qual des Frostes, und gemeinsam krochen wir unter ein Fell und lagen dicht aneinander. Und wegen all diesem und wegen der Freundschaft, die ich für dich hegte, tut es mir sehr leid, daß du als ein so schrecklicher Lügner zurückgekommen bist. Wir können die Dinge, die du gesagt hast, nicht verstehen, und uns schwindeln die Köpfe davon. Und deshalb schicken wir dich fort, damit unsere Köpfe klar und stark bleiben und nicht von den unbegreiflichen Dingen verwirrt werden.«

»Diese Dinge, von denen du sprichst, sind Schatten«, ergriff Koogah das Wort. »Du hast sie aus der Schatten weit gebracht, und zur Schattenwelt mußt du sie zurückbringen. Deine Bidarka ist bereit, und der Stamm wartet. Sie können nicht schlafen, ehe du fortgezogen bist.«

Nam-Bok war verblüfft, lauschte aber der Stimme des Häuptlings.

»Wenn du Nam-Bok bist«, sagte Opee-Kwan, »so bist du ein schrecklicher und höchst wunderbarer Lügner; bist du aber Nam-Boks Schatten, so sprichst du von Schatten, und es ist nicht gut, daß lebende Menschen etwas davon wissen. Das große Dorf, von dem du sprichst, muß ein Dorf der Schatten sein. Darin schweben die Seelen der Toten, denn der Toten sind viele und der Lebenden wenige. Die Toten kehren nicht wieder. Nie ist ein Toter wiedergekehrt – außer dir mit deinen wunderbaren Geschichten. Es ist nicht schicklich, daß die Toten wiederkehren, und würden wir es glauben, so könnte großes Unglück über uns kommen.«

Nam-Bok kannte sein Volk gut und wußte, daß die Stimme des Rates unumstößlich war. Daher ließ er sich an den

Strand führen, wo man ihn in seine Bidarka setzte und ihm ein Paddel in die Hand gab.

Eine einsame Wildgans schrie draußen auf dem Meer, und die Brandung schlug lässig und hohl gegen den Sand. Eine trübe Dämmerung brütete über Land und Meer, und gegen Norden glühte schwach und unfreundlich, in blutrote Nebel gehüllt, die Sonne. Die Möwen flogen niedrig. Der Festlandwind wehte scharf und kalt, und die schwarzen Wolkenmassen im Hintergrund versprachen schlechtes Wetter.

»Vom Meer kamst du«, sang Opee-Kwan, »und zum Meer gehst du. So ist alles ausgeglichen und dem Gesetz Genüge getan.«

Bask-Wah-Wan humpelte zum Saum des Meeres und rief: »Ich segne dich, Nam-Bok, weil du an mich dachtest.« Aber Koogah schob Nam-Bok vom Strand ab, riß ihr den Schal von der Schulter und warf ihn in die Bidarka.

»Es ist kalt in den langen Nächten«, jammerte sie, »und der Frost beißt in alte Knochen.«

»Das Ding ist ein Schatten«, antwortete der Beinschnitzer, »und Schatten können dich nicht wärmen.«

Nam-Bok erhob sich, damit man seine Stimme an Land hören konnte.

»Oh, Bask-Wah-Wan, Mutter, die mich gebar!« rief er. »Lausche den Worten deines Sohnes Nam-Bok. Seine Bidarka hat Platz für zwei, und er will dich gern mitnehmen. Denn er reist dorthin, wo es voll ist von Fischen und Tran. Dorthin kommt der Frost nicht, dort ist das Leben bequem, und Eisendinge tun die Arbeit der Menschen. Willst du mitkommen, o Bask-Wah-Wan?«

Sie zögerte einen Augenblick, während die Bidarka schnell abtrieb, und erhob dann ihre Stimme in zitterndem Diskant: »Ich bin alt, Nam-Bok, und muß bald zu den Schatten gehen. Aber ich möchte nicht gehen, ehe meine Zeit gekommen ist. Ich bin alt, Nam-Bok, und ich fürchte mich.«

Ein Lichtstrahl schoß über das schwach beleuchtete Meer und warf auf das Boot und den Mann einen rotgoldenen Glanz.

Es war still unter den Fischern, und man hörte nichts mehr als das Stöhnen des Festlandwindes und die Schreie der niedrig fliegenden Möwen.

Der Bund der Alten

Vor dem Kriegsgericht stand ein Mann, bei dem es um Leben und Tod ging. Es war ein alter Mann, ein Eingeborener vom Weißfischfluß, der unterhalb des Le-Barge-Sees in den Yukon mündet. Ganz Dawson befand sich in Aufregung, ja, die gesamte Bevölkerung längs des Yukon auf tausend Meilen flußauf und -ab. Es war von jeher Brauch bei den land- und seeräuberischen Angelsachsen gewesen, den besiegten Völkern Gesetze zu geben, und oft sind diese Gesetze hart. Aber in Imbers Fall schien das Gesetz einmal unzulänglich und milde zu sein. Wollte man es genau nehmen, so entsprach die Strafe, die ihn treffen mußte, nicht der Schwere des Verbrechens. Daß er bestraft wurde, stand von vornherein fest, aber obwohl das Urteil auf Todesstrafe lauten mußte, besaß Imber ja nur ein einziges Leben, während es sich bei der Anklage gegen ihn um Dutzende von Menschenleben handelte.

Tatsächlich klebte das Blut so vieler Menschen an seinen Händen, daß die Zahl seiner Opfer sich nicht genau feststellen ließ.

Eine Pfeife am Wegrand rauchend oder am Ofen hockend, machte man lose Schätzungen über die Zahl seiner Opfer. Sie waren alle weiß gewesen, die armen Ermordeten, und sie waren einzeln, paar- oder scharenweise erschlagen worden. Und so sinnlos und unüberlegt waren diese Morde gewesen, daß sie der berittenen Polizei lange ein Mysterium blieben, sogar in den Tagen der Kapitäne und später, als die Goldwäsche sich zu rentieren begann und ein Gouverneur von der Regierung geschickt wurde, um das Land für seinen Reichtum bezahlen zu lassen.

Aber noch mysteriöser war, daß Imber nach Dawson kam und sich selbst stellte. Es war spät im Frühling, und der Yukon murrte und wand sich unter seiner Eisdecke, als der alte Indianer mühsam das Flußufer hinaufklomm und blinzelnd an der Hauptstraße stehenblieb. Leute, die ihn hatten kommen sehen, bemerkten, daß er schwach und unsicher auf den Beinen war und daß er zu einem Stapel Bauholz wankte, auf dem er sich niederließ. Hier saß er einen ganzen Tag und starrte geradeaus auf den ununterbrochenen Strom weißer Männer, der vorüberflutete. Mancher Kopf wandte sich neugierig zur Seite, um seinem stieren Blick zu begegnen, und mehr als eine Bemerkung fiel über den Alten. Unzählige Menschen erinnerten sich später, daß die ungewöhnliche Gestalt ihnen aufgefallen war, und brüsteten sich stets damit, daß sie sofort das Seltsame der Erscheinung erkannt hatten.

Aber es war Dickensen, Klein-Dickensen, vorbehalten, der Held des Tages zu werden. Klein-Dickensen war mit großen Träumen und einer Handvoll Geld ins Land gekommen. Mit dem Geld waren aber auch die schönen Träume verschwunden, und um den Betrag für die Rückreise nach den Staaten zu verdienen, hatte er eine Stellung bei der Maklerfirma Holbrook & Mason angenommen. Auf der andern Seite der Straße, gerade gegenüber dem Kontor von Holbrook & Mason, lag der Stapel Bauholz, auf dem Imber sich gesetzt hatte. Dickensen sah ihn durch das Fenster, ehe er frühstücken ging, und als er vom Frühstück zurückkam und zum Fenster hinaussah, saß der alte Siwash immer noch da.

Dickensen sah weiter zum Fenster hinaus, und auch er brüstete sich später stets mit seiner schnellen Auffassungsgabe. Er war ein romantisches Kerlchen, und so verglich er den unbeweglichen alten Heiden mit dem Schutzgeist der Siwashrasse, der ruhig auf die Heerscharen der angelsächsischen Eindringlinge starrte. Die Stunden vergingen, aber Imber blieb unbeweglich sitzen und regte keinen Muskel, und Dickensen mußte an den Mann denken, der einmal aufrecht auf einem Schlitten in der Hauptstraße gesessen hatte, wo die Leute von allen Seiten vorübergekommen waren. Man hatte geglaubt, daß der Mann sich ausruhe. Als man ihn aber später berührte, fand man, daß er steif und kalt war. Er war mitten in der verkehrsreichen Straße erfroren. Um ihn zu strecken, damit man ihn in den Sarg legen konnte, mußte man ihn erst ans Feuer schleppen und ein bißchen auftauen. Es schauderte Dickensen bei der Erinnerung.

Später trat Dickensen auf die Straße, um eine Zigarre zu rauchen und ein wenig frische Luft zu schnappen, und gleich darauf kam Emily Travis zufällig vorbei. Emily Travis war fein, zart und reizend, und ob sie sich nun in London oder in Klondike befand, so kleidete sie sich stets, wie es sich für die Tochter eines millionenschweren Mineningenieurs geziemte. Klein-Dickensen legte seine Zigarre auf den Rand des Fensterrahmens, wo er sie leicht wiederfinden konnte, und lüftete den Hut. Sie hatten sich zehn Minuten unterhalten, als Emily Travis über Dickensens Schulter blickte und erschrocken aufschrie. Dickensen drehte sich um und war auch betroffen. Imber war über die Straße geschritten und stand nun, ein magerer und hungrig aussehender Schatten, da, den Blick auf das junge Mädchen geheftet.

»Was willst du?« fragte Klein-Dickensen zitternd, indem er seinen ganzen Mut zusammennahm.

Imber murmelte etwas und trat auf Emily Travis zu. Er betrachtete sie genau und eingehend, als wollte er sich jeden Quadratzentimeter ihrer Gestalt einprägen. Vor allem schienen ihn ihr seidenweiches braunes Haar und die Farbe ihrer Wangen zu interessieren, die, leicht sommersprossig und zart, an den samtenen Reif von Schmetterlingsschwingen erinnerten. Er ging um sie herum und betrachtete sie mit einem berechnenden Blick, als studiere er die Linien eines Pferdes oder Schiffes. Beim Rundgang trat ihre rosige Ohrmuschel zwischen sein Auge und die sinkende Sonne, und er machte halt, um ihre rosenrote Transparenz zu betrachten. Dann kehrte er zu ihrem Antlitz zurück und blickte lange und fest in die blauen Augen. Er brummte und legte die eine Hand auf ihren Arm mitten zwischen Schulter und Ellenbogen. Mit der andern Hand hob er ihren Unterarm und bog ihn zurück. Widerwille und Verwunderung zeigten sich auf seinen Zügen, und er ließ den Arm mit verächtlichem Grunzen fallen. Dann murmelte er einige Kehllaute, drehte ihr den Rücken zu und wandte sich an Dickensen. Dickensen verstand nicht, was er sagte, und Emily Travis lachte. Imber wandte sich von einem zum andern und runzelte die Stirn, aber beide schüttelten den Kopf. Er war im Begriff zu gehen, als sie rief: »He, Jimmy! Komm mal her!«

Jimmy kam von der andern Seite der Straße. Er war ein großer dicker Indianer, wie ein Weißer gekleidet, mit einem

Dorado-Sombrero auf dem Kopf. Er sprach mit Imber, mühselig und mit krampfhafter Heiserkeit. Jimmy war ein Sitkan und kannte die Mundarten des Innern nur oberflächlich. »Ihn Weißfischmann«, sagte er zu Emily Travis. »Mich kennen sein Sprach' nicht viel. Ihn sprechen wollen Häuptling von weiße Männer.«

»Den Gouverneur«, ließ Dickensen einfallen.

Jimmy sprach noch etwas mit dem Weißfischmann, und sein Gesicht wurde ernst.

»Ich glauben, ihn fragen nach Käptn Alexander«, erklärte er. »Ihn sagen, ihn töten weiße Männer, weiße Frauen, weiße Knaben, ihn töten viele so weiße Leute. Ihn wollen sterben.«

»Wahrscheinlich verrückt«, sagte Dickensen mit einer bezeichnenden Handbewegung.

»Vielleicht«, sagte Jimmy und wandte sich wieder an Imber, der immer noch nach dem Häuptling der weißen Männer fragte.

Ein Polizist trat zu der Gruppe und hörte, wie Imber seinen Wunsch wiederholte. Er war ein handfester junger Bursche, breitschultrig und breitbrüstig, mit festen, etwas gespreizten Beinen, und so groß Imber auch war, war er doch noch einen halben Kopf größer. Seine Augen waren kühl, grau und ruhig, und er trug das eigentümliche Selbstbewußtsein zur Schau, das von edlem Herkommen stammt. Seine prachtvolle Männlichkeit wurde noch betont durch eine ausgesprochene Jungenhaftigkeit – er war blutjung –, und seine glatten Wangen schienen so leicht zu erröten wie die einer Jungfrau.

Imber fühlte sich gleich zu ihm hingezogen. Seine Augen leuchteten beim Anblick einer Säbelhiebnarbe auf seiner Backe. Er ließ seine welke Hand über das Bein des jungen Mannes gleiten und streichelte seine schwellenden Muskeln. Er beklopfte mit den Knöcheln die breite Brust und drückte und betastete die dicke Muskelschicht, die seine Schultern wie ein Harnisch bedeckte. Die Gruppe hatte sich um einige neugierige Passanten vermehrt rauhe Minenarbeiter, Gebirgs- und Grenzbewohner, Nachkommen langbeiniger und breitschultriger Generationen. Imber sah von einem zum andern und sagte dann laut etwas in der Weißfischsprache.

»Was sagt er?« fragte Dickensen.

»Ihn sagen, das sein ein Mann, das Polizeimann«, erklärte Jimmy.

Klein-Dickensen war nur klein, und wegen Fräulein Travis' Anwesenheit bereute er seine Frage.

Dem Polizisten tat er leid, und er sprang in die Bresche.

»Ich glaube fast, es ist etwas an seiner Geschichte. Ich will ihn mit zum Kapitän nehmen. Sag ihm, daß er mich begleiten soll, Jimmy.«

Jimmy entsprach diesem Wunsch in noch krampfhafteren Kehllauten, und der Indianer brummte zufrieden.

»Aber frag ihn, Jimmy, was er meinte, als er meinen Arm faßte.« So sprach Emily Travis, und Jimmy gab die Frage weiter, und er nahm die Antwort entgegen.

»Ihn sagen, du nicht bange«, sagte Jimmy. Emily Travis sah froh aus.

»Ihn sagen, du nicht skookum, nicht stark, du sehr zart wie ein kleines Kind. Ihn brechen dich mit seinen Händen in Stücke. Ihn finden es sehr komisch, sehr merkwürdig, daß du kannst werden Mutter von Männern so groß, so stark wie Polizeimann.«

Emily Travis blickte nicht fort, aber ihre Wangen färbten sich rot. Klein-Dickensen errötete auch und wurde ganz verlegen. Dem Polizisten strömte sein Knabenblut ins Gesicht.

»Komm«, sagte er barsch und bahnte sich einen Weg durch die Menge.

So kam es, daß Imber den Weg zu den Militärbaracken nahm, wo er freiwillig ein umfassendes Geständnis ablegte und von wo er nie zurückkehren sollte.

Imber sah sehr abgespannt aus. Die Ermüdung der Hoffnungslosigkeit und des Alters stand auf seinen Zügen. Seine Schultern hingen, und seine Augen waren glanzlos. Sein wirres Haar hätte weiß sein müssen, aber Sonne, Wind und Wetter hatten es verbrannt und verwittert, so daß es strähnig, leb- und farblos herabhing. Er zeigte keinerlei Interesse für die Vorgänge um sich her. Der Gerichtssaal war vollgepfropft mit

Männern von den Flüssen und Wegen, und in dem leisen Murren und Knurren ihrer Stimmen lag ein unheilverkündender Ton, der in seinen Ohren klang wie das Rauschen des Meeres in tiefen Höhlen.

Er saß dicht an einem Fenster und ließ seine Augen hin und wieder teilnahmslos auf der trüben Szenerie draußen ruhen. Der Himmel war bedeckt, und ein grauer Staubregen fiel. Der Yukon war im Steigen begriffen. Der eisfreie Fluß überschwemmte die Stadt. Auf der Hauptstraße fuhren die immer rastlosen Menschen in Kanus und Booten hin und her. Meistens sah er, wie diese Boote sich von der Straße seitwärts wandten und auf das überschwemmte Viereck zuhielten, das den Exerzierplatz des Lagers bezeichnete. Zuweilen verschwanden die Fahrzeuge unter ihm, und er hörte, wie sie gegen die Balken des Hauses schrammten und ihre Besitzer durchs Fenster des tiefergelegenen Stockwerks hineinkletterten. Hierauf vernahm er das Plätschern, wenn die Männer im Zimmer darunter durch das Wasser wateten und die Treppe heraufkamen. Dann erschienen sie in der Tür mit gezogenen Hüten und triefenden Schifferstiefeln und schlossen sich der wartenden Menge an.

Und während sie ihre Blicke auf ihn hefteten und in grimmiger Erwartung schon die Strafe genossen, die er erleiden sollte, betrachtete Imber sie und dachte nach über ihre Gebräuche und Gesetze, die niemals schliefen, sondern ununterbrochen wirkten, in guten und schlechten Zeiten, bei Überschwemmung und Hungersnot, in Sorge und Schrecken und Tod, und die unaufhörlich weiterleben würden bis ans Ende aller Tage.

Ein Mann klopfte scharf auf einen Tisch, und die Unterhaltung erstarb. Imber sah den Mann an. Er schien Autorität zu besitzen, aber Imber erriet, daß der Mann mit der vierkantigen Stirn, der an einem Tisch weiter hinten saß, der Häuptling über alle, auch über den, der geklopft hatte, war. Ein anderer Mann am selben Tisch erhob sich und begann aus vielen Bogen Papier laut vorzulesen. Bei Beginn jedes Bogens räusperte er sich, und am Schluß feuchtete er sich die Finger an. Imber verstand nicht, was er las, aber die andern taten es, und Imber sah, daß sie zornig wurden. Zuweilen wurden sie sehr zornig, und einmal verfluchte ihn ein Mann, langsam, mit scharf betonten Silben sprechend, brennend und scharf, bis der Mann am Tisch ihn durch Klopfen zur Ruhe brachte.

Unendlich lange las der Mann. Seine eintönige, singende Aussprache aber verlockte Imber zu Träumen, und er träumte tief, als der Mann innehielt. Eine Stimme sprach ihn in seiner eigenen Weißfischsprache an, und er raffte sich auf und erkannte ohne Überraschung den Sohn seiner Schwester, einen jungen Mann, der vor Jahren ausgewandert war, um sich bei den Weißen niederzulassen.

»Du kennst mich nicht mehr?« sagte er statt eines Grußes.

»Doch«, antwortete Imber. »Du bist Howkan, der fortzog. Deine Mutter ist tot.«

»Sie war eine alte Frau«, sagte Howkan.

Aber Imber hörte nicht, und Howkan legte ihm die Hand auf die Schulter und weckte ihn wieder.

»Ich werde dir sagen, was der Mann gesprochen hat: Es ist die Geschichte der Untaten, die du verübt hast, und die du, o Tor, dem Kapitän erzählt hast. Und du wirst erklären, ob es wahr ist oder nicht. So ist es befohlen.«

Howkan war in die Mission geraten, und dort hatte man ihn lesen und schreiben gelehrt. In seinen Händen hielt er die vielen dünnen Bogen, aus denen der Mann vorgelesen hatte und die, als Imber mit Jimmy als Dolmetscher sein Geständnis vor Kapitän Alexander abgelegt hatte, von einem Schreiber aufgezeichnet worden waren.

Jetzt begann Howkan zu lesen. Imber lauschte eine Weile, dann zeigte sich Erstaunen in seinen Zügen, und er unterbrach ihn schroff.

»Das ist, was ich gesagt habe, Howkan. Aber jetzt kommt von deinen Lippen, was deine Ohren nicht gehört haben.«

Howkan schmunzelte selbstzufrieden. Sein Haar war in der Mitte gescheitelt. »Nein, es kommt aus dem Papier, o Imber. Meine Ohren haben es nie gehört. Es kommt aus dem Papier durch meine Augen in meinem Kopf und aus meinem Mund zu dir. Das ist der Weg, den es geht.«

»Das ist der Weg, den es geht? Und es ist in dem Papier da?« Imbers Stimme senkte sich zu einem ehrerbietigen Flüstern, während er die Bogen zwischen Daumen und Zeigefinger knistern ließ und auf die Schriftzeichen starrte. »Das ist eine große Medizin, Howkan, und du bist ein Wundertäter.«

»Das ist gar nichts, gar nichts«, antwortete der junge Mann nachlässig und stolz. Dann las er aufs Geratewohl einen Satz aus dem Dokument: »In diesem Jahr kam, ehe das Eis brach, ein alter Mann mit einem Knaben, der hinkte. Die tötete ich ebenfalls, und der Mann machte sehr viel Lärm ...«

»Das ist wahr«, unterbrach Imber ihn atemlos. »Er machte sehr viel Lärm und brauchte lange, um zu sterben. Aber woher weißt du das, Howkan? Hat der Häuptling der weißen Männer es dir vielleicht erzählt? Niemand sah es, und er ist der einzige, dem ich es gesagt habe.«

Howkan schüttelte ungeduldig den Kopf. »Habe ich dir nicht gesagt, daß es auf dem Papier steht, du Narr?«

Imber starrte auf das beschriebene Blatt. »Wie der Jäger den Schnee betrachtet und sagt: Erst gestern ist hier ein Kaninchen vorbeigekommen; hier bei den Weiden machte es halt, lauschte und hörte etwas und wurde bange; hier machte es kehrt und lief zurück; hier machte es schnelle, weite Sprünge, und hier kam ein Luchs mit noch schnelleren und weiteren Sprüngen; hier, wo die Klauen sich tief in den Schnee gegraben haben, machte der Luchs einen sehr weiten Satz, und hier packte er das Kaninchen, und es rollte unter ihn, und hier ist die Spur des Luchses allein und kein Kaninchen mehr – wie der Jäger die Zeichen im Schnee sieht und so und so sagt, so siehst du auf das Papier und erkennst die Dinge, die der alte Imber getan hat.«

»Geradeso«, sagte Howkan. »Und nun höre zu und halte deine Weiberzunge zwischen deinen Zähnen, bis man verlangt, daß du sprichst.« Hierauf las Howkan ihm sein Geständnis vor. Es dauerte lange, bis Imber sagte: »Das ist, was ich gesagt habe, und wahr ist es, aber ich bin alt geworden, Howkan, und mir fallen Dinge ein, dich ich vergessen habe und die der Häuptling wissen sollte. Erstens war da der Mann, der mit klug erdachten Fallen aus Eisen über die Gletscher kam, er, der die Biber des Weißfischflußes jagte. Ihn erschlug ich. Und dann waren da drei Männer, die vor langer Zeit am Weißfischfluß Gold suchten. Die tötete ich auch und ließ sie dem Vielfraß. Und bei den Fünf Fingern war ein Mann mit einem Floß und viel Fleisch.«

In den Pausen, die Imber machte, um nachzudenken, übersetzte Howkan, was er gesagt hatte, und ein Schreiber schrieb es nieder. Das Gericht lausche gespannt auf jede dieser ungeschminkten kleinen Tragödien, bis Imber von einem rothaarigen, schieläugigen Mann erzählte, den er durch einen Schuß auf ungewöhnliche Entfernung getötet hatte.

»Teufel auch«, sagte ein Mann in der vordersten Reihe der Zuhörer. Er sagte es in tiefempfundenem, traurigem Ton. Er war rothaarig. »Teufel auch«, wiederholte er. »Das war mein Bruder Bill.« Und in regelmäßigen Zwischenräumen hörte man während der ganzen Sitzung sein feierliches »Teufel auch« im Gerichtssaal; er ließ sich von seinen Kameraden nicht zum Schweigen bringen.

Imbers Kopf sank wieder herab, und seine Augen wurden trübe, wie von einem Schleier überzogen, der die Welt vor ihm verbarg. Da weckte Howkan ihn wieder: »Steh auf, o Imber. Es wird befohlen, daß du erzählst, warum du dieses Unheil angerichtet und diese Menschen getötet hast und warum du zuletzt hierhergekommen bist, um das Gesetz zu suchen.«

Imber erhob sich schwerfällig und schwankend. Er begann leise murmelnd zu erzählen, aber Howkan unterbrach ihn.

»Dieser alte Mensch ist verrückt«, sagte er auf englisch zu dem Mann mit der vierkantigen Stirn. »Seine Rede ist töricht und wie die eines Kindes.«

»Wir wollen seine Rede hören, die wie die eines Kindes ist«, sagte der Mann mit der vierkantigen Stirn. »Und wir wollen sie Wort für Wort hören, und zwar genau, wie er sie spricht. Verstehst du?«

Howkan verstand, und Imbers Augen leuchteten, denn er hatte dies Spiel zwischen seinem Neffen und dem mächtigen Mann verstanden. Und dann begann die Erzählung, das Epos eines bronzefarbigen Patrioten, selbst wert, in Bronze gegossen und für ungeborene Geschlechter aufbewahrt zu werden. Eine seltsame Stille legte sich über die Menge, und der Richter mit der vierkantigen Stirn stützte den Kopf in die Hand und sann nach über seine Seele und die Seele seiner Rasse. Man hörte nichts als die tiefen Laute Imbers, regelmäßig unterbrochen von der schrillen Stimme des Dolmetschers, und hin und wieder, wie den Schlag einer tiefen Kirchenglocke, das erstaunte und nachdenkliche »Teufel auch« des rothaarigen Mannes.

»Ich bin Imber vom Weißfischfluß.« So übersetzte Howkan, dessen angeborene Barbarei Macht über ihn gewann und der seine Missionserziehung und seinen Zivilisationsfirnis vergaß, als er von dem wilden Klang und dem Rhythmus der Erzählung des alten Imber gepackt wurde. »Mein Vater war Otsbaok, ein starker Mann. Das Land war warm von Sonnenschein und Frohsinn, als ich Knabe war. Das Volk hungerte weder nach fremden Dingen, noch lauschte es neuen Stimmen, und die Wege seiner Väter waren auch seine Wege. Die Frauen fanden Gnade vor den Augen der jungen Männer, und die jungen Männer blickten mit Zufriedenheit auf sie. Säuglinge hingen an den Brüsten der Frauen, und die Hüften der Frauen waren schwer vom Wachstum des Stammes. Männer waren Männer in jenen Tagen. In Frieden und Überfluß wie in Krieg und Hunger waren sie Männer.

Damals gab es mehr Fische im Wasser als jetzt und mehr Wild im Wald. Unsere Hunde waren Wölfe, warm in ihrem dicken Pelz und abgehärtet gegen den Frost und Sturm. Und wie unsere Hunde, so waren auch wir, denn auch wir waren abgehärtet gegen Frost und Sturm. Und als die Pellys in unser Land kamen, töteten wir sie oder wurden getötet. Denn wir waren Männer, wir vom Weißfischvolk, und unsere Väter und die Väter unserer Väter hatten mit den Pellys gekämpft und die Grenzen des Landes festgesetzt. Ja, wie unsere Hunde, so waren auch wir. Und eines Tages kam der erste weiße Mann. Auf Händen und Knien schleppte er sich über den Schnee. Und seine Haut war straff gespannt, und die Knochen stachen spitz heraus. – Nie hat es einen solchen Mann gegeben, dachten wir, und wir wunderten uns, aus welchem fremden Stamme er kommen und wo sein Land liegen mochte. Außerdem war er schwach, sehr schwach, wie ein kleines Kind, so daß wir ihm einen Platz am Feuer und warme Pelze gaben, und wir gaben ihm zu essen, wie man kleinen Kindern zu essen gibt. Und bei ihm war ein Hund, so groß wie drei von unseren Hunden, aber sehr schwach. Das Haar dieses Hundes war kurz und nicht warm, und sein Schwanz war erfroren, so daß die Spitze abfiel. Auch diesen fremden Hund fütterten wir und jagten unsere Hunde vom Feuer fort, damit er daran liegen konnte, denn sonst hätten sie ihn getötet. Und das Elchfleisch und der in der Sonne gedörrte Lachs brachten Mann und Hund wieder zu Kräften, und als die Kräfte kamen, wurden sie groß und unerschrocken. Der Mann sprach laute Worte und lachte über die alten und jungen Männer und betrachtete die Jungfrauen mit dreisten Blicken. Der Hund kämpfte mit unseren Hunden, obwohl er kurzhaarig und weichlich war, biß er drei von ihnen an einem Tag tot.

Als wir den Mann nach seinem Volk fragten, sagte er: ›Ich habe viele Brüder‹, und lachte auf eine Weise, die nicht gut war. Und als er seine volle Kraft wiederhatte, zog er fort, und mit ihm zog Noda, die Tochter des Häuptlings. Dann warf eine unserer Hündinnen. Und nie hat man solche Welpen gesehen – dickköpfig, großmäulig und kurzhaarig und hilflos. Ich entsinne mich deutlich meines Vaters Otsbaok, eines starken Mannes. Sein Gesicht wurde schwarz vor Zorn über solche Hilflosigkeit, und er nahm einen Stein, und gleich darauf gab es keine Hilflosigkeit mehr. Zwei Sommer darauf kam Noda wieder zu uns mit einem Knaben auf dem Arm. Und so begann es. Dann kam ein anderer weißer Mann mit kurzhaarigen Hunden, die er zurückließ, als er fortzog. Und mit ihm gingen sechs unserer stärksten Hunde, die er von Koo-So-Tee, dem Bruder meiner Mutter, für eine wunderbare Pistole gekauft hatte, die sehr schnell sechsmal hintereinander schießen konnte. Und Koo-So-Tee war sehr stolz auf seine Pistole und lachte über unsere Bogen und Pfeile. ›Weiberkram‹ nannte er sie und trat einem Grislybären mit der Pistole in der Hand entgegen. Nun ist es bekanntlich nicht gut, einen

Bären mit einer Pistole zu jagen, aber wie sollten wir das wissen? Also trat er dem Bären keck entgegen und schoß seine Pistole sehr schnell sechsmal ab, aber der Bär brummte nur und erdrückte ihn an seiner Brust, als ob er ein Ei wäre, und wie der Honig aus dem Nest der wilden Bienen, so tropfte Koo-So-Tees Hirn zu Boden. Er war ein guter Jäger gewesen, und jetzt gab es niemanden, der seiner Squaw und seinen Kindern Fleisch bringen konnte. Wir wurden erbittert und sagten: ›Was gut für die weißen Männer ist, ist nicht gut für uns.‹ Und das ist wahr. Es gibt viele weiße Männer, sie sind fett, aber ihre Sitten haben uns verzehrt. Es kam der dritte weiße Mann, mit großen Reichtümern jeder Art, wundersamen Nahrungsmitteln und andern Dingen. Er erstand zwanzig von unsern stärksten Hunden. Und mit Geschenken und großen Versprechungen lockte er zehn von unsern jungen Jägern mit auf die Reise, von der keiner wußte, wohin sie ging. Es heißt, daß sie im Schnee auf den Eisbergen umkamen, wo nie ein Mensch gewesen ist, oder auf den Hügeln des Schweigens, die hinter dem Ende der Welt liegen. Wie dem auch sein mochte, jedenfalls wurden Hunde und junge Jäger nie mehr vom Weißfischvolk gesehen.

Mit den Jahren kamen mehr weiße Männer, und immer, gegen Bezahlung und Geschenke, nahmen sie junge Männer mit. Die jungen Männer kehrten zuweilen zurück mit so seltsamen Geschichten über Gefahren und Mühseligkeiten in Ländern, die hinter dem der Pellys lagen, aber zuweilen kehrten sie nicht zurück. Und wir sagten: ›Wenn sie sich nicht fürchten, ihr Leben aufs Spiel zu setzen, diese weißen Männer, so ist es, weil ihrer viele sind; aber wir hier am Weißfischfluß sind unser wenige, und unsere jungen Männer dürfen nicht mehr fortziehen.‹ Aber die jungen Männer zogen weiterhin fort und die jungen Weiber auch, und wir waren sehr zornig. Wahr ist, wir aßen Mehl und gesalzenen Speck und tranken Tee, was uns großes Vergnügen bereitete; wenn wir aber keinen Tee bekommen konnten, war es sehr schlimm, und wir wurden mürrisch und gerieten schnell in Wut. So sehnten wir uns nach den Dingen, die die weißen Männer mit uns handelten. Handel! Handel! Immer wurde gehandelt.

Einen Winter verkauften wir unser Fleisch für unbrauchbare Uhren und für abgenutzte Feilen und Pistolen, zu denen die Patronen fehlten. Und dann kam Hungersnot, und wir hatten kein Fleisch; zweimal zwanzig von uns starben, ehe der Frühling kam. ›Jetzt sind wir schwach geworden‹, sagten wir, ›und jetzt werden die Pellys uns überfallen und unsere Grenzen auslöschen.‹ Aber wie uns, so war es auch den Pellys ergangen. Sie waren zu schwach, gegen uns zu ziehen. Mein Vater Otsbaok, ein starker Mann, war jetzt alt und sehr weise. Und er sprach zum Häuptling und sagte: ›Sieh, unsere Hunde sind wertlos. Nicht länger sind sie dickpelzig und stark, und sie sterben im Frost und im Geschirr. Laß uns ins Dorf gehen und sie töten und nur die verschonen, die von den Wölfen abstammen. Die laß uns des Nachts draußen anbinden, damit sie sich mit den wilden Wölfen des Waldes paaren können. So werden wir wieder warme, kräftige Hunde erhalten.‹

Seine Worte fanden Gehör, und das Weißfischvolk wurde bekannt wegen seiner Hunde, die die besten im Land waren. Aber um unserer selbst willen wurden wir nicht bekannt. Die besten unserer jungen Männer und Frauen waren weggezogen mit den weißen Männern, um auf Wegen und Flüssen nach fernen Orten zu wandern. Und die jungen Frauen kamen zurück, alt und gebrochen wie Noda, oder sie kehrten gar nicht wieder. Und die jungen Männer kamen zurück, um eine Zeitlang an unserm Feuer zu sitzen, voll von übler Rede und roher Art, sie tranken und spielten lange Tage und Nächte hindurch, eine große Unrast lebte in ihren Herzen, bis der Ruf der weißen Männer zu ihnen drang und sie wieder weiterzogen zu unbekannten Orten. Sie waren ohne Ehre und Achtung, sie spotteten der alten Gebräuche und lachten Häuptling und Schamanen ins Gesicht. Ja, wir waren ein schwaches Häufchen geworden, wir Weißfische. Wir verkauften unsere warmen Pelze und Felle für Tabak und Whisky und dünnen Baumwollstoff, in dem wir vor Kälte schauerten. Und der Husten kam über uns. Männer und Frauen husteten und schwitzten die langen Nächte hindurch, und die Jäger spuckten auf der Fährte des Wildes Blut in den Schnee. Bald blutete der eine, bald der andere. Die Frauen gebaren wenig Kinder, und die wenigen waren schwach und kränklich. Auch andere Krankheiten kamen von den weißen Männern zu uns, Krankheiten, wie wir sie nie gekannt hatten und auf die wir uns nicht verstanden. Pocken und Masern habe ich diese Krankheiten nennen hören, und wir starben an ihnen, wie der Lachs im Herbst im stillen Bergstrom stirbt, wenn er gelaicht hat und nicht mehr zu leben braucht. Doch immer noch, und das ist das Seltsame daran, kommen die weißen Männer wie der Atem des Todes. Alle ihre Wege führen zum Tode, ihre Nüstern sind voll von ihm, und doch sterben sie nicht. Ihrer ist der Whisky, der Tabak und die kurzhaarigen Hunde; ihrer sind die vielen Krankheiten, die Pocken und die Masern, der Husten und das Blut aus dem Munde; ihrer die weiße Haut und die Empfindlichkeit gegen Frost und Sturm; ihrer die Pistolen, die sechsmal hintereinander schießen und wertlos sind. Und dennoch werden sie dick und gedeihen mit ihren vielen Übeln und legen eine schwere Hand auf die ganze Welt und stampfen schwer über die Völker. Und ihre Frauen sind zart wie kleine Kinder, leicht zerbrechlich und doch nie zerbrochen, Mütter von Männern. Und aus all dieser Weiblichkeit und Krankheit und großen Schwäche erwachsen Stärke, Macht und Herrschertum. Sie sind Götter oder Teufel, wie dem nun sein mag. Ich weiß es nicht. Was ich weiß, ich, der alte Imber von den Weißfischen? Nur das weiß ich, daß sie unerforschlich sind, diese weißen Männer, die über die ganze Erde wandern und überall kämpfen. Ja, das Wild im Walde wurde immer seltener. Es ist wahr, die Büchse des weißen Mannes ist eine vortreffliche Waffe und tötet auf weite Entfernung, aber was nützt die Büchse, wenn es kein Wild zu töten gibt? Als ich ein Knabe am Weißfischfluß war, gab es Elche auf jedem Hügel, und jedes Jahr kamen unzählige Rentiere. Aber jetzt kann der Jäger zehn Tage lang einer Fährte folgen, und nicht ein einziger Elch erfreut sein Auge, und die unzähligen Rentiere sind verschwunden. Wenig wert ist die Büchse, sage ich, die auf weite Entfernung tötet, wenn es nichts zu töten gibt.

Und ich, Imber, sann über diese Dinge nach und sah unterdessen, wie die Weißfische und die Pellys und alle Stämme im Lande ausstarben wie das Wild im Walde. Lange sann ich nach. Ich sprach mit den Schamanen und mit den alten und weisen Männern. Ich hielt mich abseits, damit der Lärm des Dorfes mich nicht störte, und ich aß kein Fleisch, damit mein Magen mich nicht beschweren und Auge und Ohr erschlaffen sollten. Lange und schlaflos saß ich im Walde und wartete mit offenen Augen auf das Zeichen und mit geduldig lauschenden Ohren auf die Worte, die da kommen sollten. Und ich wanderte allein im Dunkel der Nacht das Flußufer hinab, wo der Wind klagte, das Wasser schluchzte und wo ich Weisheit bei den Geistern verstorbener Schamanen in den Bäumen suchte. Und zuletzt kamen, wie in einer Vision, die abscheulichen kurzhaarigen Hunde zu mir, und der Weg lag deutlich vor mir. Durch die Weisheit Otsbaoks – er war mein Vater und ein starker Mann – war das Blut unserer eigenen Wolfshunde rein geblieben, und daher hatten sie ihren warmen Pelz und ihre Stärke im Geschirr behalten. Und so kehrte ich in mein Dorf zurück und sprach zu den Männern. ›Dies ist ein Stamm, diese weißen Männer‹, sagte ich, ›ein sehr großer Stamm, und sicherlich gibt es kein Wild mehr in ihrem Land, und nun kommen sie zu uns, um selbst neues Land zu erhalten. Aber sie machen uns schwach, und wir müssen sterben. Sie sind ein sehr hungriges Volk. Schon hat unser Wild uns verlassen, und wenn wir wollen, müssen wir mit ihnen verfahren, wie wir es mit ihren Hunden getan haben.‹

So redete ich weiter und riet zum Kampf. Und die Männer der Weißfische lauschten, einige sagten dies und andere das, und einige sprachen kühn von Taten und Kampf. Während aber die jungen Männer weich wie Wasser und furchtsam waren, bemerkte ich, wie die Alten schwiegen und in ihren Augen das Feuer kam und ging. Später, als das Dorf schlief und niemand davon wußte, führte ich die alten Männer in den Wald und sprach noch mehr. Jetzt waren wir einig, und wir erinnerten uns der guten Tage unserer Jugend und des freien Landes und des Reichtums und des Frohsinns und des Sonnenscheins, und wir nannten uns Brüder und schworen uns tiefstes Geheimnis und einen mächtigen Eid, das Land von der bösen Brut zu reinigen, die sich darin niedergelassen hatte. Es ist klar, daß wir Toren waren, aber wie konnten wir das wissen, wir Alten vom Weißfischvolk? Um die andern anzufeuern, beging ich die erste Tat. Ich lauerte am Yukon, bis das erste Kanu den Fluß hinabkam. In ihm saßen zwei weiße Männer, und als ich mich am Ufer erhob und die Hand hob, änderten sie den Kurs und ruderten auf mich zu. Als der Mann im Steven den Kopf aufrichtete, um zu wissen, was ich von ihm wollte, sang mein Pfeil durch die Luft gerade in seine Kehle, und er wußte es. Der andere Mann, der achtern am Ruder saß, hatte die Büchse halb zur Schulter gehoben, als der erste meiner drei Wurfspieße ihn traf.

›Das waren die ersten‹, sagte ich, als die Alten sich um mich scharten. ›Später wollen wir die jungen Männer, die noch stark sind, sammeln, dann wird die Arbeit leichter sein.‹

Dann warfen wir die beiden toten Männer in den Fluß. Und aus dem Kanu, das ein sehr gutes Kanu war, machten wir ein Feuer und ebenso aus den Dingen, die im Kanu waren. Aber erst sahen wir uns die Dinge an; es waren Ledersäcke, die wir mit unsern Messern aufschnitten. Und in diesen Säcken war eine Menge Papier, gerade, wie das, aus dem du liest, Howkan, mit Zeichen darauf, über die wir uns wunderten und die wir nicht verstehen konnten. Jetzt bin ich weise geworden und weiß, daß es die Rede von Menschen ist, was du mir erzählt hast.«

Ein Flüstern und Summen ging durch den Gerichtssaal, als Howkan diese Geschichte vom Kanu fertig übersetzt hatte, und die Stimme eines Mannes sagte laut: »Das war die Post, die im Jahre 1891 verlorenging; Peter James und Delany brachten sie, und zuletzt hörte man von ihnen in Le Barge, wo sie Matthrews trafen.«

Der Schreiber kritzelte ruhig weiter, und die Geschichte des Nordens wurde um ein neues Kapitel vermehrt.

»Es gibt nicht viel mehr«, fuhr Imber langsam fort. »Sie stehen in dem Papier, die Dinge, die wir taten. Wir waren alte Männer, und wir verstanden das alles nicht. Im geheimen töteten wir, denn das Alter hatte uns listig gemacht, und wir hatten gelernt, wie schnell es geht, wenn man nicht eilt. Als weiße Männer mit bösen Blicken und harten Worten zu uns kamen und sechs der jungen Männer in eisernen Fesseln fortführten, wußten wir, daß wir weitertöten mußten. Einer nach dem andern zogen wir Alten den Fluß hinauf nach unbekannten Ländern. Das war tapfer. Alt waren wir und unerschrocken, aber die Furcht vor der Ferne ist eine schreckliche Furcht für Männer, die alt sind. So töteten wir, listig und ohne Hast. Auf dem Chilcoot und im Delta töteten wir, von den Pässen bis ans Meer, überall, wo die weißen Männer sich ihren Weg bahnten und ihr Lager aufschlugen. Es ist wahr, sie starben, aber es half nichts. Immer wieder kamen sie über die Berge, immer mehr, während wir unter den Alten immer weniger wurden. Ich erinnere mich an das Lager eines weißen Mannes beim Renkreuzweg. Er war ein sehr kleiner weißer Mann, und drei von den Alten überraschten ihn im Schlaf. Am nächsten Tag stieß ich auf alle vier. Der weiße Mann war der einzige, der noch atmete, und es war Atem genug in ihm, um mich zu verfluchen, ehe er starb. Und so ging es, bald ein alter Mann und bald ein anderer. Manchmal erfuhren wir lange hinterher, wie sie gestorben waren; und manchmal erfuhren wir gar nichts. Und die alten Männer der andern Stämme waren gebrechlich und ängstlich und wollten sich uns nicht anschließen. Wie ich sage: einer nach dem andern, bis ich allein übrig war. Ich bin Imber vom Weißfischvolk. Mein Vater war Otsbaok, ein starker Mann. Jetzt gibt es kein Weißfischvolk mehr. Von den Alten bin ich der letzte. Die jungen Männer und Frauen sind weggezogen, manche, um mit den Pellys, manche um mit den Lachsen, und die meisten, um mit den weißen Männern zusammen zu leben. Ich bin sehr alt und sehr müde, und da es zu nichts führt, gegen das Gesetz zu kämpfen, bin ich, Howkan, gekommen, um das Gesetz zu suchen.«

»O Imber, du bist wahrlich ein Tor«, sagte Howkan. Doch Imber träumte. Der Richter mit der vierkantigen Stirn träumte ebenfalls, und seine ganze Rasse erhob sich vor ihm zu einem mächtigen Phantasiegebilde, seine eisenbeschlagene, gepanzerte Rasse, die Gesetzgeberin und Weltschöpferin unter den Geschlechtern der Menschen. Wie im Morgenrot sah er sie hinter finsteren Wäldern und düsteren Meeren tagen, in blutrot flammendem Triumph, und den dunkelbeschatteten Hang hinab sah er den blutroten Sand in die Nacht tropfen. Und in allem sah er das Gesetz, das mächtige, unbarmherzige, unabänderliche und stets gebieterische, größer als die Menschenstäubchen, die es erfüllten oder von ihm zermalmt wurden, wie es auch größer war als er, dessen Herz jetzt nach Frieden verlangte.

Jan, der Unverbesserliche

»Denn weder Gottes noch der Menschen Gesetz
reicht über den Dreiundfünfzigsten nordwärts.«

Kratzend und um sich tretend wälzte Jan sich auf dem
Boden. Er kämpfte jetzt mit Händen und Füßen, und er
kämpfte grimmig und schweigend. Zwei von den drei Männern, die sich an ihn hängten, riefen sich zu, was sie tun sollten, und bemühten sich, den untersetzten haarigen Teufel zu
bändigen, der sich nicht bändigen lassen wollte. Der dritte
Mann heulte. Sein Finger stak zwischen Jans Zähnen.

»Laß jetzt den Unsinn, Jan, und sei vernünftig«, stöhnte
der Rote Bill, indem er Jan die Arme um den Hals schlang, so
daß er fast erstickte. »Warum kannst du dich nicht ruhig und
friedlich hängen lassen, zum Donnerwetter?«

Aber Jan ließ den Finger des dritten Mannes nicht los und
wand sich auf dem Zeltboden zwischen Töpfen und Pfannen.

»Du bist kein Gentleman«, schalt Taylor, dessen Körper
dem Finger folgte und sich jedem Ruck von Jans Kopf anzu-
passen versuchte. »Du hast Herrn Gordon umgebracht, einen
so tapferen und rechtschaffenen Kavalier, wie je einer auf
einer Schlittenbahn hinter den Hunden gefahren ist. Du bist
ein Mörder und hast keine Ehre im Leibe.«

»Und du bist kein guter Kamerad«, fiel der Rote Bill ihm
ins Wort, »sonst würdest du dich ohne Lärm und Spektakel
hängen lassen. So, Jan, benimm dich jetzt! Mach uns nicht so
viel Mühe. Nur ruhig – wir wollen dich hübsch ordentlich
hängen, damit die Sache ein Ende hat.«

»Stützt, alle Mann!« brüllte Lawson der Seemann. »Stopft
seinen Kopf in den Bohnentopf und setzt den Deckel drauf.«

»Aber mein Finger«, protestierte Taylor.

»Dann laß den Finger zum Teufel gehen! Der ist nur im
Weg.«

»Aber ich kann nicht, Herr Lawson. Das Biest hat ihn
schon ganz im Hals, er ist schon fast aufgefressen.«

»Klar zum Wenden!«

Als Lawson diese Warnung rief, kam Jan hoch, und die vier Kämpfenden taumelten gegen die andere Seite des Zeltes in ein Gewirr von Fellen und Decken. Sie wichen eben noch dem Körper eines Mannes aus, der unbeweglich dalag und aus einem Schuß am Hals blutete.

All dies kam von der Tollheit, die Jan gepackt hatte, von der Tollheit, die einen Mann packt, der die harte Rinde der Erde schürft, lange unter harten und primitiven Verhältnissen gelebt hat und wie ein primitiver Urmensch herumgekrochen ist, während sich vor seinem inneren Auge die fetten Täler der Heimat zeigen und seine Nase den Duft von Heu und Gras, Blumen und frischgepflügter Erde wittert. Fünf eisige Jahre hatte Jan gearbeitet – am Stuart River, in Forty Mile, Circle City, Koyokuk, Kotzebue, überall hatte er unter traurigen, harten Verhältnissen seine Saat ausgestreut, und jetzt erntete er die Frucht in Nome – nicht dem Nome mit den goldenen Ufern und den roten Sandstrecken, sondern dem Nome von 1897, als Anvil City noch nicht erbaut und der Eldorado-Distrikt noch nicht entdeckt war.

Gordon war Yankee und hätte klüger sein sollen. Aber er knurrte Jan in einem Augenblick an, als seine blutunterlaufenen Augen flammten und er vor Pein mit den Zähnen knirschte. Und deshalb roch es im Zelt nach Salpeter, und deshalb lag der eine ganz still da, und deshalb kämpfte der andere wie eine in die Ecke gedrängte Ratte und wollte sich nicht auf die anständige und friedliche Art hängen lassen, die seine Kameraden ihm vorschlugen.

»Wenn Sie gestatten, Herr Lawson, möchte ich, ehe wir mit dem Radau hier fortfahren, doch bemerken, daß es eine gute Idee wäre, diesem netten Bürschlein die Zähne auseinander zu zwingen. Er will weder zubeißen noch loslassen. Er ist so klug wie eine Schlange, so klug wie eine Schlange.«

»Laßt es mich mit dem Beil versuchen!« rief der Seemann. »Laßt es mich mit dem Beil versuchen!« Er schob die Schneide dicht neben Taylors Finger in den Mund, wobei er die Zähne des Mannes als Unterlage benutzte. Jan hielt fest und atmete schnaufend durch die Nase.

»Stützt, alle Mann! Jetzt geht es.«

»Puh! Danke – das hat geholfen!« Und Taylor versuchte, dem Opfer seinen Arm um das wild tretende Bein zu schlingen.

Aber Jan kam in seiner Berserkerwut hoch; blutend, schäumend, fluchend; fünf Jahre Frost schmolzen plötzlich im Höllenfeuer. Sie schwankten hin und zurück, stöhnend und schwitzend wie ein zyklopisches, vielbeiniges Ungeheuer, das sich aus der Tiefe hob. Die Lampe stürzte um, die Flamme erstickte in ihrem eigenen Öl, und das schwache Mittagslicht vermochte kaum durch das schmutzige Zeltleinen hereinzudringen.

Um Gottes willen, Jan, komm doch zu dir«, bat der Rote Bill. »Wir wollen dir nichts tun. Wir wollen dich ja nur hängen, und du machst eine solche Unordnung und einen solchen Spektakel, daß es ganz schrecklich ist. Daß man all die Zeit mit einem Mann zusammen gereist ist und dann so von ihm behandelt wird. Das hätte ich nicht von dir geglaubt, Jan!«

»Er hat zuviel Fahrt. Versuch, seine Beine zu packen, Taylor, und hiev ihn herüber.«

»Ja, Herr Lawson. Und sobald ich es sage, legst du dich mit deinem ganzen Gewicht auf ihn.«

Der Kentuckier tastete in der Dunkelheit herum. »So, schieb los!«

Wie eine Sturzsee wankte und taumelte eine Vierteltonne Menschenfleisch gegen die Zeltwand. Pflöcke wurden ausgerissen, und das Zelt stürzte zusammen und hüllte die Kämpfenden in seine schmutzigen Falten ein.

»Du machst dir nur unnütze Mühe«, fuhr der Rote Bill fort, indem er gleichzeitig beide Daumen auf eine behaarte Kehle preßte, deren Besitzer er unter sich festhielt. »Du hast uns schon genug Mühe gemacht, und wenn wir dich aufgehängt haben, dauert es mindestens einen halben Tag, um alles wieder in Ordnung zu bringen.«

»Ich wäre dir sehr verbunden, wenn du mich losließest«, fauchte Taylor.

Der Rote Bill grunzte und löste seinen Griff, und die beiden krochen ins Freie hinaus. Gleichzeitig versetzte Jan dem

Seemann einen Tritt, so daß er beiseite fiel, und schoß über den Schnee davon.

»He, ihr Faulpelze! Buk! Bright! Ihm nach! Werft ihn nieder!« rief Lawson, indem er dem Fliehenden durch den Schnee nachtaumelte. Buk und Bright liefen, von den andern Hunden gefolgt, an ihm vorbei und holten den Mörder schnell ein.

Es gab keinen vernünftigen Grund für die beiden Männer, dies zu tun, keinen vernünftigen Grund für Jan, fortzulaufen, keinen vernünftigen Grund für sie, ihn daran zu hindern. Nach der einen Seite dehnten sich die öden Schneefelder aus; nach der andern erstreckte sich das zugefrorene Meer. Ohne Nahrung und Unterschlupf konnte er nicht weit kommen. Sie brauchten nur zu warten, bis er zum Zelt zurückkam, was er notgedrungen tun mußte, wenn Kälte und Hunger ihn übermannten. Aber diese Männer ließen sich nicht die Zeit, darüber nachzudenken. Sie waren alle ein bißchen übergeschnappt. Außerdem war Blut vergossen worden, und der Blutdurst hatte sie heftig und brennend erfaßt. »Die Rache ist mein«, sagt der Herr, aber er sagte es unter einem milderen Himmel, wo die Sonne den Menschen die Energie stiehlt. Im Nordland haben sie die Entdeckung gemacht, daß das Gebet nur hilft, wenn man Muskeln hat, um es zu unterstützen; und man ist gewohnt, sich selbst zu helfen. Gott ist allgegenwärtig, heißt es, aber ein halbes Jahr lang wirft er einen Schatten über das Land, so daß man ihn nicht finden kann, und deshalb tasten die Menschen im Finstern herum, und man darf sich nicht wundern, wenn sie oft zweifeln und meinen, daß etwas an den zehn Geboten nicht stimmt.

Jan lief blindlings drauflos, ohne zu sehen, wo er sein Füße hinsetzte, denn er war nur von dem Zeitwort »leben« besessen. Leben! Weiterleben! Buk flog wie ein graues Flimmern durch die Luft, bekam ihn aber nicht zu fassen. Der Mann trat wie rasend nach ihm und stolperte. Da schlössen sich Brights weiße Zähne über seine Mackinaw-Jacke, und er stürzte kopfüber in den Schnee. Leben! Weiterleben! Er kämpfte toller als je in einem wogenden Wirrwarr von Männern und Hunden. Mit seiner Linken packte er einen Wolfshund im Nacken, während er seinen Arm Lawson um den Hals schlang. Jedesmal, wenn der Hund eine schnelle Bewegung machte, um freizukommen, wurde der unglückliche Seemann fast erwürgt.

Jans Rechte war in dem dicken, wolligen Haarbusch des Roten Bill vergraben, und bei alledem lag Taylor, hilflos festgenagelt, auf dem Boden. Es war nicht möglich, mit Jan fertig zu werden, denn der Wahnsinn verlieh ihm Riesenkräfte, aber plötzlich, ohne sichtbare Ursache, ließ Jan seine verschiedenen Gegner los und wälzte sich ruhig auf den Rücken. Zweifelnd und verdutzt zogen sie sich ein wenig zurück. Jan grinste boshaft.

»Meine Freunde«, sagte er, immer noch grinsend, »ihr habt mich gebeten, höflich zu sein, und jetzt bin ich höflich. Was wollt ihr von mir?«

»Das stimmt, Jan – nur ruhig!« sagte der Rote Bill beschwichtigend. »Ich wußte ja, daß du Vernunft annehmen würdest. Bleib jetzt nur ruhig, dann werden wir schon das kleine Kunststück sauber besorgen.«

»Was für ein Kunststück?«

»Das Hängen. Du sollst wirklich deinem Gott danken, weil du es mit einem Mann zu tun hast, der seine Sache versteht. Ich habe es mehr als einmal in den Staaten gemacht, und ich weiß Bescheid damit.«

»Mich hängen? Mich?«

»Ja!«

»Ha! Ha! Hört den Mann – was für einen Unsinn er redet! Reich mir deine Hand, Bill, und ich will aufstehen und mich hängen lassen.« Mit einiger Mühe kam er auf die Beine und sah sich um. »Mein Gott, hört nur den Mann! Er will mich hängen! Ho! Ho! Ho! Ich denke nicht daran! Nein, ich denke nicht daran!«

»Aber ich, du Lümmel!« sagte Dawson spöttisch, indem er eine Schlittenleine durchschnitt und sie sorgfältig aufrollte. »Heute hat Richter Lynch das Wort.«

»Einen Augenblick!« Jan trat einen Schritt vor der ihm entgegengehaltenen Schlinge zurück. »Ich habe euch etwas zu fragen und euch einen Vorschlag zu machen. Kentucky, du kennst ›Richter Lynch‹?«

»Ja, als eine Einrichtung von freien Ehrenmännern, und zwar eine alte und verdiente Einrichtung. Die Obrigkeit ist manchmal käuflich, aber Richter Lynch – auf den kann man sich verlassen, der erweist Gerechtigkeit ohne Bezahlung. Gesetze können gekauft und verkauft werden, aber in diesem aufgeklärten Lande ist die Gerechtigkeit ebenso gratis wie die Luft, die wir einatmen, ebenso stark wie der Alkohol, den wir trinken, ebenso schnell wie –«

»Halt's Maul! Laß uns hören, was der Bengel will«, unterbrach Lawson den Strom seiner Beredsamkeit.

»Nun ja, Kentucky, so sag mir denn – wenn ein Mann einen andern totschlägt, hängt Richter Lynch dann den Mann?«

»Wenn die Beweise genügen – ja, Verehrtester.«

»Und in diesem Fall genügen die Beweise, um ein Dutzend Männer zu hängen, Jan«, fiel der Rote Bill ihm ins Wort.

»Halt's Maul, Bill. Mit dir spreche ich später. Jetzt frage ich Kentucky etwas. Und wenn Richter Lynch den Mann nicht hängt, was dann?«

»Wenn Richter Lynch den Mann nicht hängt, dann kann der Mann frei hingehen, wohin er will, und seine Hände sind rein, es klebt kein Blut an ihnen. Und noch etwas sagt unsere große, herrliche Verfassung. Nämlich: Kein Mann kann zweimal wegen ein und desselben Verbrechens mit dem Tode bedroht werden – oder so ähnlich.«

»Und sie erschießen ihn nicht, schlagen ihn nicht mit einer Keule auf den Kopf oder tun sonst was mit ihm?«

»Nein, Verehrtester.«

»Schön! Ihr alle habt gehört, was Kentucky gesagt hat, ihr Idioten? Jetzt spreche ich mit Bill. Du sagst, du verstehst deine Sache, und du hängst mich hübsch sauber wie? Nicht wahr?«

»Darauf kannst du Gift nehmen, Jan, wenn du jetzt Vernunft annimmst, dann soll es so gemacht werden, daß du mächtig stolz darauf bist. Ich bin Kenner.«

»Du bist ein guter Kerl, Bill, und verstehst dich auf vieles – und du weißt, daß zwei und eins drei sind – nicht wahr?«

Bill seufzte.

»Und wenn du zwei Dinge hast, dann hast du nicht drei, nicht wahr? So, jetzt kommst du mit, und ich will dir zeigen, daß drei Dinge dazu gehören, einen Mann zu hängen. Erstens der Mann! Schön! Ich bin der Mann! Zweitens der Strick! Lawson hat den Strick! Schön! Und drittens müßt ihr etwas haben, um den Strick daran festzubinden. Guckt euch ein bißchen um und findet das dritte Ding, an dem ihr den Strick festmachen wollt! Bitte!«

Ganz mechanisch ließen sie den Blick über das Eis nach der Sonne schweifen. Es war eine einförmige Landschaft, ohne Kontraste und scharfe Konturen, traurig und öde – das Meer mit seinem Packeis, das sanft abfallende Ufer, die niedrigen Hügel, die den Hintergrund bildeten, und über allem der unendliche Mantel des Schnees.

»Kein Baum, kein Felsen, keine Hütte, kein Telegraphenpfahl – nichts!« jammerte der Rote Bill. »Nichts, das kräftig und groß genug ist, um einen fünf Fuß großen Mann vom Boden zu heben. Ich gebe es auf.«

Er warf einen gierigen Blick auf den Körperteil, der Kopf und Schultern Jans miteinander verband.

»Ich gebe es auf«, wiederholte er traurig, zu Lawson gewandt. »Schmeiß den Strick weg. Es ist nie Gottes Wille gewesen, daß lebende Geschöpfe hier wohnen sollten – das ist die Wahrheit.«

Jan grinste triumphierend. »Ich glaube, ich gehe ins Zelt und rauche eine Pfeife.«

»Wenn man es so sieht, hast du natürlich recht, Bill«, sagte Lawson. »Aber du bist ein Esel, und das kann man auch die Wahrheit nennen. Euch Landkrabben muß wohl erst ein Seemann zeigen, wie's gemacht wird. Habt ihr je von einer großen Schere gehört? Dann sperrt gefälligst die Augen auf!«

Der Seemann machte sich mit größter Hast an die Arbeit. Aus dem Gerümpel, das an der Stelle lag, wo sie im Herbst das Boot an Land gezogen hatten, suchte er ein paar lange Riemen hervor. Die band er fast im rechten Winkel dicht unter den Ruderblättern zusammen. Die Griffe steckte er in Löcher, die er durch den Schnee bis in den Sand getreten hatte. Am Schnittpunkt brachte er zwei Halteleinen an und befestigte das Ende der einen an einer Eisscholle am Ufer. Die andere Leine reichte er dem Roten Bill. »Hier, mein Sohn, nimm und laß sie auslaufen!«

Und zu seinem Schrecken sah Jan, wie sein Galgen sich erhob. »Nein! Nein!« rief er schaudernd und schüttelte die geballten Fäuste. »Das darf nicht sein! Ich lasse mich nicht hängen! Kommt, ihr Idioten! Ich verprügele euch alle wie einen. Ich mach' einen Höllenspektakel! Ich weiß nicht, was ich tue! Ich will sterben, ehe ich mich hängen lasse!«

Der Seemann ließ die beiden andern mit dem tollen Menschen ringen. Sie wälzten sich wie rasend auf dem Boden und rissen Schnee und Tundra auf; der wilde Kampf ritzte einen tragischen Bericht über menschliche Leidenschaft in die weiße Decke, die die Natur über die Erde gebreitet hatte. Von Zeit zu Zeit tauchten Jans Hände und Füße aus dem Chaos auf, bis Lawson sie zu fassen bekam und mit Kabelgarn band. Um sich tretend, rasend, furchtbare Flüche ausstoßend, wurde er Zoll für Zoll besiegt und gefesselt und dann zu der Schwelle geschleppt, wo die unerbittliche Schere wie ein riesiger Zirkel auf dem Schnee lag. Der Rote Bill legte ihm die Schlinge um den Hals, daß der Knoten gerade unter dem linken Ohr saß. Taylor und Lawson stellten sich an die Halteseile, bereit, den Galgen auf Kommando hochzuziehen.

Bill zögerte einen Augenblick und betrachtete sein Werk mit echter Künstlerfreude.

»Herrgott! Seht, dort!«

Das Entsetzen in Jans Stimme ließ die andern innehalten.

Das zusammengestürzte Zelt hatte sich erhoben, und in der zunehmenden Dämmerung focht es mit gespensterhaften Armen und taumelte auf sie zu wie ein Trunkener. Aber im nächsten Augenblick fand John Gordon die Öffnung und kroch hervor. »Teufel, was –!« Er unterbrach sich, denn mit einem einzigen Blick erfaßte er die Situation.

»Wartet ein bißchen! Ich bin nicht tot!« rief er dann, indem er sich zornig der Gruppe näherte.

»Gestatten Sie mir, Herr Gordon, Ihnen zu gratulieren, daß Sie so gut davongekommen sind«, sagte Taylor unsicher,

»aber es wäre beinahe schief gegangen. Es war verdammt nahe daran!«

»Ich hätte ja gestorben und verfault sein können, ohne daß ihr euch drum gekümmert hättet – ihr verfluchten –«, worauf John Gordon seinen Gefühlen in einem kräftigen Strom wütender Schimpfworte, untermischt mit einer Serie von Flüchen, Luft machte.

»Hat mich nur betäubt«, fuhr er fort, als er ausgetobt hatte. »Hast du nie einen Ochsen betäubt gesehen, Taylor?«

»Ja, manches liebe Mal im Lande Gottes.«

»Na also. Und so ging es mir auch. Die Kugel streifte mich zwischen Hirnschale und Halswirbel. Das lähmte mich eine Weile, aber es ist kein Schaden geschehen.« Dann wandte er sich zu dem Gefesselten. »Steh auf, Jan! Und wenn du dich nicht bei mir entschuldigst, verbleue ich dich, daß du dich nicht mehr rühren kannst. Ihr andern macht ein bißchen Platz.«

»Ich denke nicht daran. Laßt mich los, und ihr werdet sehen«, antwortete Jan, der Unverbesserliche, denn der Teufel in ihm war immer noch unbesiegt. »Und dann verbleue ich dich und gebe es den blöden Hunden hier, einem nach dem andern!«

Die große Frage

Frau Saythers Auftreten in Dawson war, milde gesagt, ein wenig meteorhaft. Sie kam im Frühling mit Hundeschlitten und französisch-kanadischen Voyageurs, blieb einen kurzen Monat, wie eine Sonne strahlend, und zog dann den Fluß hinab, sobald er eisfrei war. Das frauenarme Dawson verstand diese übereilte Abreise nicht so recht, und die vierhundert Menschen, fühlten sich tief gekränkt und einsam, bis in Nome Gold gefunden wurde und die neue Sensation die Erinnerung an die alte verdrängte. Denn Dawson war von Frau Saither begeistert gewesen und hatte sie mit offenen Armen empfangen. Sie war reizend, bezaubernd und obendrein Witwe. Und daher war sie denn auch gleich von allen Eldorado-Königen, von Geschäftsleuten und abenteuerlustigen jüngeren Söhnen, die sich nach dem Rascheln eines Damenkleides sehnten, umschwärmt worden.

Die Mineningenieure ehrten das Andenken ihres Mannes, des verstorbenen Oberst Saither, während die Geschäftsleute mit Andacht von seinen verschiedenen Transaktionen sprachen; denn in den Staaten war er als großer Minenbesitzer bekannt, und in London war sein Ansehen noch größer gewesen. Warum seine Witwe gerade hierher gereist war, das blieb die große Frage. Sie waren eine praktische Rasse, diese Männer des Nordlandes, und hegten eine gesunde Verachtung für Theorien, wogegen sie einen ausgeprägten Sinn für Tatsachen hatten. Und für einen Teil von ihnen bedeutete Karen Saither eine sehr wesentliche Tatsache. Daß sie selbst die Sache nicht in diesem Licht betrachtete, ging aus der Gewandtheit und Schnelligkeit hervor, mit der die Anträge und Körbe bei ihrem vierwöchigen Aufenthalt folgten. Und mit ihr verschwand die Tatsache, und nur die Frage blieb.

Der Zufall brachte indessen eine teilweise Lösung des Problems. Karen Saithers letztes Opfer, Jack Coughran, der ihr ohne Erfolg sein Herz und einen fünfhundert Fuß langen Claim am Bonanza zu Füßen gelegt hatte, feierte sein Pech mit einem riesigen Gelage, das die ganze Nacht über dauerte.

Um Mitternacht stieß er zufällig auf Pierre Fontaine, keinen anderen als den Anführer von Karen Saythers Voyageurs. Diese Begegnung gab Anlaß zu weiteren Getränken, bis sie beide von Alkohol ganz benebelt waren.

»He?« gurgelte Pierre Fontaine etwas später. »Warum Madame Sayther machen Besuch in dieses Land? Besser du reden mit ihr. Ich wissen nichts – gar nichts, nur sie ganze Zeit fragen nach ein Mann. ›Pierre‹, sie sagen zu mir. ›Pierre, du finden den Mann, und ich geben dir viel Gold. Tausend Dollar, du finden den Mann.‹ Diesen Mann? Ah, oui. Name von diesen Mann – er heißen – David Payne. Oui, M'sieur, David Payne. Ganze Zeit sie sagen dies Name. Und ganze Zeit ich sehen mich gut um, arbeiten wie Teufel, aber kann nicht finden dies verfluchte Mann und nicht kriegen tausend Dollar. Verdammt!

He? Einmal die Männer kommen von Circle City, die Männer kennen dies Mann. Am River Creek sie sagen. Und Madame? Sie sagen › Bon!‹ und sehen glücklich aus. Und sie reden mit mir. ›Pierre‹, sie sagen, ›spann die Hunde vor den Schlitten. Wir gehen schnell. Wir finden dies Mann. Ich geben dir noch tausend Dollar mehr.‹ Und ich sagen: ›Oui, schnell! Allons, Madame!‹

Ich denken, ich haben sicher die tausend Dollar! Ich Teufelskerl! Dann mehrere Männer kommen von Circle City. Und sie sagen, nein, nicht Mann. David Payne, ihn kommen Dawson bald zurück. Nicht reisen.

Oui, M'sieur. Heute Madame reden. ›Pierre‹, sie sagen und geben mich fünfhundert Dollar. ›Geh kaufen Stakboot. Morgen wir fahren Fluß hinauf.‹ Ah oui, morgen Fluß hinauf, und der verfluchte Sitka Charley mich lassen bezahlen für Stakboot ganze fünfhundert Dollar, verdammt!«

So kam es, daß, als Jack Coughran am nächsten Tag erzählte, was er gehört hatte, ganz Dawson sich darüber aufregte, wer dieser David Payne denn sei und welche Verbindung zwischen ihm und Karen Sayther bestehen mochte. Aber am selben Tage wurden Frau Sayther und ihre barbarische Schar von Voyageurs, wie Pierre Fontaine es gesagt hatte, am östlichen Flußufer nach Klondike City hinaufbugsiert, setzten dort, um nicht auf die Klippen zu stoßen, nach dem westlichen Ufer über und verschwanden in dem Insellabyrinth gen Süden.

»Oui, Madam, dies ist die Stelle, ein, zwei, drei Inseln den Stuart River abwärts. Dies die dritte Insel.«

Beim Sprechen hieb Pierre Fontaine seine Stake in das Ufer und schwang das Heck des Bootes in die Strömung. Dann drehte er den Bug gegen das Ufer, bis ein gewandter Mischling mit einer Leine an Land klettern und das Boot festmachen konnte.

»Eine kleine Weile, Madam, ich gehen sehen.«

Die Hunde stimmten ein lautes Geheul an, als er auf der anderen Seite des hohen Ufers verschwand, aber nach einer Minute kam er wieder.

»Oui, Madame, hier sein die Hütte. Ich machen Untersuchungen. Kann den Mann nicht finden zu Hause. Aber er nicht gehen recht weit oder bleiben lange fort, und Hunde nicht dableiben. Er kommen sehr bald, das sicher.«

»Helfen Sie mir heraus, Pierre. Mir tun alle Glieder weh vom Sitzen im Boot. Sie hätten es auch ein wenig weicher machen können.«

Aus einem warmen Nest von Fellen in der Mitte des Bootes erhob sich Karen Sayther in ihrer ganzen schlanken Schönheit. Sah sie aber wie eine zarte Lilie inmitten der primitiven Umgebung aus, so widersprach diesem Eindruck ihr fester Griff um Pierres Hand, das Schwellen ihrer Armmuskeln, als ihr Gewicht auf dem Arm ruhte, und die ganze Sicherheit, mit der sie ihre prachtvolle Gestalt bewegte, als sie den steilen Uferhang hinaufkletterte. Trotz ihres feinen Knochenbaus und der weichen, runden Linien ihrer Gestalt war sie doch in physischer Beziehung ein starkes Weib.

Aber bei aller Unbesorgtheit und Leichtigkeit, mit der sie an Land gesprungen war, lag doch ein wärmerer Schimmer als gewöhnlich über ihrem Antlitz, und ihr Herz klopfte schneller als sonst.

Sie näherte sich der Hütte mit einer gewissen angstvollen Spannung, während die Röte in ihren Wangen immer deutlicher wurde.

»Sieh, sieh!« Pierre wies auf die Späne, die beim Brennholzstapel verstreut lagen. »Die frisch – zwei, drei Tage, nicht mehr.«

Frau Sayther nickte. Sie versuchte durch das kleine Fenster zu blicken, aber es war aus eingefettetem Pergament verfertigt, das zwar Licht in den Raum ließ, zugleich aber verhinderte, daß man hineinsah. Nach diesem mißglückten Versuch trat sie zur Tür, drückte die primitive Klinke nieder, um sie zu öffnen, besann sich aber und ließ sie wieder los. Plötzlich ließ sie sich auf ein Knie nieder und küßte die rohgezimmerte Türschwelle. Falls Pierre Fontaine es sah, so ließ er es sich jedenfalls nicht im geringsten anmerken, und er hat es nie einem Menschen erzählt.

Aber im nächsten Augenblick wurde einer der Bootsleute, der sich friedlich seine Pfeife ansteckte, durch einen Befehl des Anführers aufgeschreckt, dessen Stimme einen ungewöhnlich scharfen Klang hatte.

»He, du da! Gloire! Du machen ihn weich – viel mehr«, kommandierte Pierre. »Viel Bärenfelle, viel Decken! Verdammt!«

Aber das warme Nest wurde bald auseinandergerissen und der größte Teil der Felle und Decken auf das hohe Flußufer hinaufgeworfen, wo Frau Sayther es sich bequem machte, während sie wartete. Sie lag auf der Seite und blickte über die breite Fläche des Yukon. Über den Bergen, die ganz in der Ferne, jenseits des Flusses lagen, war der Himmel dunkel vom Rauch unsichtbarer Waldbrände, und die Nachmittagssonne durchbrach schwach diese Rauchdecke und warf einen unklaren Schimmer und unwirklichen Schatten über die Erde. Bis zum Horizont erstreckte sich die jungfräuliche Einöde nach allen Himmelsrichtungen – mit Kiefern bestandene Inseln, dunkle Gewässer und vereiste Hügelzüge. Keine Spur von Menschen unterbrach die Einsamkeit, kein Geräusch die Stille. Das Land schien von der Unwirklichkeit des Unbekannten in Bann geschlagen, in das brütende Mysterium der großen Einöde gehüllt.

Vielleicht war es das, was Frau Sayther nervös machte, denn sie änderte beständig ihre Lage, bald, um den Fluß hinab-, bald, um ihn hinaufzublicken, und dann wieder, um den Blick forschend die dunkle Küste und die halbversteckten Mündungen kleinerer Buchten entlangschweifen zu lassen. Als eine Stunde vergangen war, wurde die Bootsmannschaft an Land geschickt, um Zelte aufzuschlagen, während Pierre bei Frau Sayther blieb, um mit ihr Ausschau zu halten.

»Ach, ihn kommen jetzt«, flüsterte er nach langem Schweigen, währenddessen er den Fluß hinauf nach dem oberen Ende der Insel geblickt hatte.

Ein Kanu, an dessen Seiten je eine Paddel blinkte, kam den Strom herab. Im Heck saß ein Mann und im Bug eine Frau, und beide ruderten mit gleichmäßigen, rhythmischen Schlägen. Frau Sayther hatte kein Auge für die Frau, bis das Kanu näherkam und ihre bizarre Schönheit sich dem Blick aufdrängte. Ein enganschließendes Leibchen aus Elchleder mit phantastischen Perlstickereien betonte die schönen, weichen Körperlinien, während ein buntes, sehr malerisch drapiertes Seidentuch das reiche, blauschwarze Haar halb verdeckte. Aber es war das Gesicht, dieses wie aus Bronze gegossene Gesicht, das den Blick Frau Saythers fing und festhielt. Die Augen, durchdringende schwarze, große Augen mit der traditionellen Andeutung von Schrägheit, sahen unter den scharfgezeichneten, feingebogenen Brauen hervor, und obwohl die Backenknochen ziemlich hoch und vorstehend waren, rundeten sich die Wangen doch schön zu einem Mund mit schmalen Lippen, der mild und stark zugleich war. Es war ein Gesicht, das eine schwache Andeutung alter mongolischer Rasse, nach jahrhundertelangem Wandern einen Rückfall in den ursprünglichen Typ zeigte. Diese Wirkung wurde noch von der feingebogenen Adlernase mit den schmalen, zitternden Flügeln und dem ganzen Eindruck von Adlerwildheit unterstrichen, der nicht nur das Gesicht, sondern die ganze Gestalt zu prägen schien. Sie war tatsächlich der ideale Tatarentyp in Reinzucht, und der Indianerstamm mußte glücklich gepriesen werden, der einmal im Lauf von einem Dutzend Generationen eine so einzigartige Gestalt hervorbringen konnte.

Mit langen, kräftigen Ruderschlägen, die sich nach denen des Mannes richteten, schwang das junge Weib das winzige Fahrzeug plötzlich gegen die Strömung und hielt dann vorsichtig auf das Ufer zu. Im nächsten Augenblick stand sie auf dem Hang und zog mit einer Leine ein Stück von einem kürzlich geschossenen Elch zu sich herauf. Dann folgte ihr der Mann, und gemeinsam zogen sie schnell das Kanu aufs Ufer. Die Hunde umdrängten sie heulend, und als das junge Mädchen sich über sie beugte, um sie zu streicheln, fiel der Blick des Mannes auf Karen Sayther, die sich erhoben hatte.

Er sah sie an, strich sich unbewußt über die Augen, als wollte er ihnen nicht trauen, und sah sie wieder an.

»Karen«, sagte er einfach, indem er mit ausgestreckter Hand auf sie zutrat. »Ich glaubte, einen Augenblick zu träumen. Ich war letztes Frühjahr eine Zeitlang schneeblind, und seit der Zeit kann ich mich nicht mehr so recht auf meine Augen verlassen.«

Frau Sayther, deren Wangen noch röter geworden waren und deren Herz so klopfte, daß es fast schmerzte, war auf alles andere eher gefaßt gewesen, als auf diese ruhig ausgestreckte Hand, aber sie hatte Takt genug, sich zu beherrschen, und drückte sie mit großer Herzlichkeit.

»Du weißt, David, daß ich dir oft mit meinem Kommen gedroht habe, und ich wäre schon längst gekommen, wenn nur – wenn nur ...«

»Wenn ich dich nur gerufen hätte!« David Payne lachte und sah der Indianerin nach, die gerade in der Hütte verschwand.

»Oh, ich verstehe dich, David, und an deiner Stelle hätte ich wahrscheinlich dasselbe getan. Aber jetzt – jetzt bin ich nun einmal hier.«

»Und da mußt du lieber den Schritt ganz tun und in die Hütte kommen und etwas essen«, sagte er heiter, indem er die zarte Andeutung einer Bitte in ihrer Stimme entweder nicht gehört hatte oder nicht hören wollte. Und du mußt doch auch müde sein. Wohin willst du? Flußauf? Dann hast du also in Dawson überwintert oder bist gerade vor dem Eisbruch gekommen? Sind das deine Indianer? Er sah den Schlittenführer und das Lagerfeuer und öffnete ihr die Tür.

»Ich kam letzten Winter von Circle City über das Eis hierher«, fuhr er fort, »und hab' mich hier für eine Weile niedergelassen. Ich untersuche jetzt das Gelände am Henderson Creek, und wenn das erfolglos ist, habe ich daran gedacht, im Herbst mein Glück oben am Stuart zu versuchen.«

»Du hast dich nicht sehr verändert, nicht wahr?« fragte sie plötzlich mit einem Versuch, das Gespräch auf ein persönlicheres Gebiet zu lenken.

»Vielleicht etwas weniger Fett und etwas mehr Muskeln. Oder was meinst du?«

Aber sie zuckte die Achseln und betrachtete durch das Halbdunkel die Indianerin, die ein Feuer angezündet hatte und jetzt im Begriff war, einige große Stücke Elchfleisch mit dünnen Speckstreifen zu braten.

»Warst du lange in Dawson?« Der Mann hatte sich daran gemacht, einen primitiven Axtschaft zu schnitzen, und er stellte die Frage, ohne den Kopf zu heben.

»Ach, nur ein paar Tage«, antwortete sie, aber sie hatte seine Worte kaum gehört, so eifrig beobachtete sie das junge Mädchen.

»Was sagtest du? In Dawson? Einen Monat war ich dort. Ja, und ich war froh, als ich wieder wegkam. Die Männer im Norden sind ein wenig primitiv, das weißt du ja, und recht gewaltsam in ihren Gefühlen.«

»Das muß man werden, wenn man der Erde so nahe kommt. Alles, was Konventionen heißt, läßt man mit den Sprungfedermatratzen zu Hause. Aber du hast einen sehr vernünftigen Zeitpunkt für deine Heimreise gewählt. Da wirst du außer Landes sein, ehe die Moskitos kommen, und das ist ein Segen, den du bei deinem Mangel an Erfahrung kaum genügend schätzen wirst.«

»Nein, das tue ich vielleicht nicht. Aber erzähl mir etwas von dir – von deinem Leben. Was für Nachbarn hast du? Denn du hast doch wohl Nachbarn?«

Während sie fragte, behielt sie beständig das junge Mädchen am Feuer im Auge, das jetzt die Kaffeebohnen im Zipfel eines Mehlsackes auf einem Stein zerkleinerte. Mit einer Sicherheit und Gewandtheit, die bezeugten, daß ihr Nervensystem ebenso primitiv wie ihre Arbeitsmethode war, zerstieß sie die Bohnen mit einem schweren Quarzstück. David Payne folgte dem Blick seines Gastes, ein leichtes Lächeln kräuselte seine Lippen.

»Ich hatte ein paar«, antwortete er. »Leute aus Missouri und Cornwall, aber sie sind nach Eldorado gezogen, um sich Proviant zu erarbeiten.«

Karen Sayther sah jetzt das Mädchen nachdenklich an. »Aber natürlich gibt es eine Menge Indianer hier herum?«

»Jede lebende Seele ist längst nach Dawson gereist. Es gibt nicht einen Eingeborenen mehr im ganzen Land außer Winapie hier. Und sie stammt vom Koyokuk – sie ist tausend Meilen flußabwärts zu Hause.«

Karen Sayther fühlte sich plötzlich matt, und obwohl ihr aufmerksames Lächeln nicht einen Augenblick schwand, war ihr doch, als sähe sie das Antlitz des Mannes weit fort wie durch ein Opernglas, und die Reihe von Baumstämmen, die die Wände der Hütte bildeten, vollführten einen trunkenen Tanz um sie her. Dann aber forderte er sie auf, sich zu Tisch zu setzen, und während der Mahlzeit kam ihr das Bewußtsein von Zeit und Raum wieder. Sie sprach nicht viel und meistens von Land und Leuten und vom Wetter, während der Mann begann, ihr eine lange Erklärung vom Sommergraben an der Oberfläche in den unteren Distrikten und vom Wintergraben in tieferen Erdschichten in den oberen Distrikten zu geben.

»Du fragst nicht, weshalb ich gekommen bin«, sagte sie. »Du weißt es sicher.« Sie hatte ihren Stuhl fortgerückt, und David Payne hatte sich wieder an seinem Axtstiel zu schaffen gemacht. »Hast du meinen letzten Brief erhalten?«

»Den letzten? Nein, ich glaube nicht. Der treibt sich wohl irgendwo im Birch-Creek-Land herum oder ist in der Blockhütte irgendeines Handelsvertreters am unteren Flußlauf gelandet. Wie die Post hier besorgt wird, ist der reine Skandal. Keine Ordnung, kein System, keine ...«

»Laß nun die Dummheiten, David, hilf mir!« Ihre Stimme hatte Schärfe und Autorität angenommen. »Warum fragst du nicht nach mir? Nach unsern alten Bekannten? Interessierst du dich denn nicht mehr für die Welt? Weißt du, daß mein Mann gestorben ist?«

»Ach wirklich! Das tut mir leid. Dann ...«

»David.« Sie wollte vor Ärger weinen, aber der Vorwurf, den sie in ihre Stimme legte, brachte ihr einige Linderung. »Hast du meine Briefe erhalten? Einige müssen doch angekommen sein, wenn du auch nie geantwortet hast.«

»Nun ja, den letzten, in dem du mir offenbar den Tod deines Mannes mitteiltest, habe ich nicht erhalten, und mehrere andere sind wohl auch verlorengegangen, aber ein paar habe ich bekommen. Ich – ich habe sie Winapie als eine Art Warnung vorgelesen – verstehst du, um ihr zu zeigen, wie schlecht ihre weißen Schwestern sind. Und ich – ich glaube, es hat ihr gut getan. Meinst du nicht?«

Sie tat, als verstände sie den Stachel nicht, und fuhr fort: »In dem letzten Brief, den du nicht bekommen hast, teilte ich dir, wie du schon erraten hast, mit, daß Oberst Sayther gestorben ist. Das ist jetzt ein Jahr her. Ich schrieb auch, wenn du nicht zu mir kämst, würde ich zu dir kommen. Und jetzt komme ich, wie ich dir so oft versprochen habe.«

»Ich weiß von keinem Versprechen.«

»Nicht aus meinen früheren Briefen?«

»Doch, du versprachst es, da ich aber nie fragte oder antwortete, wurde das Versprechen nicht bestätigt, und deshalb weiß ich nichts von einem solchen Versprechen. Aber ich erinnere mich an etwas anderes, das du wohl auch nicht vergessen hast. Es ist sehr lange her.« Er ließ den Axtschaft auf den Boden fallen und hob den Kopf. »Es ist lange, lange her, und doch entsinne ich mich deutlich – des Tages, der Stunde, jeder Einzelheit. Wir standen in einem Rosengarten – du und ich –, im Rosengarten deiner Mutter. Alles sproß und blühte, und der Saft des Frühlings war in unserm Blut. Und ich zog dich an mich – es war das erstemal. Ich küßte dich auf den Mund. Weißt du das nicht mehr?«

»Erinnere mich nicht daran, David. Ich entsinne mich jeder Einzelheit, und ich schäme mich. Wie oft habe ich darüber geweint. Wenn du wüßtest, was ich gelitten habe!«

»Du gabst mir damals ein Versprechen – ja, und tausendmal in den wunderbaren Tagen, die auf den Tag folgten. Jeder
Blick deiner Augen, jede Berührung deiner Hand, jede Silbe
von deinen Lippen war ein Versprechen. Und dann – wie soll
ich es erklären? – dann kam ein Mann. Er war alt – alt genug,
daß er dein Vater hätte sein können, und nicht schön, aber er
war, was man einen braven Mann nennt. Er hatte nichts Un-
rechtes getan. Er war dem Buchstaben des Gesetzes gefolgt,
und er war ein höchst achtbarer Mann. Dazu, und das war die
Hauptsache, besaß er viel Grund und Boden und mehrere
Minen – vielleicht ein Dutzend, es kommt nicht so genau
darauf an, und er war Geschäftsmann großen Stils und schnitt
Coupons. Er ...«

»Aber da war anderes«, fiel sie ihm ins Wort.

»Ich erzählte es dir ja: Zwang – Geldsachen – Mangel –
meine Familie – Ärger. Du kanntest doch meine Lage in all
ihrem Elend. Ich konnte nichts dafür. Es war nicht mein
Wille. Ich wurde geopfert oder opferte mich – du kannst es
nennen, wie du willst. Aber mein Gott, David, ich konnte nun
einmal nicht anders! Du bist nie gerecht gegen mich gewesen.
Denk daran, was ich durchgemacht habe.«

»Es war nicht dein Wille? Zwang? In der ganzen Welt gibt
es nichts, was dich diesem oder jenem Mann in die Arme
zwingen könnte.«

»Aber ich liebte dich doch – die ganze Zeit«, sagte sie fle-
hentlich.

»Ich begreife deinen Maßstab für Liebe nicht. Ich begreife
ihn immer noch nicht.«

»Aber jetzt! Jetzt!«

»Wir sprachen über den Mann, den zu heiraten du gut
fandest. Was für ein Mann war er? Womit bezauberte er deine
Seele? Welche großen Tugenden hatte er? Es ist wahr: Alles,
was er anrührte, verwandelte sich in Gold. Er kannte das
Spiel. Er verstand sich auf Geschäfte – und das gründlich. Er
besaß eine gewisse engstirnige Klugheit und eine ausgezeichnete Urteilskraft in bezug auf niedrige Instinkte, und auf diese
Weise brachte er bald das Geld des einen, bald das des andern
in seine eigene Tasche. Und das Gesetz lächelte dazu – ja, und

weil unsere christliche Ethik es nicht verdammt, zollte auch ihm sie Beifall. Nach dem Maßstab der Gesellschaft war er kein schlechter Mensch. Aber nach deinem Maßstab, Karen – nach meinem, nach unserem Maßstab im Rosengarten, was war er da?«

»Vergiß nicht, daß er tot ist.«

»Das ändert nichts daran. Was war er? Ein großes, plumpes, materialistisches Geschöpf, taub für Gesang, blind für Schönheit, gefühllos für Geist. Gute Tage hatten ihn fett gemacht, seine Backen hingen, und sein dicker Bauch bezeugte, daß er die Freuden der Tafel bis zum Übermaß genossen hatte.«

»Aber er ist tot. Und wir leben jetzt – jetzt! Jetzt! Hörst du! Es ist, wie du sagtest, ich bin treulos gewesen. Ich habe gesündigt. Gut! Aber hast du denn nicht auch gesündigt? Wenn ich meine Versprechungen gebrochen habe, hast du es nicht auch getan? Deine Liebe im Rosengarten war ewig, das sagtest du jedenfalls, und wo ist sie jetzt?«

»Hier! Jetzt!« rief er und schlug sich mit der geballten Faust leidenschaftlich auf die Brust.

»Hier ist sie stets gewesen.«

»Und deine Liebe war groß, die größte in der Welt«, fuhr sie fort. »Das sagtest du jedenfalls im Rosengarten. Aber sie ist nicht edel, nicht groß genug, um mir zu verzeihen, wenn ich dir zu Füßen liege und weine?«

Der Mann zauderte. Seine Lippen bewegten sich, aber kein Laut kam über sie. Sie hatte ihn gezwungen, sein Herz zu entblößen und Wahrheiten zu sprechen, die er vor sich selber verborgen hatte. Und sie war so schön anzuschauen, wie sie strahlend vor Liebe dastand und alte Erinnerungen wachrief, die das Leben heißer in ihm brennen ließen. Er wandte den Kopf ab, um sie nicht anzusehen, aber sie folgte der Bewegung und sah ihm wieder in die Augen.

»Sieh mich an, David! Sieh mich an! Schließlich bin ich doch dieselbe. Und du bist auch derselbe, wenn du es nur sehen wolltest. Wir haben uns nicht verändert.«

Sie legte ihm die Hand auf die Schulter; er streckte den Arm aus und wollte sie in einer heftigen Umarmung an sich reißen, als das knisternde Geräusch eines Streichholzes ertönte. Winapie, die keinen Teil hatte an dem, was in ihrer Nähe vorging, war im Begriff, den langsam zündenden Docht der Tranlampe anzustecken. Es war, als tauchte sie auf vor einem Hintergrund aus tiefstem Schwarz, und die Flamme, die plötzlich hochschlug, ließ ihre bronzene Schönheit wie reines Gold erglühen.

»Du siehst selbst, daß es unmöglich ist«, stammelte er, indem er die blonde Frau zurückschob. »Es ist unmöglich«, wiederholte er. »Es ist unmöglich.«

»Ich bin kein junges Mädchen mit den Illusionen eines jungen Mädchens«, sagte sie sanft, wagte diesmal aber nicht, sich ihm zu nähern. »Weil ich eine reife Frau bin, verstehe ich es. Männer sind Männer. Ein allgemeiner Brauch im Land. Es stört mich nicht. Ich erriet es gleich. Aber es ist nur eine von den Ehen, wie sie hier im Land geschlossen werden, keine richtige Ehe – nicht wahr?«

»Danach fragen wir hier in Alaska nicht«, entgegnete er unsicher.

»Ich weiß, aber –«

»Nun ja, es ist nur eine der Ehen, wie sie hier im Land geschlossen werden – nichts anderes.«

»Und es ist kein Kind da?«

»Nein.«

»Und auch keine –«

»Nein, nein – nichts, aber es ist unmöglich.«

»Aber nein, das ist es nicht!« Sie stand wieder neben ihm, und ihre Finger berührten leicht seinen sonnenverbrannten Handrücken. »Ich kenne nur allzu gut die Bräuche des Landes. Das ist etwas, was jeden Tag vorkommen kann. Männer können es nicht ertragen, ihr ganzes Leben von der Welt abgeschlossen zu bleiben, und da geben sie einfach der Company Auftrag, Proviant für ein Jahr und eine Summe Geld zu zahlen – und das Mädchen ist zufrieden. Es dauert nicht lange, und ein Mann ...« Sie zuckte die Achseln. »So steht es auch mit dem Mädchen hier. Wir werden der Company Auftrag geben, sie mit Proviant zu versehen, nicht für ein Jahr – sondern auf Lebenszeit. Was war sie, als du sie fandest? Ein primitives, fleischfressendes Weib, Fische im Sommer, Elche im Winter – Überfluß, wenn es Nahrung genug gab, Hungersnot, wenn Mangel herrschte. Wärst du nicht gewesen, sie hätte weiter so gelebt. Gehst du, so ist sie glücklicher gewesen, weil du ihren Weg gekreuzt hast, und ihr bleibt die Gewißheit, daß sie in verhältnismäßiger Herrlichkeit leben und glücklicher sein kann, als wenn du nie gewesen wärst.«

»Nein, nein«, wandte er ein, »es ist doch Unrecht.«

»Sieh, David, du mußt verstehen. Sie ist nicht deinesgleichen. Sie gibt keine Rassengemeinschaft zwischen dir und ihr. Sie ist ein wildes Geschöpf, aus dem Boden des Landes gewachsen, und sie ist immer noch bodennahe, und es ist ihr unmöglich, sich von ihm zu lösen. Sie ist unter Wilden geboren, und eine Wilde wird sie bleiben bis zu ihrem Tod. Wir aber – du und ich – die herrschende, weitentwickelte Rasse –, wir sind das Salz der Erde, und wir sind die Herren der Erde! Wir sind füreinander geschaffen. Der höchste Ruf ist der der Rasse, und wir sind von einer Rasse. Vernunft und Gefühl sagen uns das. Selbst deine Instinkte fordern es. Das kannst du nicht leugnen. Du kannst nicht von den Generationen hinter dir loskommen. Du stammst von einem Geschlecht ab, das tausend Jahrhunderte gelebt hat und das nicht mit dir aufhören darf. Das kann es nicht – die Generationen hinter dir erlauben es nicht. Der Instinkt ist stärker als der Wille. Die Rasse ist mächtiger als du. Komm, David, laß uns gehen. Wir sind noch jung, und das Leben ist schön. Komm!«

Sein Blick fiel auf Winapie, die in diesem Augenblick aus der Hütte trat, um die Hunde zu füttern, und er schüttelte den Kopf und wiederholte schwach seine früheren Worte. Aber die Frau schlang ihm den Arm um den Hals und preßte ihre Wange gegen die seine. Sein trauriges Leben stand mit qualvoller Klarheit vor ihm – der aussichtslose Kampf mit den unbarmherzigen Kräften, die traurigen Jahre mit Frost und Hungersnot, das primitive Leben mit seinen schneidenden Disharmonien, die nagende Leere, die selbst das tierische Dasein nicht ausfüllen konnte. Und hier neben ihm – die Versuchung, die Stimme, die von lichteren, wärmeren Ländern, von Musik, Licht und Freude flüsterte und die Erinnerung an jene alten Tage wieder wachrief. Ganz unbewußt sah er das alles im Geiste. Gesichter umdrängten ihn, flüchtige Erinnerungen an vergessene Geschehnisse, an frohe Stunden, an Sang und klingendes Lachen.

»Komm, David, komm! Ich habe genug für uns beide. Der Weg liegt hell und licht vor uns.« Sie sah sich in der kahlen, karg ausgestatteten Hütte um. »Ich habe genug für uns beide, die Welt liegt uns zu Füßen, und alle Freuden des Lebens sind unser. Komm! Komm!«

Sie lag zitternd in seinen Armen, und er preßte sie an sich. Er stand auf ... Aber das Knurren der gefräßigen Hunde und die schrillen Rufe Winapies, die Frieden zwischen den Kämpfenden zu stiften suchte, ertönten gedämpft durch die dicken Balken herein. Und plötzlich sah er eine andere Szene vor sich. Einen Kampf im Wald – ein Grizzlybär mit gebrochenen Beinen, fürchterlich; das Knurren der Hunde und die schrillen Rufe Winapies, die sie zum Angriff zwang; und er sah sich selbst mitten in dem wilden Lärm, atemlos, stöhnend, wie er den roten Tod abzuwehren suchte. Hunde mit gebrochenem Rückgrat und herausgerissenen Eingeweiden, heulend in machtloser Qual und die unberührte Weiße des Schnees entheiligend, die sich rot vom Blut der Menschen und Tiere färbte; und Winapie, die sich jetzt in dieses entsetzliche Chaos stürzte, mit flatternden Haaren, mit blitzenden Augen, die verkörperte Raserei, und immer wieder das lange Jagdmesser schwang – der Schweiß brach ihm in großen Tropfen aus der Stirn.

Mit einem Ruck befreite er sich von der Frau, die sich an ihn klammerte, und taumelte gegen die Wand. Und sie, die wußte, daß der Augenblick gekommen, die aber nicht imstande war, zu erraten, was sich in ihm regte, sie fühlte, wie alles, was sie gewonnen hatte, im Begriff war ihren Händen zu entgleiten.

»David! David!« rief sie. »Ich lasse dich nicht. Ich lasse dich nicht. Wenn du nicht mit mir gehen willst, so bleiben wir hier. Ich will bei dir bleiben. Die Welt bedeutet für mich weniger als du. Ich will deine Frau sein – wie es die Frauen hier im Nordland sind. Ich will dir dein Essen bereiten, deine

Hunde füttern, die Schlittenspur für dich treten, mit dir rudern, ich kann es – glaube mir, ich bin stark.«

Und wie er dastand und sie, mit ausgestreckten Armen von sich abhaltend, anblickte, zweifelte er nicht daran; aber sein Antlitz war streng und bleich geworden, und die warme Glut in seinen Augen war verschwunden.

»Ich will Pierre und die andern Bootsleute bezahlen und fortschicken. Ich will hier bei dir bleiben – mit oder ohne Segen der Kirche – und dir überallhin folgen! David! David! Hör' mich an! Du sagtest, ich tat dir unrecht, und das tat ich auch – laß mich dafür büßen, laß mich büßen! Habe ich früher nicht verstanden, was Liebe ist, so laß mich zeigen, daß ich es jetzt weiß.« Sie warf sich zu Boden und umschlang schluchzend mit ihren Armen seine Knie. »Und du liebst mich ja! Du liebst mich! Besinne dich! All die langen Jahre, die ich gewartet und gelitten habe! Das wirst du nie fassen können!«

Er beugte sich zu ihr und hob sie auf.

»Hör!« sagte er gebieterisch, indem er die Tür öffnete und sie hinaustrug. »Es ist unmöglich. Wir dürfen nicht nur an uns denken. Du mußt gehen. Ich wünsche dir eine gute Reise. Sie wird recht beschwerlich werden, wenn du in die Nähe von Sixty Mile kommst, aber du hast die besten Bootsleute der Welt und brauchst dich nicht zu fürchten. Willst du mir Lebewohl sagen?«

Obwohl sie schnell ihre Selbstbeherrschung wiedergewonnen hatte, sah sie doch in tiefer Verzweiflung zu ihm auf.

»Wenn – wenn – Winapie ...«, begann sie mit zitternder Stimme und hielt dann inne.

Aber er erfaßte den unausgesprochenen Gedanken und antwortete: »Ja.« Dann ging ihm das Entsetzliche auf: »Du darfst nicht daran denken. Es ist unmöglich. Wir dürfen nicht daran denken.«

»Küsse mich!« flüsterte sie, und ihr Gesicht klärte sich auf. Dann wandte sie sich um und ging.

»Brechen Sie das Zelt ab, Pierre«, sagte sie zu dem Bootsführer, der wach gelegen und auf ihre Rückkehr gewartet hatte. »Wir müssen weiter!«

Beim Schein des Feuers sah er mit seinem scharfen Blick, wie zerquält ihr Gesicht war, aber er nahm den ungewöhnlichen Befehl entgegen, als sei es das natürlichste von der Welt.

»Oue, Madame«, sagte er zuvorkommend.

»Welchen Weg, Madame – nach Dawson?«

»Nein«, antwortete sie vollkommen ruhig und gleichmütig. »Aufwärts, nach Dyea ...«

Worauf er sich auf die schlafende Bootsmannschaft stürzte und sie mit Fußtritten aus ihren Decken herausbrachte. Murrend machten sie sich an ihre Arbeit, während seine Stimme, vor Eifer zitternd, über das ganze Lager scholl. Im Handumdrehen war das winzige Zelt Frau Saythers abgerissen, Töpfe und Pfannen zusammengepackt, Decken aufgerollt, und die Männer schwankten unter ihrer schweren Last zum Boot.

Hier am Ufer wartete Frau Sayther, bis alles Gepäck an Ort und Stelle verstaut und ihr Nest instandgesetzt war.

»Wir steuern nach oberes Ende von Insel«, erklärte Pierre, während er die lange Schleppleine klar machte. »Dann wir folgen den Kanal, wo das Wasser nicht so schnell, und ich denken, wir haben gute Fahrt.«

In diesem Augenblick fing sein scharfes Ohr das Geräusch von Schritten in dem trocknen vorjährigen Gras auf, und er wandte den Kopf. Die junge Indianerin kam, umgeben von einer ganzen Schar knurrender Wolfshunde. Frau Sayther bemerkte, daß das Gesicht des jungen Weibes, das während des ganzen Auftritts in der Hütte völlig schlaff und ausdruckslos gewesen war, jetzt vor Zorn flammte.

»Was du tun mein Mann?« fragte sie plötzlich, sich zu Frau Sayther wendend. »Ihn legen Bett, und ihn sehen krank aus – ganze Zeit. Ich sagen: ›Was ist, Dave? Du krank?‹ Aber ihn nicht sagen wollen. Dann ihn sagen: ›Gutes Mädchen Winapie, geh weg. Ich bald wieder gut.‹ Was du tun mein Mann, wie? Ich glauben, du schlechte Frau.«

Frau Sayther sah neugierig das Barbarenweib an, das teil hatte am Dasein dieses Mannes, während sie selbst allein in der Finsternis der Nacht fortziehen sollte.

»Ich glauben, du schlechte Frau«, wiederholte Winapie langsam und mechanisch wie jemand, der nach ungewohnten Worten in einer fremden Sprache sucht. »Ich glauben, es besser, du gehen weg, nicht kommen wieder, wie? Was du glaubst? Ich haben einen Mann. Ich Indianerfrau. Du Amerikanerfrau. Du schön anzusehen. Du finden viele Männer. Deine Augen blau wie Himmel. Deine Haut so weiß – so weich ...« Mit ihrem braunen Zeigefinger strich sie über die weiche Wange der andern. Und zu Karen Saythers Ehre sei gesagt, daß sie nicht zurückschauderte.

Pierre, der danebenstand, machte eine Bewegung, als wolle er auf sie zutreten. Aber sie bedeutete ihm, daß er gehen sollte.

Er trat ehrerbietig zurück, bis er außer Hörweite war, und dort stand er, brummte etwas vor sich hin und überlegte, wie weit die Entfernung in Sprüngen sein mochte.

»Ihn weiß, ihn weich wie kleines Kind«, Winapie strich über die Wange der andern und zog dann die Hand zurück. »Bald Moskitos kommen. Haut tun weh in Flecken; ihn schwellen, auch so sehr, ihn tun weh, ach so viel! Menge Moskitos, Menge Flecken. Ich glauben, du lieber reisen, ehe Moskitos kommen den Weg.« Sie zeigte den Fluß hinab. »Du gehen St. Michael; den Weg.« Sie zeigte den Fluß hinauf. »Besser du gehen Dyea. Leb wohl.«

Aber da tat Karen Sayther etwas, das Pierres tiefste Verwunderung erregte: Sie schlang die Arme um die Indianerin, küßte sie und brach in Tränen aus. »Sei gut zu ihm. Sei gut zu ihm!« rief sie.

Dann ließ sie sich den steilen Uferhang hinabgleiten, rief noch einmal: »Lebe wohl!« und sprang ins Boot. Pierre folgte ihr und warf los. Er hakte das Steuerruder ein und gab das Zeichen. Gloire stimmte ein altes französisches Chanson an, die Bootsleute, die im Sternenlicht wie eine Reihe Gespenster aussahen, warfen sich mit gebogenem Rücken in die Schleppleine. Das Steuerruder durchschnitt die schwarze Strömung, und das Boot schoß in die Nacht hinein.

Liwan, die Schöne

»Die Sonne sinkt, Canim, und die Hitze des Tages ist vorbei!« So rief Li Wan ihrem Mann zu, dessen Kopf in dem Eichhörnchenfellgewand verborgen war, aber sie rief es so leise, als wanke sie zwischen der Pflicht, ihn zu wecken, und der Furcht vor ihm, wenn er erwachte. Denn sie fürchtete ihren großen Gatten, der keinem der Männer glich, die sie gekannt hatte.

Das Elchfleisch prasselte über dem Feuer, und sie stellte die Bratpfanne neben die rote Glut. Dabei warf sie einen vorsichtigen Blick auf die beiden Hudsonbuchthunde, von deren scharlachroten Zungen gierig der Geifer troff und die jeder ihrer Bewegungen folgten. Es waren mächtige zottige Gesellen, die auf der vom Wind geschützten Seite des Feuers in dem dünnen Rauch zusammengekauert lagen, um den schwärmenden Myriaden von Moskitos zu entgehen. Als Li Wan den Hang hinabblickte, dorthin, wo der Klondike seine angeschwollenen Fluten zwischen den steilen Ufern dahinwälzte, schlängelte sich einer der Hunde wie ein Wurm vorwärts und warf mit einem geschickten, katzenartigen Pfotenschlag ein Stück des heißen Fleisches auf den Boden. Aber Li Wan stellte ihn auf frischer Tat und gab ihm mit einem Holzscheit einen Schlag über die Schnauze, so daß er schnappend und knurrend zurücksprang.

»Nein, Olo«, lachte sie und hob das Fleisch auf, ohne ihn aus den Augen zu lassen. »Du bist immer hungrig, und dann bringt deine Nase dich in endlose Unannehmlichkeiten.«

Aber Olos Kamerad gesellte sich zu ihm, und gemeinsam trotzten sie der Frau. Die Haare sträubten sich ihnen auf Rücken und Schultern, sie verzerrten und fletschten die dünnen Lippen und entblößten die grausam drohenden Fleischfresser-Fangzähne. Sie knurrten wie Wölfe mit all dem Haß und der ganzen Bosheit ihrer Rasse, bereit, sich auf die Frau zu stürzen und sie zu Boden zu reißen.

»Und du auch, Bash? Du bist so wild wie dein Herr und beugst dich nie der Hand, die dich füttert! Dies ist nicht deine Sache, darum nimm dies! Und das!«

Dies rufend, schlug sie mit dem Scheit nach ihnen, aber sie wichen den Schlägen aus, ohne sich zurückzuziehen. Sie trennten sich und näherten sich je von einer Seite, kriechend und knurrend. Li Wan rang mit dem Wolfshund um die Herrschaft seit der Zeit, da sie zwischen den Fellballen der Teepee herumgezottelt war, und sie wußte, daß eine Krise bevorstand. Bash hatte haltgemacht, seine Muskeln strafften sich zum Sprung; Olo kroch noch in Reichweite ihres Schlages.

Sie ergriff zwei qualmende Scheite an den verkohlten Enden und trat den Bestien entgegen. Die eine hielt sich zurück, aber Bash sprang zu, und ihre brennende Waffe traf ihn in der Luft, ein scharfes Schmerzgeheul ertönte, und der Geruch von verbranntem Haar und Fleisch machte sich bemerkbar, während das Tier in den Schmutz rollte und die Frau ihm den schwelenden Scheit in den Rachen stieß. Wild schnappend warf er sich zur Seite und suchte in fast wahnsinniger Furcht das Weite. Olo hatte schon seinen Rückzug begonnen, als Li Wan ihn an ihre Übermacht gemahnte, indem sie ihm ein schweres Holzscheit in die Rippen jagte. Unter einem Regen von Brennholz zog sich das Paar zurück und begann sich am Rande des Lagerplatzes, abwechselnd wimmernd und knurrend, die Wunden zu lecken.

Li Wan blies die Asche vom Fleisch und setzte sich wieder. Ihr Herz hatte nicht schneller geschlagen, sie war solche Zwischenfälle gewohnt, sie gehörten mit zu ihrem täglichen Leben. Canim hatte sich bei dem Lärm nicht gerührt, sondern nur kräftig geschnarcht.

»Komm, Canim!« rief sie. »Die Hitze des Tages ist vorüber, und der Weg wartet auf uns.«

Das Eichhörnchenfell geriet in Bewegung und wurde durch einen braunen Arm beiseite geworfen. Das Augenlid des Mannes zuckte und senkte sich wieder. Seine Last ist schwer, dachte sie, und er ist noch müde von der Morgenarbeit.

Ein Moskito stach sie in den Nacken, und sie betupfte sich die ungeschützte Stelle mit feuchtem Lehm aus einem Klumpen, den sie immer zur Hand hatte. Den ganzen Morgen hatten sich Mann und Frau, während sie sich, in eine

Wolke dieser Pest eingehüllt, zur Wasserscheide hinaufge-
schleppt hatten, mit dieser klebrigen Masse beschmiert, die in
der Sonne trocknete und ihre Gesichter mit einer Lehmmaske
bedeckte. Diese Masken rissen an verschiedenen Stellen durch
die Bewegung der Gesichtsmuskeln und mußten beständig
erneuert werden, so daß der Überzug unregelmäßig stark und
von seltsamem Aussehen war.

Li Wan schüttelte Canim sanft, aber anhaltend, bis er völlig erwachte und sich aufsetzte. Sein erster Blick galt der Sonne, und nachdem er die Himmelsuhr befragt hatte, beugte er
sich über das Feuer und machte sich gierig über das Fleisch
her. Er war ein großer Indianer, volle sechs Fuß hoch, mit
breiter Brust und schweren Muskeln, und seine Augen blickten kühner und zeugten von einer Geisteskraft, wie sie bei
seiner Rasse selten ist. Linien, von Energie geprägt, hatten
tiefe Furchen in sein Antlitz gegraben und ließen einen Mann
erkennen, der gewohnt war, seinen Willen unerschütterlich
durchzusetzen und Versuchen, ihn zu durchkreuzen, mit
tückischer Grausamkeit zu begegnen.

»Morgen, Li Wan, werden wir ein Festessen haben.«

Er saugte einen Markknochen aus und warf ihn den Hunden zu. »In Speck gebratene Pfannkuchen und, was noch
besser schmeckt, Zucker ...«

»Pfannkuchen?« fragte sie, das Wort neugierig genießend.

»Ja«, antwortete Canim überlegen, »und ich werde dir neue
Kochkünste beibringen. Die Dinge, von denen ich spreche,
kennst du nicht und vieles andere auch nicht. Du hast deine
Tage in einem kleinen entlegenen Winkel verlebt und weißt
nichts. Ich aber«, er richtete sich auf und blickte sie stolz an,
»ich bin ein großer Wanderer und war überall, selbst unter
den Weißen, und ich kenne ihre Gebräuche und die vieler
anderer Völker. Ich bin kein Baum, der immer auf demselben
Platz steht und nicht weiß, was hinter dem nächsten Hügel
liegt; ich bin Canim, das Kanu, geschaffen, hierhin und dorthin zu wandern und die Welt der Länge und Breite nach zu
durchreisen und zu durchforschen.«

Sie neigte demütig ihr Haupt. »Es ist wahr. Ich habe all
meine Tage Fisch, Fleisch und Beeren gegessen und in einem

kleinen Winkel gelebt. Ich ließ mir nicht träumen, daß die Welt so groß war, bis du mich meinem Volke entführtest und ich auf endlosen Wegen für dich kochte und Lasten trug.«

Sie sah plötzlich zu ihm auf.

»Sag mir, hat dieser Weg nie ein Ende?«

»Nein«, antwortete er. »Mein Weg gleicht der Welt, er endet nie. Mein Weg ist die Welt, ich befahre ihn, seit meine Füße mich tragen konnten, und ich werde ihn wandern, bis ich sterbe. Mein Vater und meine Mutter sind vielleicht tot – es ist lange her, seit ich sie sah –, aber ich mache mir nichts daraus. Mein Stamm ist wie der deine. Er bleibt auf demselben Fleck, weit von hier, aber ich mache mir nichts aus meinem Stamm, denn ich bin Canim, das Kanu!«

»Und muß ich, Li Wan, so müde ich bin, immer deinen Weg wandern, bis ich sterbe?«

»Du, Li Wan, bist mein Weib, und das Weib wandert den Weg des Gatten, wohin er auch führt. So ist das Gesetz. Und wäre es nicht so, so würde es doch Canims Gesetz sein, der sich selbst und den Seinen die Gesetze gibt.«

Wieder neigte sie ihr Haupt, denn sie kannte kein anderes Gesetz, als daß der Mann der Herr des Weibes sei.

»Beeile dich nicht«, warnte er sie, als sie die spärlichen Ausrüstungsgegenstände in ein Bündel zusammenzuschnüren begann. »Die Sonne brennt noch heiß, der Weg führt bergab und ist gut.«

Sie ließ gehorsam von ihrer Arbeit ab und setzte sich wieder.

Canim betrachtete sie mit forschenden Blicken. »Du kauerst nicht nieder wie andere Frauen?« bemerkte er.

»Nein«, sagte sie. »Es ermüdet mich, und ich kann in der Stellung nicht ausruhen.«

»Und warum zeigen deine Füße nicht geradeaus?«

»Das weiß ich nicht. Ich weiß nur, daß sie anders als die Füße unserer Frauen sind.«

Ein zufriedenes Leuchten blitzte in seinen Augen auf, sonst aber gab er kein Zeichen.

»Gleich dem anderer Frauen ist dein Haar schwarz; aber weißt du, daß es weich und fein ist, weicher und feiner als das anderer Frauen?«

»Ich habe es bemerkt«, erwiderte sie kurz, denn sie war verwirrt von einer solchen kalten Erwähnung ihrer weiblichen Mängel.

»Es ist jetzt ein Jahr her, seit ich dich deinem Volk entführte«, fuhr er fort, »und du bist noch beinahe ebenso scheu und furchtsam vor mir wie damals, als meine Augen zum erstenmal auf dir ruhten. Woher kommt das?«

Li Wan schüttelte den Kopf. »Ich fürchte mich vor dir, Canim, du bist so stark und fremd. Und dann: Bevor du deine Blicke auf mich warfst, fürchtete ich mich vor allen jungen Leuten. Ich weiß nicht – ich kann nicht sagen ... Aber mir scheint, ich weiß nicht wieso, als wäre ich nicht für sie geschaffen, als wäre ich ...«

»Nun?« ermutigte er sie ungeduldig.

»Als wären sie nicht von meiner Art.«

»Nicht von deiner Art?« fragte er langsam.

»Ich weiß nicht, ich ...« Sie schüttelte verwirrt den Kopf. »Ich kann nicht in Worte kleiden, was ich empfand. Es war ein Gefühl von Fremdheit in mir. Ich war anders als andere Mädchen, die die jungen Männer im geheimen aufsuchten. Ich konnte mir nichts aus den jungen Männern auf diese Weise machen. Es schien mir, als wäre es ein großes Unrecht, eine schlechte Handlung.«

»Was ist deine früheste Erinnerung?« fragte Canim plötzlich ohne Übergang.

»An Pow-Wah-Kaan, meine Mutter.«

»Und nichts vor Pow-Wah-Kaan?«

»Nichts.«

Aber Canim hielt ihren Blick mit dem seinen fest, suchte im Innersten ihrer Seele und sah sie schwanken.

»Denk nach, denk scharf nach, Li Wan!« drohte er. Sie stammelte, und ihre Augen flehten um Mitleid, aber sein Wille beherrschte sie und entrang die Worte ihrem widerstrebenden Munde.

»Aber es waren nur Träume, Canim, böse Träume meiner Kindheit, Schatten unwirklicher Dinge, Geschichte, ähnlich wie Hunde sie wimmernd sehen, wenn sie in der Sommerhitze schlafen.«

»Erzähle von diesen Dingen!« befahl er.

»Es sind vergessene Gedanken«, wandte sie ein. »Als Kind träumte ich wach, die offenen Augen dem Tag zugewandt, und wenn ich von den seltsamen Dingen sprach, die ich sah, lachte man mich aus, und die andern Kinder fürchteten sich und zogen sich vor mir zurück. Und wenn ich von dem, was ich sah, zu Pow-Wah-Kaan sprach, so schalt sie mich aus und sagte, es sei häßlich; sie schlug mich auch deswegen. Es war eine Krankheit, glaube ich, wie die Fallsucht, die alte Männer befällt, und allmählich ging es mir besser, und ich träumte nicht mehr. Und jetzt – kann ich mich nicht mehr darauf besinnen.« Sie hob verwirrt die Hand an die Stirn. »Hier irgendwo stecken sie, aber ich kann sie nicht finden, nur ...«

»Nur?« wiederholte Canim und hielt sie fest.

»Nur eines. Aber du wirst über meine Torheit lachen, es ist so unwahrscheinlich.«

»Nein, Li Wan. Träume sind Träume. Sie mögen Erinnerungen an andere Leben sein, die wir lebten. Ich war einst ein Elch. Ich glaube ganz fest, daß ich einst ein Elch war, wenn ich daran denke, was ich in Träumen gesehen und gehört habe.«

So sehr er sich auch bemühte, sie zu verbergen, offenbarte sich doch eine immer wachsende Ängstlichkeit in ihm, aber Li Wan, die nach Worten suchte, in die sie ihre Gedanken kleiden konnte, bemerkte es nicht.

»Ich sehe einen Platz mit festgestampftem Schnee zwischen den Bäumen«, begann sie, »und im Schnee die Fährte eines Mannes, der sich schwer auf Händen und Füßen weiterschleppt. Und ich sehe auch den Mann im Schnee, und wenn ich ihn sehe, scheint es mir, als sei ich ihm ganz nahe. Er sieht nicht so aus wie andere Männer, denn er hat Haar im Gesicht, viel Haar, und das Haar auf seinem Gesicht und seinem Kopf ist gelb wie das Sommerkleid eines Wiesels. Seine Augen sind geschlossen, aber sie öffnen sich und suchen umher. Sie sind blau wie der Himmel und schauen in die meinen und suchen nicht mehr. Und seine Hand bewegt sich langsam wie in großer Schwäche, und ich fühle ...«

»Nun«, flüsterte Canim heiser. »Du fühlst ...«

»Nein, nein!« schrie sie hastig. »Ich fühle nichts. Sagte ich ›fühle‹? Ich meinte es nicht. Es kann nicht sein, daß ich es fühlte. Ich sehe und sehe nur, und alles, was ich sehe, ist – ein Mann im Schnee, mit Augen wie der Himmel und Haaren wie das Wiesel. Ich sah es oft und immer dasselbe – ein Mann im Schnee ...«

»Und siehst du dich selber?« fragte er, indem er sich vorbeugte und sie fest anblickte. »Siehst du je dich selber und den Mann im Schnee?«

»Warum sollte ich mich sehen? Bin ich nicht wirklich?«

Seine Muskeln erschlafften, und er ließ sich zurücksinken, mit großer Befriedigung in den Augen, die er von ihr wandte, damit sie sie nicht sah.

»Ich will dir etwas sagen, Li Wan!« sprach er mit Entschiedenheit. »In einem früheren Leben, als du dies sahst, warst du ein Vögelchen, und die Erinnerung hieran lebt noch in dir. Das ist nicht seltsam. Ich war einst ein Elch, und meines Vaters Vater wurde ein Bär nach seinem Tode, so sagte der Schamane, und der Schamane lügt nicht. So gleiten wir von Leben zu Leben auf den Pfaden der Götter, und nur die Götter wissen und verstehen. Träume und Schatten von Träumen sind Erinnerungen, nichts weiter, und der Hund, der in der Sonnenhitze im Schlaf wimmert, erinnert sich zweifellos an längst geschehene Dinge. Bash hier war einst ein Krieger. Ich glaube fest, daß er ein Krieger war.«

Canim warf dem Tier einen Knochen zu und erhob sich. »Komm, laß uns aufbrechen. Es ist noch heiß, aber es wird nicht kühler werden.«

»Und diese Weißen, wie sind sie?« fragte Li Wan plötzlich.

»Sie sind wie du und ich«, erwiderte er, »nur ist ihre Haut heller. Ehe der Tag stirbt, wirst du bei ihnen sein.«

Canim band seinen Schlafsack an seinen anderthalb Zentner schweren Packen, bestrich das Gesicht mit nassem Lehm und setzte sich, um sich auszuruhen, bis Li Wan die Hunde beladen hatte. Olo kroch beim Anblick des Knüttels in ihrer Hand zusammen und machte keine Schwierigkeiten, als ihm das vierzig Pfund schwere Bündel auf den Rücken geschnallt wurde. Bash jedoch war gekränkt und schlechter Laune und wimmerte und knurrte, als die Last ihm aufgeladen wurde. Er krümmte den Rücken, fletschte die Zähne, als Li Wan die Riemen anzog, während die ganze Heimtücke seiner Natur aus seinen Blicken blitzte, die er ihr von der Seite zuwarf. Und Canim lachte. »Hab ich nicht gesagt, daß du einst ein großer Krieger warst?«

»Diese Felle werden einen guten Preis bringen«, bemerkte er, indem er sich den Kopfriemen zurechtrückte und seinen Packen vom Boden aufhob. »Einen großen Preis. Die weißen Männer zahlen gut für solche Ware, denn sie haben keine Zeit zu jagen und sind zu empfindlich gegen die Kälte. Bald werden wir Festschmaus halten, Li Wan, wie noch nie in allen deinen früheren Leben.«

Sie murmelte ihre Anerkennung für die Leutseligkeit ihres Herrn, schlüpfte ins Geschirr und beugte sich unter der Last vorwärts.

»Das nächste Mal möchte ich als weißer Mann zur Welt kommen«, fügte er hinzu und schwang sich den Weg hinab, der in die Schlucht zu seinen Füßen mündete.

Die Hunde folgten ihm rasch auf den Fersen, und Li Wan beschloß den Zug. Aber ihre Gedanken waren weit fort, jenseits der Gletscher im Osten, bei dem kleinen Fleck Erde, wo sie ihre Kindheit verlebt hatte. Als Kind schon, dessen erinnerte sie sich wohl, hatte man sie stets als etwas Merkwürdiges angesehen, wie eine, die von einem Leid heimgesucht war. Tatsächlich hatte sie wachend geträumt und war gescholten und geschlagen worden wegen der seltsamen Geschichten, die sie hatte, bis sie ihnen mit der Zeit entwachsen war. Aber nicht ganz. Wenn sie sie auch nicht mehr im Wachen beunruhigten, so kamen sie doch, so erwachsen sie jetzt war, im Schlaf zu ihr, und manche Nacht wurde sie von diesem von flatternden Gestalten erfüllten, unbestimmten, sinnlosen Alp bedrückt. Das Gespräch mit Canim hatte sie angeregt, und den ganzen Weg, den unebenen Hang der Wasserscheide hinab, lauschte sie den neckischen Phantasien ihrer Träume.

»Wir wollen uns verschnaufen«, sagte Canim, als sie die Hälfte des Weges zurückgelegt und das Bett des Hauptflusses erreicht hatten. Er stützte seinen Packen auf einen Felsvorsprung, streifte den Kopfriemen ab und ließ sich nieder. Li Wan folgte seinem Beispiel, und die Hunde streckten sich keuchend aus. Zu ihren Füßen rauschte die eisige Flut der Berge, aber sie war schmutzig und mißfarben, als ob jemand die Erde aufgewühlt und das Wasser dadurch verunreinigt hätte.

»Woher kommt das?« fragte Li Wan.

»Weil die Weißen in der Erde arbeiten. Hörst du?«

Er hob die Hand, und sie hörten den Klang von Hacke und Spaten und den Ton menschlicher Stimmen. »Sie sind verrückt nach Gold und arbeiten unablässig, um es zu finden. Gold? Das ist etwas Gelbes, wird in der Erde gefunden und gilt als sehr wertvoll. Es dient auch als Geld.

Aber Li Wans umherschweifende Blicke hatten ihre Aufmerksamkeit abgelenkt. Einige Schritte abwärts, halb verborgen hinter einer Gruppe junger Tannen, erhoben sich die Querbalken und das vorspringende Dach einer Hütte. Ein Schauer durchrieselte sie, und all ihre Traumgesichter erhoben sich und regten sich unruhig.

»Canim«, flüsterte sie in Angst und Qual, »Canim, was ist das?«

»Das Zelt des weißen Mannes, in dem er ißt und schläft.«

Sie betrachtete es schweigend, übersah seine Vorzüge mit einem Blick und zitterte wieder bei den unerklärlichen Gefühlen, die es in ihr wachrief.

»Es muß sehr warm bei Frostwetter sein«, sagte sie laut, obgleich ihr war, als ob ihre Lippen fremdartige Laute bilden müßten.

Sie fühlte den Drang, sie auszusprechen, tat es aber nicht, und im nächsten Augenblick sagte Canim: »Es wird Hütte genannt.«

Ihr Herz sprang heftig. Das waren die Laute! Eben das! In plötzlichem Erschrecken sah sie sich um. Wie konnte sie dieses seltsame Wort kennen, ehe sie es noch gehört hatte? Wie konnte das sein? Und dann wußte sie plötzlich, zwischen Furcht und Entsetzen schwankend, daß zum ersten Male in ihrem Leben Sinn und Bedeutung in dem gelegen hatte, was ihre Träume ihr zugeflüstert hatten.

»Hütte«, wiederholte sie bei sich. »Hütte – Hütte.« Ein Gewirr undeutlicher Traumbilder wirbelte um sie auf, bis ihr Kopf schwirrte und das Herz zu springen drohte. Schatten, ungewisse Gestalten und unverständliche Gedankenverbindungen flatterten und wirbelten durcheinander, und vergebens suchte sie, sie in ihr Bewußtsein zu zwingen und festzuhalten. Denn sie fühlte, daß hier, in diesem Chaos von Erinnerungen, der Schlüssel des Geheimnisses lag; wenn sie ihn nur fassen und halten konnte, so mußte alles klar und verständlich werden. O Canim! O Pow-Wah-Kaan! O Schatten und Phantome, was bedeutet das alles?

Sprachlos und zitternd wandte sie sich zu Canim. Sie war krank und halb ohnmächtig und konnte nur den berauschenden Tönen lauschen, die in wundersamem Rhythmus aus der Hütte drangen. In ihrer Ekstase erschien es ihr, als ob alles sich endlich klären müßte. – Jetzt! Jetzt! Tränen rannen über ihre Wangen herab. Das Geheimnis erschloß sich, aber ihre Schwäche übermannte sie. Wenn sie sich nur noch lange genug aufrecht halten konnte! Wenn nur ... Aber die Landschaft senkte und hob sich, und die Hügel schwankten am Himmel auf und nieder, als sie aufsprang und rief: »Väterchen! Väterchen!« Dann schwankte die Sonne, Finsternis schlug sie, und sie fiel kraftlos zwischen den Felsblöcken vornüber.

Canim überzeugte sich, daß ihr Hals nicht durch das schwere Bündel gebrochen war, brummte zufrieden und bespritzte sie mit Wasser aus dem Fluß. Langsam kam sie unter erstickendem Schluchzen zu sich und setzte sich auf.

»Es ist nicht gut, wenn die Sonne einem so heiß auf den Kopf scheint«, meinte er.

Sie antwortete: »Nein, es ist nicht gut, und die harte Last drückt mich schwer.«

»Wir werden früh unser Lager aufschlagen, so daß du lange schlafen kannst und wieder zu Kräften kommst«, sagte er freundlich. »Und wenn wir jetzt gehen, werden wir um so eher zur Ruhe kommen.«

Li Wan sagte nichts, gehorsam erhob sie sich, wenn auch schwankend, und jagte die Hunde auf. Mechanisch folgte sie seinen Schritten, und als sie an der Hütte vorbeikam, wagte sie kaum zu atmen. Aber kein Ton drang heraus, obgleich die Tür offenstand und Rauch aus dem Schornstein aus dünnem Eisenblech entstieg.

An der Biegung des Flusses stießen sie auf einen Mann. Seine Haut war weiß, und er hatte blaue Augen, und einen Augenblick war es Li Wan, als sähe sie den andern Mann im Schnee. Aber sie sah ihn nur verschwommen, denn sie war schwach und müde von allem, was geschehen war. Dennoch blickte sie ihn neugierig an und blieb neben Canim stehen, um ihn arbeiten zu sehen. Mit einer regelmäßig wiederkehrenden, wippenden Bewegung wusch er Sand in einer großen Pfanne, und während sie zusahen, gab er ihr einen gewandten Schwung, so daß sich das gelbe Gold in einem breiten Streifen quer über den Boden der Pfanne legte.

»Dieser Fluß ist sehr reich«, erzählte ihr Canim im Weitergehen. »Eines schönen Tages werde ich einen ebensolchen Fluß finden, und dann werde ich ein mächtiger Mann.«

Hütten und Menschen wurden häufiger, bis sie an eine Stelle kamen, wo der Hauptarm des Flusses vor ihnen lag. Es war ein Schauplatz großer Verwüstung. Überall war die Erde umgepflügt und zerrissen wie nach einer Titanenschlacht. Wo sich nicht aufgeworfene Kieshügel erhoben, gähnten tiefe Löcher; Risse und Spalten, wo die dicke Erdschicht bis zum Felsgrund abgeschält war. Der Fluß strömte nicht in seinem Bett, das Wasser war abgedämmt und abgeleitet, sickerte in Senkgruben und tiefgelegene Stellen und wurde, durch riesige Wasserräder gehoben, tausend- und abertausendmal ausgenützt. Die Hügel waren ihrer Bäume beraubt, und ihre bloßgelegten Flanken waren von großen Holzgleitbahnen durchschnitten. Und über allem breitete sich wie ein ungeheures Ameisenheer eine Schar von Männern aus – von Männern, die zu den selbstgegrabenen Löchern hinein- und herauskrabbelten und schwitzend an den großen Sandhaufen arbeiteten, die sie in beständiger Bewegung hielten. Männer, so weit das Auge reichte, bis zu den Hängen der Hügel, Männer, die das Antlitz der Natur zerfurchten und zerrissen. Li Wan war entsetzt über diese ungeheure Umwälzung. »Wahrhaftig, diese Männer sind verrückt«, sagte sie zu Canim.

»Was für ein Wunder! Das Gold, nach dem sie graben, ist etwas Großes«, erwiderte er. »Es ist das Größte in der Welt.«

Stundenlang wanderten sie durch dieses Chaos der Habgier, Canim eifrig und aufmerksam, Li Wan schwach und teilnahmslos. Sie wußte, daß sie am Rand der Enthüllung gewesen war, und fühlte, daß sie sich immer noch am Rand der Enthüllung befand, aber die Erregung, die sie durchgemacht, hatte sie ermüdet, und sie wartete passiv auf das Ereignis, das eintreten mußte, ohne daß sie wußte, was es war. Von überallher erfaßten ihre Sinne zahllose Eindrücke, und jeder einzelne wurde ihr zu einem wirren Anreiz ihrer erschöpften Einbildungskraft. Irgendwo aus ihrem Innern kam die Antwort auf die sie umgebenden Dinge, vergessene und ungeahnte Zusammenhänge wurden erneuert, und sie wurde dessen in einer schlaffen, gleichgültigen Weise gewahr; ihre Seele war verwirrt, aber sie war den geistigen Anforderungen nicht gewachsen, um die Dinge deuten zu können. So trottete sie müde weiter hinter ihrem Herrn her und begnügte sich mit dem Bewußtsein, daß das, was sie erwartete, irgendwo und irgendwie einmal geschehen müsse.

Nachdem der Strom die wahnsinnige Sklaverei der Menschen erduldet hatte, kehrte er schließlich zu seiner alten Art zurück, jedoch völlig beschmutzt und getrübt von seiner Fron, und schlängelte sich träge zwischen den Niederungen und Wäldern dahin, zu denen sich das Tal in der Nähe der Mündung weitete. Hier führte der Boden kein Gold mehr, und die Männer hatten nicht Lust, sich weiterlocken zu lassen. Und hier war es, wo Li Wan, als sie stehenblieb, um Olo mit ihrem Stock anzutreiben, den weichen Silberklang eines Frauenlachens hörte.

Vor einer Hütte saß eine Frau mit schöner Haut und rosig wie ein Kind und lachte mit Grübchen in den Wangen über Worte einer andern Frau in der Tür. Aber die sitzende Frau schüttelte die schwere Masse ihres schwarzen, nassen Haares, das unter der warmen Liebkosung der Sonne seine Feuchtigkeit verströmte.

Einen Augenblick blieb Li Wan wie angewurzelt stehen. Da sah sie ein blendendes Aufblitzen und fühlte ein Schnappen, als ob etwas nachgab. Darauf verschwanden die Frau vor der Hütte und die Hütte selbst, die hohen Fichten und der gezackte Horizont, und Li Wan sah eine andere Frau im Schnee einer anderen Sonne, die die schwere Masse ihres schwarzen Haares bürstete und beim Bürsten sang. Und Li Wan hörte die Worte des Liedes und verstand sie und war wieder Kind. Sie hatte eine Erscheinung, in der all die verwirrenden Träume verschmolzen und eins wurden, und Gestalten und Schatten nahmen ihren gewohnten Platz ein, und alles wurde klar und deutlich und wirklich. Viele Bilder rollten vorbei, fremde Szenen und Bäume und Blumen und Menschen, und sie sah sie und kannte sie alle.

»Als du ein Vögelchen warst«, sagte Canim, und seine Augen bohrten sich in die ihren.

»Als ich ein Vögelchen war«, flüsterte sie so schwach und leise, daß er es kaum hörte. Und sie wußte, daß sie log, als sie den Kopf gegen den Riemen stemmte und weiterschritt. Und so seltsam war alles, daß die Wirklichkeit jetzt unwirklich wurde. Die meilenweite Wanderung und das Aufschlagen des Lagers am Flußufer erschienen ihr wie ein Erlebnis in einem Nachtspuk. Sie kochte Fleisch, fütterte die Hunde und lud die Packen ab wie im Traum und kam erst wieder zu sich, als Canim von seinen nächsten Reisen zu sprechen begann.

»Der Klondike mündet in den Yukon«, sagte er. »Das ist ein mächtiger Strom, größer als der Mackenzie, den du kennst. Dann gehen wir beide, du und ich, nach Fort Yukon hinab. Mit den Hunden im Winter sind es zwanzig Tagesmärsche. Dann folgen wir dem Yukon nach Westen – hundert bis zweihundert Tage. Ich habe nie genau gehört, wieviel es sind, aber es ist sehr weit. Und dann endlich kommen wir ans

Meer. Du kennst das Meer nicht, so lasse mich dir davon erzählen: Wie ein See zu einer Insel, so verhält sich das Meer zum Festland. Alle Ströme fließen ihm zu, es ist ohne Ende.

Ich habe es an der Hudsonbucht gesehen, und ich werde es noch bei Alaska sehen. Und dann können wir in einem großen Kanu aufs Meer fahren, du und ich, Li Wan, oder wir können dem Land viele hundert Tage südlich folgen. Und weiter weiß ich nichts mehr, außer daß ich Canim, das Kanu, bin, der weit über die Erde wandert und schweift.«

Sie saß lauschend da, und Furcht schlich sich in ihr Herz, als sie an die grenzenlose Wildnis dachte, in die sie sich stürzen sollte. »Es ist ein schwerer Weg«, war alles, was sie sagte, während sie den Kopf ergeben auf die Knie sinken ließ.

Und dann hatte sie einen prachtvollen Einfall, einen so wunderbaren, daß sie ganz Feuer und Flamme wurde. Sie schritt zum Fluß hinab und wusch sich den getrockneten Lehm vom Gesicht. Und als das Wasser wieder still geworden war, blickte sie lange auf das Spiegelbild ihrer Züge. Jedoch Sonne und Wetter hatten ihre Arbeit getan, und die Rauheit und der Bronzeton ihrer Haut zeigten nicht die Weichheit und die Grübchen eines Kindes. Aber der Einfall war doch prachtvoll, und als sie wieder neben ihrem Gatten unter das Schlaffell kroch, war sie immer noch gleich freudig erregt.

Wach lag sie da, starrte in den blauen Himmel hinauf und wartete darauf, daß Canim fest eingeschlafen wäre.

Als dies geschehen war, kroch sie langsam und vorsichtig fort, stopfte das Schlaffell fest um ihn und stand auf. Als sie den zweiten Schritt tat, knurrte Bash wild. Sie sprach ihm flüsternd zu und blickte auf den Mann. Canim schnarchte tief. Dan wandte sie sich um und eilte mit schnellen, geräuschlosen Schritten den Weg, den sie gekommen, zurück.

*

Frau Evelyn van Wyck wollte sich gerade zu Bett begeben. Müde der Pflichten, die das Gesellschaftsleben, ihr Reichtum und ihr Witwentum ihr auferlegten, war sie nach dem Norden gereist und darauf verfallen, sich in einer gemütlichen Hütte am Rand des Minenlagers häuslich niederzulassen. Mit Hilfe ihrer Freundin und Genossin Myrtle Giddings spielte sie ein

erdnahes Leben und pflegte das Primitive mit einer Hinge-
bung, die sie mit ihrer ganzen Verfeinerung würzte.

Sie war bestrebt, sich von den Generationen der überfei-
nerten Kultur loszureißen, und suchte die enge Verbindung
mit der Erde, die ihre Vorfahren längst aufgegeben hatten.
Auch geistig glaubte sie aufrichtig, sich der Art des Steinzeit-
menschen zu nähern, und gerade jetzt, als sie ihr Haar für die
Nacht aufsteckte, frönte sie ihrer Phantasie, indem sie sich
eine paläologische Liebeswerbung vorstellte. Die Einzelheiten
dieser Phantasie bestanden hauptsächlich aus Höhlenwoh-
nungen und gespaltenen Markknochen, wilden Raubtieren,
zottigen Mammuts und Kämpfen mit roh zugehauenen Feu-
ersteinmessern. Aber die Erregung war bezaubernd. Und als
Evelyn van Wyck gerade durch die finsteren Laubengänge des
Waldes vor den allzu glühenden Angriffen ihres fellbekleide-
ten Verehrers mit niederer Stirn floh, öffnete sich die Tür der
Hütte, ohne daß jemand die Höflichkeit besessen hätte, anzu-
klopfen, und herein trat ein fellbekleidetes wildes Weib.

»Herrgott!«

Mit einem Sprung, der einer Höhlenbewohnerin Ehre
gemacht haben würde, landete Fräulein Giddings hinter dem
Tisch. Aber Frau von Wyck wich nicht. Sie bemerkte, daß der
Eindringling sich in großer Aufregung befand, und warf einen
raschen Blick nach rückwärts, um sich zu vergewissern, daß
der Weg zu ihrem Bett frei war, unter dessen Kissen der große Coltrevolver lag.

»Sei gegrüßt, o Frau mit dem wunderbaren Haar«, sagte Li
Wan.

Aber sie sagte es in ihrer eigenen Sprache, die nur an einem ganz kleinen Fleck der Erde gesprochen wurde, und die
beiden Frauen verstanden sie nicht.

»Soll ich Hilfe holen?« fragte Fräulein Giddings zitternd.

»Das arme Geschöpf ist harmlos, glaube ich«, antwortete
Frau van Wyck. »Und sieh nur ihre Fellkleider, wie zerlumpt
und zerschlissen sie sind. Sie sind sicher einzig in ihrer Art.
Ich kaufe sie mir für meine Sammlung. Hol bitte meinen
Beutel mit Goldstaub, Myrtle, und die Waagschale.«

Li Wan sah, wie die Lippen die Worte formten, aber die Worte waren unverständlich, und erst in diesem Augenblick banger Erwartung erkannte sie, daß es kein Verständigungsmittel für sie gab. Verzweifelt über ihre Stummheit, brach sie mit weit ausgebreiteten Armen aus: »O meine Schwester!« Die Tränen rannen ihr die Wangen herab, als sie sich ihnen sehnsüchtig zuwandte; ihre brechende Stimme verriet den Kummer, dem sie keine Worte zu leihen vermochte. Aber Fräulein Giddings zitterte, und selbst Frau van Wyck war verwirrt.

»Ich möchte leben, wie ihr lebt. Eure Wege sind meine Wege, und unsere Wege sollen eins sein. Mein Gatte ist Canim, das Kanu, und er ist groß und seltsam, und ich fürchte mich. Sein Weg ist die ganze Welt und endet nie, und ich bin müde. Meine Mutter war wie du, und ihr Haar war wie deines und ihre Augen waren wie deine. Und damals war das Leben freundlich für mich, und die Sonne war warm.«

Demütig kniete sie und beugte das Haupt zu Frau van Wycks Füßen. Aber Frau van Wyck zog, erschrocken über diese Leidenschaftlichkeit, ihre Füße an sich.

Li Wan erhob sich, nach Worten ringend. Ihre stummen Lippen vermochten nicht, das überwältigende verwandtschaftliche Gefühl auszusprechen.

»Handeln! Du handeln!« fragte Frau van Wyck, indem sie nach Art überlegener Menschen gebrochen zu sprechen begann.

Sie berührte Li Wans zerlumpte Felle, um ihren Wunsch anzudeuten, und schüttete für mehrere Hundert Dollar Goldstaub in die Waagschale. Sie rührte in dem Staub und ließ ihn verführerisch durch ihre Finger gleiten. Aber Li Wan sah nur diese milchweißen, so wohlgeformten Finger, die sich zart zu den rosigen, juwelengleichen Nägeln rundeten. Sie legte ihre eigene Hand daneben, diese verarbeitete, schwielige Hand, und weinte.

Frau van Wyck mißverstand sie. »Gold«, ermunterte sie, »gutes Gold! Du handeln? Du tauschen?« Und sie legte wieder ihre Hand auf Li Wans Fellkleid. »Wieviel? Du verkaufen? Wieviel?« fuhr sie fort und ließ die Hand gegen den Strich der

Felle gleiten, um sich zu vergewissern, daß die Säume und Sehnenfaden genäht waren.

Aber Li Wan war ebenso taub wie stumm, und die Worte der Frau bedeuteten ihr nichts. Verzweiflung über ihren Mißerfolg ergriff sie. Wie sollte sie diesen Frauen verständlich machen, daß sie eine der Ihren war? Sie wußte, daß sie vom selben Stamm, daß sie Blutschwestern waren. Ihre Augen irrten durch das Innere der Hütte und blieben an den weichen Vorhängen, die rings an den Wänden hingen, an den weiblichen Kleidungsstücken, dem ovalen Spiegel und den eleganten Toilettengegenständen haften. Und diese Dinge beunruhigten sie, denn sie hatte ähnliche früher gesehen. Und als sie so daraufblickte, formten ihre Lippen unwillkürlich Laute, die auszusprechen sich ihre Kehle noch zitternd widersetzte. Dann überkam sie ein Gedanke, und sie versuchte, sich zu fassen. Sie mußte ruhig sein. Sie mußte sich beherrschen, denn diesmal durfte sie sich keinem Mißverständnis aussetzen, sonst ... Und sie rang mit einer Flut unterdrückter Tränen und beruhigte sich.

Sie legte die Hand auf den Tisch. »Tisch«, sagte sie klar und deutlich. »Tisch«, wiederholte sie. Sie blickte Frau van Wyck an, die zustimmend nickte. Li Wan frohlockte, beherrschte sich aber mit Anspannung aller Willenskraft und blieb ruhig. »Ofen«, fuhr sie fort. »Ofen.«

Und jedesmal, wenn Frau van Wyck nickte, stieg Li Wans Aufregung. Stammelnd und zögernd, dann wieder in fieberhafter Hast, je nachdem die vergessenen Ausdrücke schnell oder langsam wiederauftauchten, ging sie durch die Hütte und nannte ein Ding nach dem andern beim Namen. Und als sie endlich stehen blieb, tat sie es triumphierend, in aufrechter Haltung und mit zurückgezogenem Kopf, erwartungsvoll, fragend.

»Katze«, sagte Frau van Wyck lachend und buchstabierte nach Kinderart: »Ich-sehe-wie-die-Katze-eine-Maus-hascht.«

Li Wan nickte ernsthaft. Endlich begannen sie zu begreifen, diese Frauen. Ihr Blut färbte den Bronzeton ihrer Haut noch dunkler bei diesem Gedanken, und sie lächelte und nickte noch heftiger.

Frau van Wyck wandte sich an ihre Freundin.

»Ich vermute, sie hat irgendwo ein bißchen Missionserziehung genossen und will sich nun zeigen.«

»Natürlich«, kicherte Fräulein Giddings. »Die kleine Närrin. Ihre Eitelkeit bringt uns noch um unsern ganzen Schlaf.«

»Macht nichts, ich will nun mal die Jacke haben. Wenn sie auch alt ist, so ist es doch ausgezeichnete Arbeit – ein Prachtstück.« Sie wandte sich an ihre Besucherin: »Tauschen? Du? Tauschen? Wieviel? He! Wieviel, du?«

»Vielleicht will sie lieber ein Kleid oder etwas Derartiges haben«, meinte Fräulein Giddings.

Frau van Wyck ging zu Li Wan und machte ihr ein Zeichen daß sie ihr ihren Morgenrock für die Jacke geben wolle. Um den Abschluß des Handels zu beschleunigen, ergriff sie Li Wans Hand, legte sie zwischen die Spitzen auf ihrem wogenden Busen und rieb die Finger hin und her, damit Li Wan die Feinheit des Stoffes fühlte. Der edelsteinbesetzte Schmetterling jedoch, der das Gewand an dieser Stelle zusammenhielt, war nicht sicher befestigt, und so glitt der Stoff beiseite und entblößte eine feste weiße, Brust, die noch nie die Berührung von Kinderlippen gespürt hatte.

Frau van Wyck ordnete ruhig ihr Kleid, aber Li Wan stieß einen lauten Schrei aus und riß und zerrte an ihrem Fellhemd, bis ihre eigene Brust, fest und weiß wie die Evelyn von Wycks, sich enthüllte. Mit unartikuliertem Stammeln und lebhaften Zeichen versuchte sie, ihre Stammesverwandtschaft zu beweisen.

»Ein Mischling«, erklärte Frau van Wyck. »Ich dachte es mir gleich, als ich ihr Haar sah.«

Fräulein Giddings machte eine Bewegung des Abscheus. »Stolz auf die weiße Haut ihres Vater. Das ist ekelhaft. Gib ihr etwas, Evelyn und laß sie gehen.«

Ein schwerer Fußtritt knirschte draußen, und Canim trat ein. Fräulein Giddings sah sich einem plötzlichen Tode ausgesetzt und schrie, aber Frau von Wyck trat ihm ruhig entgegen.

»Was willst du?« fragte sie.

»Guten Abend«, sagte Canim liebenswürdig und geradezu; dann zeigte er auf Li Wan: »Meine Frau.« Er streckte die Hand nach ihr aus, aber sie wehrte sich.

»Sprich, Canim! Sage ihnen, daß ich die ...«

»Daß du die Tochter Pow-Wah-Kaans bist? Nein, was geht sie das an? Was sollten sie sich daraus machen? Ich erzähle ihnen lieber, daß du ein schlechtes Weib bist, das sich aus dem Bett des Gatten fortschleicht, wenn der Schlaf schwer auf seinen Augen liegt.«

»Laß mich los, Canim«, schluchzte sie.

Aber er drehte ihr Handgelenk, bis sie den Kampf aufgab.

»Die Erinnerungen an die Zeit, da du ein kleines Vögelchen warst, sind allzu stark und verwirren dich«, sagte er.

»Ich weiß es! Ich weiß es!« brach sie aus. »Ich sehe den Mann auf Händen und Knieen durch den Schnee kriechen. Und ich bin ein kleines Kind und sitze auf seinem Rücken. Und das war, ehe ich Pow-Wah-Kaan und die Zeit kannte, da ich in einem kleinen Winkel lebte.«

»Das weißt du«, antwortete er und drängte sie zur Tür, »aber du wirst mit mir den Yukon hinabwandern und wirst vergessen.«

»Nie werde ich es vergessen!« Wie rasend klammerte sie sich an den Türpfosten.

»Dann werde ich dich lehren zu vergessen, ich Canim, das Kanu!«

Und mit diesen Worten riß er ihre Finger los und schritt mit ihr den Weg hinab.